クロウ・ブレイン

東 一眞

宝島社
文庫

宝島社

クロウ・ブレイン

「この言葉を別れの印とせよ、鳥か魔か——。」と私は立上《たちあが》り、叫んだ——
「お前はかえれ、狂嵐《きょうらん》と夜の冥府の磯《いそ》にかえれ、
お前の魂が語ったまどわしの名残《なごり》に、いささかも黒羽を残すなよ、
私の寂寥《せきりょう》を乱すな、——私の戸の上の胸像を去れ、
私の心からお前の嘴《くちばし》をぬけ、そしてこの戸からお前の姿を消してくれ。」
大鴉《おおがらす》はいらえた、「またとない。」

かくして大鴉は、飛びたたず、じっと止まっている——じっと止まっている、
私の部屋の戸の真上のパラスの青ざめた胸像の上に、
彼の瞳はさながらに夢みている悪魔のよう、
そして灯影は大鴉の上に流れその影を床に投げている。
そして私の魂が床に浮んでいる影から、
脱《のが》れることも——またとあるまい。

エドガー・アラン・ポー「大鴉」より
阿部保訳

第一章　カラスの警告

　太陽がまぶしい。

　空は抜けるように青い。

　ゴールデンウイークが明けた五月七日午前一一時過ぎ、東京・日本橋室町《にほんばしむろまち》には涼やかな初夏の風が吹いている。三越《みつこし》前の中央通りは、ジャケットにノーネクタイのビジネスマンや、鮮やかな夏色の服の女性で満ちている。

　中央通りから旧日光街道《にっこうかいどう》を少し入った場所に、まだ新しい地上二七階建てのビルがあった。ガラス張りの外壁が太陽光線を浴びて輝いている。日本《にほん》新聞東京本社ビルである。

「だめだ、そんなネタ。よくて夕刊の社会面の囲み記事だろ」

　本社ビル五階の廊下を歩きながら、社会部デスクの吉田拓《よしだひらく》はそっけない声で言った。

「そうですか？　作り方次第で、社会面のトップになると思います。それにネットで相当PVが稼げるネタだと思います」

　タブレット端末を片手に、吉田デスクにピタリとついて追うのは社会部の新米記者の権執印怜一《ごんしゅういんりょういち》、通称ゴンだ。吉田デスクがガマガエルのようなずんぐりむっくりなのに対して、怜一はスラリと瘦《や》せている。南方系を思わせる浅黒い肌、縄文人のような太い眉、その下のドングリ目《まなこ》が、猫背の上司を見ている。

「なんだ、作り方次第って。記者二年生のオマエが、デスクの俺になにか指示したいわけ？　こんなネタ、アタマにならねえって。それより、温暖化でなんかネタ出せよ。環境班の本道はそっちだろう」

吉田デスクは社会部の自席にどかんと腰を下ろした。振動で、突き出たワイシャツの腹が揺れる。話は終わりというように、横を向いた。

「言い方がまずかったです。すみません。でも、実際に負傷者も出てるんです。僕は、こういう隠れた情報をきちんと読者に伝えたいんです」

「ダメだよ」

「なんで、ダメなんですか」怜一は横に立って問い詰める。

「ネタがショボすぎる。もっとおいしいネタ持ってこいよ」

「ショボいって、どこがですか」

「もぉ、お前しつこ過ぎ。ダメなもんはダメ。以上。話は終わり。終わり。終わり」

怜一は吉田の横を離れない。じっと吉田の顔を見下ろしている。

「終わり。終わりだ。終わり」

吉田は追い払うように手を振った。怜一は吉田を横目でにらみながら、ゆっくりと社会部のエリアから歩き去る。日本新聞ビル五階のフロアには政治部、経済部、社会部など編集主要各部が机を並べる。怜一は、階段を駆け上がって、七階にある自分のデスクに戻り、タブレット端末を机に投げ出した。怜一が属する環境班は、社会部のなかで、温暖化など環境問題を取材する部署で、怜一も入れて記者三人の小さなユニットだ。社会部本体とは別のフロアにいる。

「どうしたの、ゴンちゃん」

光が漏れるブラインドを背にノートパソコンを打っていた環境班キャップの飯島麻子《いいじまあさこ》が目を上げて聞いた。飯島は四二、三歳だろうか。目鼻立ちの小さい小柄で地味な女性だが、頭の良さには定評がある。

「いいえ、ネタを吉田デスクに売り込んだら、拒否られちゃって」

「なんでわざわざ吉田さん？　穴場狙い？」

「まあ、そうです」

「じゃあ、自信のあるネタじゃあ、なかったんだ」

「ええ、まあ」

こう言われると、怜一も頭をかくしかない。

社会部に限らず経済部にも、政治部にも、記者の書いた原稿を直したり編集したりする「デスク」が五、六人いて、朝刊、夕刊をローテーションで交代し、その時間帯はネットニュースも担当する。

記者は自分が温めていた原稿は、実力のあるデスクが当番の日に出したがる。実力のない下手なデスクに当たったら、原稿に滅茶苦茶な直しを入れられて、本来の趣旨とは違う記事にされかねない。その日に起こった事件・事故などのナマのニュースは別として、温めていたネタは、ダメなデスクには出さない。

逆に言えば、人気も実力もないデスクが当番の日は、記者からの売り込み原稿が少ないから、記事がひっ迫する。そこそこのネタを持っていけば、大きく扱ってもらえる可能性もある。キャップの飯島は、それを「穴場狙い」と言った。社会部で今、最も人気のないのは吉田デスクだからだ。ニュース価値の判断がピント外れなのに、文章のテニヲハにだけやたら煩《うるさ》いから、若い記者たちからは「ヲハー」とあだ名をつけられている。

「すみません。キャップを通さずに、勝手にデスクに売り込んで」

「それは全然いいけど、どんなネタ」

「カラスなんです」

「カラス？」

「これ見てください。ウチの新聞の地域版で、最近カラスに襲われてケガをした、という記事が増えているんです」

地域版とは各都道府県のニュースを載せるページのことだ。

怜一はタブレット端末を開いて、データベースの検索結果の記事一覧を表示してみせた。

「増えているって、どのくらい」

「三年前まで、人がカラスに襲われた記事ってないんです。ゼロ。それが、一昨年《おととし》が五件、昨年は八件、今年は先月四月までで、もう一三件あるんです。全部、首都圏です。東京、千葉、埼玉、神奈川」

「へーっ、面白いネタじゃないの！」飯島は声を上げた。

「でしょう。カラスに襲われても、ケガするくらいだから、大きなニュースになりませんよね。せいぜい、地域版のベタ記事です。ネットにも拾われない。だから、全体的に増えていることが分かりにくい。僕が偶然、調べてわかったんです。夕刊の社会面のアタマは取れるでしょう」

アタマとはトップ記事のことだ。

「うん、とても面白いよ。社会面トップで十分行けるネタと思う。ただ、トップに持っていくには二つ、必要だと思うなあ。一つはきちんとした数字ね。うちの報道した件数をデータベースで調べただけでは説得力に欠けるよ。公的な数字を探さないと。保健所なのか、環境省なのか、警察なのか知らないけど、公的な数字で、ヒトがカラスに襲われる被害が確かに増えている、って断言できればいいね」

「はい」

「もっと重要なのが、原因・理由ね。なぜ、カラスが人を襲うようになったのか。その裏に、何があるのかを提示すること。例えば、温暖化があるとか、森林の面積が減っているとか、都市環境の変化があるとか、ゴミ出しのやり方が変わったとか、『なるほど』と読者にわかるような原因・理由が欲しいわね。そうなれば、単に『カラスが暴れてます』っていうだけの話じゃなくなって、社会的な意味も出てくる。ニュースの格が一つ上がるでしょう。まず、専門の学者に当たってみることね。仮説でもいいから、原因・理由を引き出せれば、社会面トップの道が開けるよ」

「なるほど、そうですね！　ありがとうございます」

「きちんと取材できたら『ヲハー』じゃなくて、別のデスクに持ってってたら。あの人はとりあえず『ダメ、ダメ』って言えば自分が偉そうに見えるって信じてる人だからさ。もっとちゃんとネタを評価できるデスクに売り込めば」

「飯島さん、売り込んでくださいよ」

「……自分でやってね」

飯島はパソコンに目を落とす。

怜一は、飯島の見識を尊敬している。ただ、気の弱さと消極性が玉に瑕《きず》だとも思っている。部下の原稿をデスクに売り込む気概もない。それどころか自分で書いた原稿ですら、あまりアピールできない。だから扱いが悪い。現在は「花形」とは思えない環境班にいるのも、アピールの下手さが原因だと怜一は思っている。怜一はできれば環境班からは出たい。昨年半年だけ担当していた警視庁クラブに返り咲きたいと思っている。この人の下にいると、いつまでたっても大きな仕事はできないような気がする。

「ところで、明日の環境省のSDGsシンポジウムだけどさ、榎《えのき》君が、都合が悪くなったってさ。ゴンちゃん、取材してくれない？」

「はい。わかりました」と素直に答えつつ、怜一は榎を呪った。

榎という記者は、同じ環境班の四年先輩で入社六年目だ。環境班は、飯島、怜一、榎の三人で成り立つ。榎は、小太りでよく笑い人畜無害といった風だが、実はかなりの野心家だ。社内的に注目されるような仕事なら必死にやるが、地味な仕事はしたがらない。理由をつけてうまく他人に押し付ける、ずる賢《き》いタイプだ。生真面目な怜一は、この先輩とはソリが合わない。

その日の午後三時すこし前。怜一は、東京・市ケ谷《いちがや》にある経世《けいせい》大学のキャンパスで、古びた四階建ての校舎を見上げていた。七号校舎は、外観からして経世大学のキャンパパスでも古いほうの建物だと思われた。一九八〇年代のバブル経済の時につくられたようなセメント打ちっぱなしの外観は、いまは無残に汚れ、ひび割れている。

三階まで階段で上がる。薄暗い廊下に並ぶドアには、研究室の番号を示す薄汚れたプラスチック製のプレートが嵌《は》め込まれていて、「三一三号室」はすぐに見つかった。

ノックすると、「はい。どうぞ」と、くぐもった声がした。

ドアを押して開けると、細長いテーブルが置かれたウナギの寝床のような部屋に、二人の男が並んで座って、お茶を飲んでいた。手前の一人は細身のストライプ入りのワイシャツをきちんと着て、厳格な感じのする痩せた老人だった。奥の一人はよれたシャツで、なんだかゆるい感じがする四〇代半ばくらいの男だった。

「電話をさしあげました、日本新聞社の権執印といいます。烏丸《からすま》先生はいらっしゃいますか」

「あ、僕だよ」

奥のゆるい感じの男が手を挙げた。烏丸仁志《ひとし》。動物行動学の准教授でカラスを専門に研究しているという。怜一が午前中に電話で取材を申し込んだ人だ。

「こちらは隣の部屋の箕輪《みのわ》先生だよ」

「初めまして」

怜一は、テーブルをはさんでまず烏丸と名刺を交換した。次に名刺交換した厳しそうな老人が無言で出した名刺には「経世大学教授　箕輪耕《おさむ》」とあった。全国ウイルス学会理事とあるから、ウイルスの研究者なのだろう。

「箕輪先生と、八ッ橋《やはし》を食べようとしてたんだ。君、食べる？」

烏丸は、怜一にほうじ茶を出しながら聞いた。

「いえ、結構です」

「よかった！　八ッ橋、二つしかなかったから」

怜一は聞こえなかったふりをして、二人に対面してテーブルに着いた。八ッ橋を食べる二人に、カラスがヒトを襲う事件が一昨年から急に増えていることを、まず説明した。タブレット端末をトートバッグから取り出し、スワイプして、いくつかの記事を見せる。

「なぜカラスが人を襲うようになったのでしょうか。どう思われますか」

「う〜ん、そうだねえ」烏丸は、きな粉のついた両手を払いながら言った。「一般論だけど、雛《ひな》を抱えた親鳥は、人間が巣に近づくと攻撃的になるよ。卵を産んで、雛が卵からかえって、雛がある程度成長するまでの間ね」

「カラスの産卵時期っていつですか」

「カラスによるけど」

「普通のカラスですが」

「普通のってブト？　ボソ？」

「あの、ブト、ボソってどういう意味でしょうか」怜一は頭をかく。

「カラスについて何にも知らないの」

「申し訳ありません。普段は気候変動とかやっているものでして」

「そうなんだ」

烏丸は改めて、怜一の名刺を見た。

「なるほど社会部と書いてある、科学部の記者じゃないんだ。しかし、変な苗字だねえ。なんて読むんだっけ」

「ごんしゅういん、です」

「そうか、権執印さんは科学記者ではない。カラスについてくわしくない」

「ええ」怜一はまた頭をかく。

「じゃあ一から説明しようか」烏丸は嬉々として言った。「あのさあ、カラスって普通呼ばれるのはスズメ目《もく》カラス科カラス属の鳥たちなんだ。日本で住宅地とか公園とか田畑とかで普通に見かけるカラスには二種類いる。ハシブトガラスと、ハシボソガラスだ。カァと普通に鳴くのがハシブトガラスで略してブト、ガーとかゴアーって鳴くのがハシボソガラスで略してボソね。英語では両方クロウでいい。区別する時もあるけどさ」

烏丸は後ろの白板にヘタな字で「Crow　クロウ」と書き、「ハシボソガラス、ハシブトガラス」と書いた。

「そのほかに、越冬のために日本に飛来するカラスが三種類いる。まず、ミヤマガラス、英語ではルーク。稲刈りの終わった田んぼなんかで大群を見かけるよ。そのミヤマガラスの大群によく交じっている小さなカラスがいる。これがコクマルガラスで、英語ではジャックドー。もう一つ、北海道の道東に飛来するワタリガラスがいる。英語ではレイブン」

白板に解読可能性の限界に近いヨレヨレの文字が並んだ。

Crow（クロウ）　ハシボソガラス、ハシブトガラス
Rook（ルーク）　ミヤマガラス
Jackdaw（ジャックドー）　コクマルガラス
Raven（レイブン）　ワタリガラス

「カラスと一言でいっても、日本で観察できるものだけでも五種類もいるんだよ。カラスといえば、英語はクロウだと思うかもしれないけど、クロウはカラスのごく一部。そのほかは英語では別の名前がついている。これ面白いでしょう。あれ、何の話だった」

「カラスの産卵期の……」怜一はタブレット端末でメモを取りながら答えた。

「そうそう。カラスの産卵期。ハシボソガラスは三月。ハシブトガラスはまあ四月。で、一か月弱卵を温めれば雛が生まれる」

「というと雛がかえるのは、ボソで四月、ブトで五月くらいですか」

「まあ、それよりちょっと早いくらいかなあ。四月から八月が、親鳥が一番攻撃的になる時期だね」

「けど、弊社のデータベースで引っかかったカラスの襲撃事件の件数は、今年は一月四件、二月三件、三月四件、四月二件で、時期的に雛が生まれる前でも多いですよ」

怜一はタブレットを見ながら反論する。

「襲撃事件なんて、物騒な言い方、やめてくれよ。二・二六事件じゃないんだからさぁ」烏丸は苦い顔をして、お茶をすすった。「カラスは悪者じゃないからね」

「先生は、お名前も烏丸だしカラスの専門家だから、カラスに愛着があるんですね」

さっき「変な苗字」と言われた意趣返しも兼ねて言った。

「まあ、毎日のように観察しているからね」

「カラスが最近、狂暴になった、とかそんな感じはないですか」

「うん、まあ……」

「はっきり言えばいいじゃないですか、烏丸先生」

と、小さな声で言ったのは、ずっと黙っていた箕輪だった。

「いや、ちょっと、ねえ。新聞社が正式に取材に来ているのに、データ的な裏付けもない単なる感想を言っても無責任だし、不正確だしねえ」

「あ、つまり、狂暴になったという感じは、しているんですね」怜一は身を乗り出した。

「感じとしては、あるんだよなあ。昨年からね。だから、権執印さんのデータとも合うから、実はさっき、ちょっとビックリしてたんだよ。心の中で」

「公式なデータってないんですか。カラスでケガをした人の統計とか」

「ない。僕も気になって、いろいろ探したんだけどね」

「じゃあ狂暴化を最初に感じたのはいつ頃で、場所はどこでしたか」

「だから、狂暴化とか、そういう言葉じゃなくってさあ。ちょっと不自然に荒っぽい個体がいるな、と感じたのは、去年の秋にこの近くの公園でね。秋ごろになると、その年に巣立った若いカラスが集団をつくることがあるんだけど、そんな集団がいたわけ。その時見たのはハシボソガラスの集団だったんだね。これには驚いた。東京の都心は、ハシブトガラスだらけで、ハシボソガラスを見ることはあまりないからね。で、彼らを観察していたら、僕も体当たりされてさ。肩を……どっちだっけ、ああ、右肩をケガした。若いカラスの集団は雛を育ててるわけでもないし、縄張りを守っているわけでもないから、攻撃的になる必要はないはずなんだけど。その集団は一五、六羽の集団だったけど、ちょっと怖かったね」

「秋って、何月でした」

「確か九月だね。後輩の吉池《よしいけ》の結婚式の時、まだケガしてたから。あいつすぐに離婚しちゃったけど」

「九月の上旬、中旬、下旬?」

「中旬だったな」

「日は憶《おぼ》えてますか」

「いやあ」

「襲われたのは、朝、昼、夕方?」

「夕方だよ」

「どんな風にケガしたのですか」

「頭から突っ込んできたんだ。僕に向かって」

「嘴《くちばし》で刺されたんですか」

「うん。カラスは普通、足でしか攻撃しない。嘴で刺すなんてありえないんだ。僕の長い観察経験で初めてだった」

「何針か縫いましたか」

「三針」

「どこの公園ですか」

「新宿御苑《ぎょえん》だよ」

「御苑のどのあたり」

「『母と子の森』のあたり。でも、偶然の事故かもしれないし、記事にはならないよ」

「そんなことありませんよ、烏丸先生」と、言ったのは、またしても箕輪だった。「だって、この記者の方のデータがある。報道ベースにしろ、カラスが人を襲ったという事案が一昨年から増えている。そして、毎日のようにカラスを観察している烏丸先生の印象としても、昨年あたりから、狂暴になっている。これは、何かが変わってきている、ということだと思いますよ。先生も堂々と言っていい」

小さい声だが、毅然としている。怜一は、箕輪教授にちょっと好感を持った。

「いやあ、まあ……」

烏丸は言い淀《よど》んだ。箕輪のほうが一〇歳以上は年上のようだし、烏丸はまだ准教授だから、研究室が違うにしろ、逆らえないのかもしれない。

「カラスが狂暴化したとして、その原因は何だと思いますか」怜一が畳みかける。

「わかんないよ、そんなこと。まだ、狂暴化したっていう事実すら確定してないんだからね……。だから、断定的に書かれると困るよ」烏丸は苦い顔だ。

「ええ、わかっています」

「ウイルスが原因、と考えられませんかな」

と箕輪が言うと、烏丸が露骨に嫌な顔をした。

「えっ、ウイルスですか」怜一は驚いた。面白い。記事になる。期待を込めて箕輪を見つめる。「ぜひ、その説、詳しくお聞かせいただけますか」

「いや……」

怜一の食いつきぶりに箕輪も気圧《けお》されたようだった。

「これは仮説ですらないよ。全くの思い付きだ。記事になるものじゃない。が、例えばバキュロウイルスというウイルスが、蛾《が》の幼虫の行動を操ることはよく知られている。カラスたちの行動が突然変容したとしたら、何らかのウイルスに感染した可能性はゼロではない、と思うよ。もちろん他の原因も考えられるけどね」

「なるほど」

「うわあ、もう、すごい展開になってきたなあ。箕輪先生、きょうはちょっと変ですよ。八ッ橋にバキュロウイルスでも混入してましたか」と烏丸。

「バカなこと言うなよ」

烏丸の皮肉めいた冗談を一蹴した箕輪は、たぶん真面目な人なのだろうが、座が白《しら》けてしまった。怜一も心中、白けた。烏丸も及び腰だし、箕輪も推測しか話さないなら、記事にはならない。これ以上いくら聞いていても確証は取れないだろう。

「では、私は失礼します」

　怜一はタブレット端末をトートバッグに放り込んだ。別の証拠を探し、別の学者に当たるほうがいい。その前に、自分自身でカラスを見に行くべきなのだ。

「きょうは初めてカラスについて取材しました。これからカラスについて勉強してみます。カラスって、とても頭がいい鳥だそうですね。テレビで、ゴリラより賢いって言ってました」

　最後にカラスをヨイショして、烏丸の機嫌を直そうと思っただけだったが、烏丸は予想以上に大喜びした。

「そう、そう、そうなんだ。ゴリラとの比較はともかく、とても頭がいい。でも、カラスを含めて鳥類の脳は、哺乳類《ほにゅう》の脳と違う構造をしているんだ」

「へえ、そうなんですか」

「哺乳類と鳥類とは三億年も前に進化が枝分かれしちゃったからね。脳の構造だって異なるさ。鳥は、昔は恐竜だったんだ。ほとんど滅んだ恐竜の生き残りが鳥。六六〇〇万年前に巨大隕石《いんせき》が地球に落ちて、繁栄していた恐竜たちがいっぺんに滅んじゃうんだけどさ。隕石落下がなければ、今ごろは、進化して知性を持った恐竜たちが地球を支配してただろうなあ。この地球上にまったく別の世界を構築しただろうって、そう思うわけ。だって、脳の構造が根本的に哺乳類と違うんだからね。考えるだけでも、面白いでしょう」

「はい。でも、鳥の脳って人間とどう違うんですか」

「鳥には、高度な判断とか認知とかを行う大脳皮質がないんだ。それなのに、とても知能が高いんだよ。これ凄《すご》い話だと思わない。人間と違う形の脳に、違う形の知性を持っているんだから。もし興味があるなら章夏《しょうか》大学の但馬《たじま》先生に取材するといい。その道の専門家だから」

「鳥の脳の研究をしている先生ですか」と言いながら、黒いトートバッグからタブレットを取り出し、大学名と名前を手書きでメモした。

「そう。日本では第一人者だね」

「変わった研究をする先生もいらっしゃるんですね」

「いや、鳥の脳は一大研究領域だよ。一九世紀に遡《さかのぼ》る古い学問だし」

「そうですか」

「そうさ。最近は遺伝子レベルで生物を分析できる分子生物学が発達したから、いろんなことがわかってきた」

「但馬先生ってどんな人ですか」

「但馬先生はね、富豪刑事ならぬ、富豪教授なんだ」

「お金持ち」

「そう。資産家でね。金に飽かして好きな研究をしている」

烏丸はそう言って、出涸《でが》らしのお茶をすすった。


経世大を出て都営新宿線で新宿に向かう。新宿御苑に着いたのは午後四時半を回っていた。もう何年も来てなかったが、この庭園のことは大体わかる。埼玉で育った怜一は子供のころ、母親に手を引かれて、何度か来たことがある。

新宿門から入った。ゲートがQRコードをかざす方式に変わっていたのには驚いた。右手に広がる「母と子の森」に向かった。五月の木々の緑が、夕日に照り返ってみずみずしく光る。

あすの朝刊に出す原稿はとりあえずない。閉門の六時までじっくりカラスを眺められそうだ。左右の巨大な木々を眺めながら歩道を歩くと、都心にいることを忘れてしまう。カラスがいるだろうかと探しながら歩く。いるには、いる。ただ、レバノン杉やラクウショウなどの外来樹木のうんと高い枝にいるので、よく見えない。

しばらく歩くと、「母と子の森」に入る。このあたりは普通の雑木林の感じだ。

「御苑のカラス」とタイトルのある看板が出ていた。読んでみる。

御苑には常時三〇〇～四〇〇羽のハシブトガラスがいます。体もおおきく集団行動をするために、ほかのいきものをおびやかす存在となっています。例えば他の鳥の巣の卵やひなをおそったり、生まれたばかりのカメのこどもを食べたりします。また、サギ、タカ、フクロウなどを集団で追いかけていじめることもあります。カラスが増えるとほかのいきものが少なくなってしまいます。

その下に枠で囲って、「カラスにえさを与えないでください」とあった。

なるほど、カラスも嫌われたものだ、と怜一は笑った。烏丸は、人々から嫌われているカラスが大好きで、なんとかカラスを擁護したいのだろう。だから、「凶暴化」とか「襲撃」とかの言葉を極端に嫌った。看板を見て、そのことがよく理解できた。

御苑の西の端まで行くと、大木の枝に黒いカラスがたくさんいる。ちょうど夕日と逆光で、それらは木の枝々とともに影絵のようだった。

ギー、ギー、ギー

一羽が聞いたこともない不気味な声で鳴き出した。すると、他のカラスが呼応するように鳴き出す。震えるような声だ。

ギー、ギー、ギー、ギー

ギー、ギー、ギー、ギー

あれは、ハシボソガラスの鳴き声だろうか。さっき烏丸は、ガーとかゴアーと鳴くのはハシボソガラスだと言っていた。ハシブトガラスとハシボソガラスの姿はどう違うのだろう。怜一は愛用のタブレットを取り出して検索してみた。違いは一目瞭然だった。ハシブトガラスはクチバシに厚みがあるが、ハシボソガラスはスッとしている。
そうすると、あのシルエットはやはりハシボソガラスだ。烏丸を襲ったのと同じ種類。看板には、新宿御苑のカラスはハシブトガラスと書いてあったけどハシボソガラスもたくさんいるのだ——と考えていた時、後ろから不気味な羽音がして、左耳にガサガサしたものが触る感触がした。思わず首をすくめる。黒い大きなものが、頭の左側をかすめて前に飛び去った。カラスだ。そのカラスは正面の大木の枝にとまり、影絵の一つとなった。それが合図のようにカラスたちは一斉に鳴き出した。
ギー、ギー、ギー、ギー
ギー、ギー、ギー、ギー
ギー、ギー、ギー、ギー
ギー、ギー、ギー、ギー
ギー、ギー、ギー、ギー
ギー、ギー、ギー、ギー
ギー、ギー、ギー、ギー
ギー、ギー、ギー、ギー

その時、怜一は初めて気づいた。カラスたちは、自分を威嚇しているのだ。周りには人影はない。自分一人がいま、カラスの群れと対峙《たいじ》している。危険だ。早々にここから離れようと考えた時、一羽のカラスが枝から離れた。それは頭からダイブするように飛びたち、地面をかすめて、一直線に怜一に向かってきた。

危ない！　身をかわそうとした瞬間、黒い塊が額に当たった。

熱い痛み。火箸《ひばし》を突き付けられたような感触。

尻もちをついて倒れた。

額に手を当てると、ヌルリとした。手を下ろすと夕日でオレンジ色に照らされた手指に、どす黒い血がついていた。

額がパクリと割れたのだろうか。

目の前で何かが動いている。自分を襲ったカラスだ。羽を広げてバタバタともがいていた。首の骨が折れているのだろうか。うごめく黒い影はもはやカラスではなく、巨大な黒い蜘蛛《くも》がのたうっているような奇怪な姿だった。

驚いて飛び上がるように立つと、その場を離れる。急ぎ足で歩きながら血だらけの手をポケットに突っ込んで、くしゃくしゃのハンカチを取り出す。後ろから、カラスたちの鳴き声が、また一斉に聞こえてきた。

ハンカチを額に当てて振り返ると、夕日の中に、見たことのない光景を見た。地面をのたうち回る手負いのカラスの上を、他のカラスたちが旋回して、竜巻のように黒い渦を作っていた。ギー、ギー、ギー、ギー、ギー、ギー、ギー。不気味な音を立てながら回転する黒い渦は、あたかも戦士の最期《さいご》を讃《たた》える儀式のようだった。唖然《あぜん》として見ていると、黒い渦は上へ上へと輪を狭めながら伸びていき、やがて一本の太い縄のような黒い連なりとなって、夕暮れの空を南の方向に飛び去っていった。

うるさいほどの鳴き声が一瞬で遠ざかり、透き通った静寂が来た。怜一を襲ったカラスは、もう動いていないようだった。夕日の中で黒い塊が土の上に見えるだけだった。

怜一は、早足で遊歩道を新宿門に向かう。走ろうとすれば走れるのだが、出血がひどくなりそうで怖い。とにかく急いで歩く。

向こうから、望遠レンズ付きの一眼カメラを提げたポロシャツの老人が遊歩道をやってきた。老人は血だらけの怜一を見て、なぜかマントヒヒのように歯をむいた。笑ったような、困ったような顔で、怜一を見つめたまますれ違った。

しばらく歩くと、中年の女性が二人、談笑しながら遊歩道をやってきた。怜一を見て話をやめた。

「大丈夫ですか」

と、二人から同時に声をかけられたが、怜一には、答える余裕すらなく、頷《うなず》くように下を向いてすれ違った。額は熱を帯びて痛む。一刻も早く新宿門にたどり着きたい。

なんとか門までたどり着く。青いゴミ箱のゴミを整理していた緑色の制服を着た女性職員が、ふと怜一を見て、目を丸くした。

「うわっ、血だらけ。カラスに襲われたんですか」

「ええ」

「あのね、ここを出て道を渡ってまっすぐ、ほら、あっち、見えるでしょう、その通りをまっすぐ行くと、信号を渡ってすぐ左側に一階に床屋さんがある白いビルがあるの。その三階が、斎藤《さいとう》外科よ。私、電話しとくから、すぐ行って」

「ありがとうございます」

額を押さえながら、それだけ言って、いま言われた方向に歩き、病院に向かう。ハンカチはすでに血でぐっしょり濡《ぬ》れていて、押さえていても止まりそうにもなかった。

「えっ、その頭、どうしたの。うわっ、ジャケットも血だらけじゃない。え、それマジ？　『絶命日パーティー』の仮装じゃないよね」

午後七時過ぎに、ＪＲ北千住《きたせんじゅ》駅近くにある自宅のマンションに帰ると、キッチンでアケミが大きな目をむいた。

「カラスにやられたんだ。四針も縫った。まだズキズキ痛む」

怜一は頭の包帯に軽く触ってみる。斎藤外科では、若くて冗談好きの医者が、治療してくれた。

「カラスって？　普通のカラスなの？」

「体当たりされたんだ。嘴から」

「へーっ、カラスの自爆テロだね」とアケミは笑った。ショートヘアの下のふっくらした顔が楽しそうに笑う。

「自爆テロ、そうかも」

足元でバタバタと羽を動かすカラスの姿が脳裏によみがえった。あのカラスは首の骨でも折って死んだのだろう。死を覚悟で自分を攻撃した。自爆テロそのものだ。

「私はまた、ヴォルデモート卿《きょう》に呪いをかけられて、額に稲妻の傷がついたのかと思ったよ」アケミはそう言って一人で笑っている。「今、野菜炒《いた》めを作って食べようと思ってたんだ。食べる？」

「ああ」

「怜一が、こんな早い時間に帰ってくるなんて信じられないよ」

「血だらけじゃ仕事もできないし」

「早退ね」アケミはなぜかニコニコして冷蔵庫の野菜室を開ける。キャベツ、ピーマン、ニンジンを取り出す。

「ねえ、血が付いたジャケットとズボンはクリーニングに出すしかないね」

「そうだね」

「出したらクリーニング屋の店員がビックリするよ。殺人事件だって。こっそり警察に連絡して、警察がここを家宅捜索するかも」自分で言って自分でクスクス笑う。

アケミは、北千住の幼稚園で先生をしている。怜一とは埼玉県の高校で同級生だった。高校時代は単なるクラスメートだったが、大学三年の時に開かれたクラス会をきっかけに付き合い始めた。二人が社会人となった昨年の春から、アケミの勤務先に近いこの賃貸マンションで、同棲《どうせい》を始めた。二人ともまだ二三歳だが、結婚の意思はある。

アケミのように、明るくておおらかな人は見たことがない。怜一はそこに惹《ひ》かれている。ただ、おおらかさが、いい加減さに転換する瞬間が多々あって、怜一としてはアケミと結婚してうまくやっていけるか、確信を持てない。アケミも同じで、怜一の真面目で熱い性格が好きだけど、不寛容だと感じる時があって、結婚してうまくやっていけるかどうかわからない、と言う。同棲している現在は、双方にとっての一種のお試し期間だ。

病院でもらったビニールキャップをかぶってシャワーを浴びた。浴室から出てくると、テーブルに大雑把に切った野菜炒めと、ごはんと、みそ汁が並んでいた。アケミは先に食べていた。怜一もテーブルに着く。

「ありがとう。いただきます」

「ねえ、高校時代の先崎《せんざき》君から、ふくろう便が届かなかった？」

「メールね。来てたかなあ」

「私には来たよ。二四日にホグワーツ魔法魔術学校の同窓会をやるって」

「埼玉県立鶴原《つるはら》高校のね。なんでも『ハリー・ポッター』にするの、やめてくれよ」

「今度のは、ウチラの学年だけの同期会だって。行く？」

「行ければ、行く」

「私と一緒に？」

「一緒に行こうぜ」怜一は包帯を巻いた顔を上げ、アケミを見た。

「みんなに、なんて説明する？」

「付き合ってる、って説明すればいいよ。ウソ言ってもしかたないし」

「じゃないと、私を目当てに来る男たちに取られちゃうかもしれないし」

「そんなヤツいるのか？」

「もちろん。ビクトール・クラムとか」

「お前、ハーマイオニー・グレンジャーか」

「いつもそう返してくれると、私もうれしいよ」

ハリー・ポッター・フリークのアケミが丸い顔でニコニコ笑う。怜一も力なく笑った。

翌朝、怜一は、カラスの鳴き声で目覚めた。

ベッドから、至近距離でカアカア鳴いている。

「聞こえるか」

横で寝ているアケミの肩をゆすったら、厭《いや》そうに向こう側に寝返りを打った。

枕元の時計を見る。五時三二分。

怜一はベッドを出て、寝室の重たい遮光カーテンをすこし開けた。サッシの向こう僅か五〇センチ先。明け方のベランダの手すりにカラスがいた。この嘴は、ハシブトガラスだ。昨日、自分を襲ったハシボソガラスとは違う。こちらを向いて止まっている。黒い目は硬質の石炭のようで、温かさを感じさせない。ワニの目、ヘビの目のようだ。

普段の怜一ならば、興味深くカラスを観察したかもしれない。だが、昨日カラスに襲われていたせいか、今は禍々《まがまが》しさしか感じない。壁に立てかけてあった布団たたき用の棒を右手に握ると、カラスをにらみながら、左手でサッシのロックを外し、ゆっくりと開けた。

カラスはこちらの敵意をすぐに察知したようだ。トン、トン、トンと手すりを跳ねるように横に移動して、身を投げ出して飛び去った。それは、昨日自分を襲ったカラスが枝を離れる瞬間の姿を思い出させた。

「どうしたの」

ベッドからアケミの寝起きの声がした。

「うん、カラスがいたんだ」

「でかいゴキブリがいた、みたいな言い方ね」

アケミはまた毛布をかぶった。


この日午前一〇時から、環境省のSDGsシンポジウムの取材があった。先輩の榎が忌避し、怜一に押し付けられた取材だ。榎が嫌がるのも納得の、労力に見合わない仕事だ。というのも、取材とは名ばかりで、警戒要員として行くだけなのだ。環境相や外相も来て挨拶をするから、何らかの失言をしたりしたら記事にする必要がある。取り立てて記事になるものがなければ、原稿を書く必要もない。そんな位置づけの「取材」だ。

北千住のマンションから直接、会場のある千代田《ちよだ》区の九段《くだん》に向かった。SDGsとは、「持続可能な開発目標」のことである。飢餓の撲滅、クリーンエネルギーの拡大、温暖化対策などを含むとても包括的な概念だ。国連が提唱し、日本では外務省や環境省が積極的に旗を振っている。

イベントホール後方の紺色のシートに座り、受付でもらったシンポジウムのプログラムを見る。望みは薄いが、せっかく来たのだから、なにか記事になるネタはないかと探す。「ショートレクチャー3」に、三田《みた》大学の竹田《たけだ》緑《みどり》教授の名前を見つけた。「美しすぎる生物学者」の異名を持つ若手の女性学者で、最近はテレビのコメンテーターとして見る機会が増えた。環境問題にも強い関心を持ち、環境保全を経済や生活に優先させる、ややエキセントリックな発言で注目を集めている。この教授のレクチャーならば記事になるかもしれない。これにしようと決めた。

シンポジウムが始まると怜一は、環境相、外相の話だけは録音しながら聞き、その後は、タブレット端末を取り出してカラスの画像を検索して、時間をつぶした。竹田が登壇すると、タブレットをメモ・アプリに切り替えた。画面上に表示されるスクリーンキーボードでメモを取るのが怜一の日頃のやり方だ。スマホで録音もしておく。

小柄な竹田の姿が、ステージ奥の大型スクリーンに映し出された。白いシャツに黒いスーツで、長い髪を後ろにひっつめていた。シンプルな装いがかえってこの人の素の美しさを引き立たせているようだった。

「今日は、ショートレクチャーということで、指数関数的な増大の脅威について、短くお話ししたいと思います」

　やや高い冷涼な声だった。鈴を転がすような、という例えがぴったりな声。

「生物学の話から始めましょう。平均的なヒトの細胞数は三七兆個といわれています。人体はたった一つの受精卵が細胞分裂してできるのです。一つの授精卵が一回分裂して二つになり、二回分裂して四つになり、三回分裂して八つになり、二の乗数で増えていきます。さて、ここで皆様に問題です。受精卵が何回分裂すれば三七兆個になるでしょうか？　一〇〇〇回ですか？　一万回ですか？」

　竹田はステージ中央で小首をかしげてみせる。会場はシンとしている。何を話し始めるのかと、戸惑っているような感じだ。

「答えはたったの四五回です。二の四五乗は約三五兆で、ほぼほぼ三七兆ですね」

　竹田はステージを左側にゆっくりと歩き始めた。横顔がスクリーンに大写しになる。鷲鼻《わしばな》というのだろうか。鼻の稜線《りょうせん》が美しいカーブを描いていた。

「実際の受精卵の分裂はこんなに単純な話ではありません。一つの比喩だと思ってください。注目していただきたいのは、二をたった四五回掛けるだけで三五兆という莫大な数になるという点です。Yイコール二のX乗、のような関数を指数関数といいます。指数関数的な増大とは、このようにすさまじいものがあります」

　ゆっくりと歩く竹田を聴衆の目が追う。竹田は、自分に集まる視線を楽しむように、会場を見渡す。

「それだけではありません。指数関数的増大は、変化が急激にやってくるという特徴があります。アルベール・ジャカールというフランスの生物学者が『睡蓮《すいれん》方程式』というシンプルな比喩によって、このことを巧みに表現しています。池にたくさんの睡蓮を植えたとしましょう。その睡蓮は、葉の面積が毎日二倍に成長すると仮定します。四五日目に池全体を睡蓮の葉が覆いつくしてしまいました。では、池の半分を覆ったのはその何日前だったでしょうか」

会場に問いかけて立ち止まり、両手を小さく広げた。あたかも会場からの返事を待つように、そのポーズでしばらく静止する。まるでワンマンショーだ。本人も自分のビジュアルを十分意識しているのだろう。

「答えは一日前の四四日目です。当たり前ですね。毎日二倍になるわけですから」

竹田はまた歩き出した。

「でも、人はこんな大きな変化が急激にやってくるとは、予想できません。四四日間で起こった変化と同じ大きさの変化が、最後のたった一日で起こるとは予想できない。これが指数関数的増大の怖さです。巨大な変化が最後の最後にやってくるということに、実際にやってくるまで気づきにくいのです」

ステージの左端まで歩くと、そこで会場を大きく見まわした。

「今、世界の人口は指数関数的に増大しています。それに伴って、エネルギー消費も、食料の消費も、森林伐採も、二酸化炭素排出量も、動物の絶滅も、指数関数的に増えています。人間という微小で弱い生き物の指数関数的増大が、地球という惑星を崩壊させようとしています。一九五〇年から顕著に観察されるようになった指数関数的増大は、グレート・アクセラレーション、つまり『大規模加速』といい、何人かの欧米の学者がその危機をすでに指摘しています」

大規模加速――。怜一もこの言葉は知っていた。人類の暴走の象徴として、環境保護団体などがよく言及する。

「地球環境の最終的な崩壊が四五日目だとして、世界は今、四四日目に差し掛かっているのかもしれないのです。ある程度の異常は起こっている。最近の異常気象がそれです。でも人々は、『大丈夫、地球が壊れるわけない』と思っている。あと一日で急激な変化が起こって地球環境が崩壊するとは知りもせずに」

怜一は自分の周囲の反応を見る。左斜め前のサラリーマン風の男性が、ウンウンと大きく頷いている。

「人々は、気候変動などお構いなしに、日々の生活に追われています。政治家は次の選挙で再選されることだけを目指し、企業経営者は次の四半期の成績が上向くことだけを目標とし、サラリーマンは出世することに汲々《きゅうきゅう》としています。学者だって同じ。

自分の論文がサイエンスやネイチャーに掲載されて褒められることだけを目指しています。助教は講師に、准教授は教授になることを願って、研究に明け暮れています。自分たちの乗る船が沈みかけているのに、船上の全員がそれぞれのポーカーゲームに熱中しているのです」

会場から小さな笑いが起こる。竹田はそれを聞いて満足そうに頷き、今度はゆっくりとステージ中央に向かって歩く。

「似たようなことは、第二次大戦の日本軍でもあったそうです。終戦の僅か数日前まで、陸軍大尉に出世することだけを心待ちにしていた中尉がいたそうです。あと数日で、日本軍そのものが滅ぶという時に、自分の昇進のことだけ考えていたのです。愚かでしょうか？　そう愚かです。でも、私たち人類は環境問題で、この帝国陸軍中尉とまったく同じ愚を繰り返しているのです」

竹田はステージの中央まで戻り、聴衆を見渡す。

「なぜ、人はこんなに愚かなのでしょう。全体状況が見えず、自分のことにしか関心がないのはなぜなのでしょうか」

そう言って竹田はもう一度、左から右に会場を見渡す。数秒間の間を置くと、おもむろに言った。「それは、道義的な問題でもないし、倫理的な問題でもないのです。政治的な問題ですらありません。生物学的な問題なのです」と言いながら竹田は、自分の頭に右手の人差し指を当ててみせた。

「私たち人間の脳の機能と構造に起因する問題です。残念ながら、人間の脳は、時間的、空間的に大きな事象をとらえることが不得意です。そのように進化してこなかったからです。今起こっている地球環境の問題は、大き過ぎて人間の脳にはとらえられないのです」

なるほど、と怜一は腑に落ちた。

今年一月から環境班で取材を始めて以来、ずっと抱えていた疑問が氷解したような気がした。例えば、地球温暖化を放置しておけば、海面が上昇して太平洋の島国が水没し、水没しない場所でも台風などによる浸水被害が一〇〇倍以上に増え、海温の上昇で漁獲量が激減する。だから国連機関は警告を鳴らし続けている。けれども人類は少しもそれに対処できていない。それはなぜか、という素朴な疑問が怜一にはあった。それは人間の脳の限界だ、という竹田の説には、ある種の説得力を感じた。

「人間の遠い祖先はサルのように森の樹上で暮らし、木から降りて、狩猟採取の生活を続けながら進化してきました。その脳がとらえられる範囲は、時間的にせいぜい半年先、空間的にせいぜい数キロの範囲でした。現生人類は、アフリカ大陸の一地域だけに生存していた種だったのです」

竹田は、今度はステージの右に向かって歩きながら話を続けた。

「アフリカ大陸の一地域にとどまっていればよかった。けれども五万年前に、人類の一団は、アフリカを出た。五万年かけて全世界に広がったのです。地球の不幸の始まりです。人類はいま地球全体に広がり、指数関数的に人口を増やしてしまい、地球を壊そうとしている。その対策を取ろうとしても無理なのです。もともと人間は、地球を運営する脳を持ち合わせていない。地球全体を運営する能力がないのです」

竹田は肩をすくめてみせた。

「皆様、身も蓋もない話になってしまいましたことをお詫《わ》びいたします。何の救いもない話かもしれません。けれども、SDGsを目指すならば、身も蓋もない話から、救いのない話から、出発せざるを得ません。そこから出発しない思考がSDGsを語るのなら、それはすべてごまかしであり、すべてが嘘《うそ》なのです。これもまた、身も蓋もない話になりましたね。身も蓋もない話が指数関数的に増大する前に、やめておくのが賢明でしょう。ご清聴ありがとうございました」

怜一は竹田の話に心を奪われた。この話を原稿にして、社会面に出そうと決めた。

「確実にボツね、社会面に出しても。ストレート・ニュースじゃないしさ。環境面の囲み記事くらいかな」

日本橋室町の本社に帰って、竹田の「指数関数的増大に関する身も蓋もない話」を、環境班キャップの飯島に報告すると、そんな答えが返ってきた。

環境面とは、毎週土曜日の朝刊にある環境特集ページのことだ。飯島のもと、怜一と榎の三人で、毎週このページを作っている。環境班の記者もストレート・ニュースや大きな話題があれば社会面に記事を出す。社会面の記事のほうが「格上」と社内的には何となく思われているし、社会面に記事が載れば「仕事をしている」と評価される。

「でもこれは社会面でも通用するネタですよ。ネットでも受けるし」怜一はむくれた。

「ゴンちゃん、熱くならなくていいじゃん」

「だって大切な話です」

「大切な話だよ。でも、それと社会面に載せる基準は別だよ」

飯島は、怜一の頭に巻かれた包帯をずっと見ながらしゃべっていたが、なぜか何も聞かなかった。怜一も何も説明しない。

「本当に大切な話だと思うんだったら、竹田教授にインタビューに行っておいでよ」

「あ、そうですね」

「そうすればインタビュー写真もつけて、ある程度大きな記事にできる。環境面でね」

「環境面ですか？」

「ナマじゃないから社会面は無理だって」飯島は顔をしかめる。

ナマとは、事件・事故や、政治・経済に関するストレート・ニュースのことだ。

「わかりました。そうします」

「たくさん書きたければインタビューの長尺版をネットに載せればいいしね。さっき、科学部の安藤《あんどう》君にエレベーターで会ったら、竹田教授の研究室に取材に行くんだって、来週の火曜日。乗っかっていって、向こうの取材が終わった後、短くインタビューしたら？」

「安藤か。どうしようかなあ」怜一は、複雑な表情を浮かべた。

安藤聡介《そうすけ》は科学部記者で、怜一と同期だ。

他部の記者の取材に乗っかってインタビューしたいなどと申し入れても、断られるのが普通だ。「そんなの自分で勝手にアポ取れよ」と、言われるに決まっている。が、安藤は断らないだろう。気さくで寛容なヤツなのだ。ただし、ボリュームが壊れたテレビのように、不自然に声がデカいという難点がある。普通の会話でも声が大きいから、一緒にいると気恥ずかしい。ましてや、女王様のように美しい竹田に取材に行く時に、一緒に行くべき記者ではないような気がする。

「行くか行かないか、ゴンちゃんに任せる」飯島はニヤッと笑うと席を立った。ポシェットを肩にかけてどこかに行ってしまった。

翌日は土曜日で、怜一もアケミも休みだった。空は晴れて午前中から気温が上がった。

午前一〇時半ころに、東京メトロ千代田線で明治《めいじ》神宮前に到着した怜一とアケミは、神宮橋《じんぐうばし》を渡り、菊の紋がピカピカ光る「一の鳥居」をくぐって明治神宮の参道に入った。怜一はランニング用の水色のロングTシャツと紺のロングパンツ、アケミはデニムのガウチョパンツとポロシャツといったラフな格好だ。

ゴールデンウイークが終わったばかりの週末で、四車線道路並みに広い参道に人はまばらだった。

「ネットでググったら、明治神宮が東京のカラスの一大ねぐらなんだよ。四〇〇〇羽は集まるんだって。新宿御苑は、看板に三～四〇〇羽って書いてあったから、その一〇倍はいるわけだ」怜一が説明する。

「すごいけど、初詣で明治神宮に詰めかける人間の数のほうがずっと多いよ」

「そりゃあ、そうだ。何十万人でしょう。テレビで初詣の混雑を見るとゲンナリするよね。だから、ここには、ちゃんと来たことがなかった」

「怜ちゃんは、狭い場所と混んでる場所が、異常に苦手だもんね。『うわ～ん、暗いよ～、狭いよ～、怖いよ～』って」

「あ、それ、『うる星やつら』の面堂終太郎《めんどうしゅうたろう》ね。一貫性がないなあ。ここは、ハリー・

ポッター・フリークのプライドにかけて、全部『ハリー・ポッター』で揃《そろ》えなくっちゃ」

「わっ、むかつく。わたし、そこまで真面目じゃないし！」

参道は広い。両側の木々も高い。様々な鳥の鳴き声に混じって、カアカアというハシブトガラスの鳴き声も聞こえるが、姿は確認できない。北に向かってのんびりと歩く。

「怜ちゃんを襲撃したカラスの仲間がここに棲《す》んでいるの？」

「そう思うんだ。新宿御苑で僕を襲ったカラスの仲間たちが、南の方向に飛んでいった。ここは新宿御苑のすぐ南だからね」

熱心に自撮りをしている外国人の男性をゆるゆると追い越した時、左手に「二の鳥居」が見えてきた。

「こっちだね」アケミが指さす。

「うん、まず御苑に行こう」

左に曲がってしばらく進むと、左手に御苑の北門があった。

入口を入ってすぐの小屋で五〇〇円の御苑維持協力金を支払って、細い道を進む。

「道せまっ！」

「森の小道だよね。なんか、変に入り組んでいる」

正面で小道が二股に分かれたので左に進む。しばらくまっすぐ進むと、T字路になっている、その付近に差し掛かった時、カラスの声がした。

ギー、ギー、ギー、ギー

「あ、あの鳴き声だ」怜一が短く言った。

「えっ、何」

「新宿御苑で襲ってきたカラスの鳴き声」

「えっ、どれ」

「しーっ」と怜一は唇に人差し指を当てて、周りを見回した。鳴き声は右手のほうから聞こえてくる。

T字路を右に折れてゆっくりと進む。そのあたりは、新宿御苑の「母と子の森」によく似た雑木林だった。右側の木の上に二羽カラスがいた。あれは、ハシボソガラスだ。新緑の中で、細いクチバシが見えた。

細い道の先に黒い服の男がいた。黒いパンツに黒いTシャツ、そして口には黒いマスクをしている。男は短い単眼鏡を覗《のぞ》いて、怜一が見ていた二羽のカラスを観察していた。単眼鏡から目を離すと、片手に持ったスマホを何か操作している。鳥類学者なのだろうか。怜一は興味を持った。

「あの、すみません」と声をかけてみた。「カラスを観察してるのですか。私、日本新聞の記者で権執印というんですけど、ちょっと話を聞かせてもらえませんか」
黒い男はビクッとして、スマホから目を上げた。怜一を見ると、脱兎《だっと》のごとく逃げていった。意外な反応に、怜一のほうが驚いた。反射的に追いかける。怜一は走るのが得意だ。けれども道の先がまた二股に分岐していて、どちらに行ったのかわからなくなった。左側を選んで、すこし駆けてみたが、黒い男の姿はもう見つからなかった。この神宮御苑の小道は迷路のようだ。
なぜ逃げたのだろう。自分が危ないヤツにでも見えたのだろうか？　自分の姿を点検してみてもごく普通のラフな格好だ。さっきの黒ずくめの男のほうがよほど怪しい。カラスを観察していたから、多分研究者なのだろう。あれが狂暴なカラスと知って観察していたのならば、ぜひとも話を聞きたかった。
今来た道を歩いて引き返す。先ほどカラスがいた木にまで戻った。
樹上のカラスはいつの間にか五羽に増えている。
ギー、ギー、ギー、ギー
　ギー、ギー、ギー、ギー
　　ギー、ギー、ギー、ギー
これは、一昨日に自分を襲ったカラスの同類に間違いない。
カラスは後ろからしかヒトを襲いません。頭を足で蹴る程度です――。昨日ネットで調べたら、ある自治体のウェブサイトにそう書いてあった。けれども、この狂暴なカラスは、自死も覚悟で正面から嘴で人を襲う。危険極まりないカラスだ。

怜一はバックパックを肩からはずして、前に構えた。飛んできたら、これで身を守るつもりだ。警戒しながら、そろそろとその木を通り過ぎる。

アケミの姿が見えない。なんだか急に不安になってきた。

「お～い、アケミ、アケミ、アケミ！」

呼んでも返事がない。

「アケミ、アケミ！」

呼んでいると、小道を若いカップルがやってきた。大学生だろうか。怜一とすれ違う時、二人ともニヤニヤ笑っていて、ちょっとバツが悪かった。冷静になるべきだった。スマホを取り出して、電話してみる。すぐにつながった。

「アケミ、ごめん、はぐれちゃって。今、どこ？」

「説明はムズイよ。だって、周りは木が茂ってるだけなんだもん」

「ちょっとカラスが危険な状態なんだ。こっちには来ないほうがいい」

「こっちって、どっち」

「ほら、さっきはぐれたT字……」

その時、木の枝からカラスがダイブするように飛んだ。怜一はスマホを落として、バックパックを構える。だが、カラスの影は雑木林の向こうに消えた。

「キャッ」と女性の鋭い悲鳴が上がった。「えっ、何、えっ、何、何、何、何」とパニックになった男の声が雑木林の向こうで聞こえる。

さっきの若いカップルだろうか。

怜一はスマホを拾って、「またかける」と言い捨てて、小道を駆けた。緩いカーブを曲がったすぐ先に、女が倒れて、男が覆いかぶさるようにしゃがみ込んでいる。男はただ「あ、あ、あ、あ、あ」と言いながら、女の手を握っている。小道の脇の樫《かし》の木の根元で黒い塊が、バサバサと、のたうっている。

男は怜一を見ると、「た、た、助けてください！」と声をあげた。

怜一が女を覗き込む。西洋人のような顔立ちの目の大きな女だった。額に手を当てて、その手の隙間から血が流れている。

「まず、血止めだ」怜一がポケットからハンカチを出す。

「いえ、大丈夫です」と、女は怜一を見てしっかりと言った。「ヒロシ、バッグの中にハンカチがあるから出して」

パニックになっていた男が慌てて、女のバッグを開けてハンカチを出す。女はハンカチを額に当てた。

「ヒロシ、救急車を呼んで、御苑の入り口までよ」

「あ、うん」男は慌ててスマホを取り出して、電話を掛けた。「ええと、明治神宮の御苑です。カラスに体当たりされて、僕じゃなくて、ユイが。ええ、女性です。頭から血を流してるんです。だから、出血です。はい。救急車を御苑の入り口まで、お願いします。いや、新宿御苑じゃなくて、明治神宮の中の御苑です」

「大丈夫ですから」と、女はもう一度、怜一に向かってきっぱりと言った。とても気丈な人らしい。

「わかった」怜一は、二人に任せることにして、立ち上がった。道の先にちらりと人影が見えた。黒いTシャツ、黒いパンツ、黒いマスク。さっきの男がこちらの様子を窺《うかが》っている。イラっとした怜一は駆けた。男は身を翻して逃げた。曲がりくねる小道を左に曲がり、すぐに左に曲がり、そして左に曲がる。

緩い坂道を駆け下りると、前方では小道に太い竹を渡して道を遮断していた。男はその竹をハードル競技のように飛び越えて、行ってしまった。

怜一はそこで止まった。

「東門閉鎖中につき北門にお廻《まわ》りください」と書いた立て看板がある。あの黒い男はこの御苑だけでなく、明治神宮の森全部を知り抜いているヤツなのだろうと思う。

息を弾《はず》ませながら、今来た道を戻る。ズボンのポケットでスマホが震えた。

「なんかあったの？」アケミからだった。

「またカラスが人を襲ったんだ。カップルの女の子がケガした」

「えっ、大丈夫？」

「うん、男のほうが救急車を呼んだ」

「そんな大ごとだったんだ」

「うん、でももう大丈夫そう。合流しようよ。いま、どこにいるの？」

「私はいま、ナンチにいるよ」

「なんち？」

「南の池って書いて、ナンチって読むらしいよ、看板によると」

「わかった。じゃあ、そっちに行く」

「あ、南池の御釣台《おつりだい》ね」

「おつりだい？　まあいいや、調べていくよ」電話を切って、マップに切り替えて、南池の御釣台の場所を確かめる。すぐ近くだった。地図を頼りに迷路のような小道を抜けると、鬱蒼《うっそう》とした森を背後に持つ広い池に出た。桟橋のような、池に突き出た木製の台があり、それが御釣台だった。

アケミはその上に立って池を眺めていた。

「何見てんの？」

後ろから声をかけると、アケミが振り返って笑った。その笑顔が美しいと思った。

「睡蓮だよ。ほら」

池には睡蓮の葉がここに一叢《むら》、あそこに一叢と、あちこちに固まって浮かんでいる。

「へえ、睡蓮が生えてるんだね」

そう言って、後ろから両腕でそっとアケミを抱いた。

「そろそろ白い花が咲くんだって」

「そうなんだ」

竹田の紹介した「睡蓮方程式」を思い出した。毎日葉の大きさが二倍になる睡蓮。あの比喩を考えたのはフランスの生物学者だと言っていた。フランスには睡蓮がたくさん咲いているのだろうか。モネも好んで睡蓮を描いていたというから、多分そうなのだろう。

科学部の安藤のアポに乗っかって、やはり竹田のインタビューをやってみようと思った。


「安藤さあ、お前、竹田教授の前では小さい声でしゃべってくれ。デカい声は人を不快にする。自分の声のデカさを自覚しろよな」

週明けの火曜日、三田大学に向かうタクシーの中で、怜一は安藤に釘《くぎ》を刺した。前の助手席に座る一年生カメラマンの田口学《たぐちまなぶ》がくすくす笑った。

「ゴンさんって、言いたいこと言っちゃいますよね」

「そうだよな。それが取材に便乗させてもらうヤツの言うことかぁ？」

安藤がデカい声で不満げに言った。

「今のは一一〇デシベルだ」

「俺は、声もデカいけど、気持ちもデカい。だからゴンも竹田教授のインタビューができる。俺のアポに相乗りしてな」

「感謝してます、もちろん。気持ちはそのまま、声を小さくしてもらえると有難いんだ」

「考えとくよ」

「今日は科学部さん、何の取材？」

「古遺伝学について基礎的な解説記事を書くんだ。一ページ使ってな。竹田先生を案内役にして」

「紙面に映えるだろう。美人だし」

「実力もあるんだぜ。セルとかネイチャーにたくさん論文を掲載しているからね。美貌だけじゃあ、あの若さで教授にはなれないよ」

「古遺伝学ってなんだっけ。古臭い遺伝学？　メンデルの法則とか？」

「茶化すなよ」安藤は嫌な顔をした。

不幸なことに、怜一の心配は的中した。

三田大学二号棟五〇五号室の古遺伝学教室に入って、竹田と名刺交換をした時点で、安藤はすっかり上がっていた。怜一も上がっていた。カメラマンの田口も上がっていた。近くで見る竹田は、驚くほど小顔で美しかった。卵型の顔にロングヘアー、鼻筋が通り、目は切れ長で、少し憂いを含んでいる。白いブラウスと、フレアーがついた黒のマキシ丈のスカートは落ち着いた感じを醸し出していた。

「あの、あの、あの、に、日本新聞の、か、科学部の、あ、安藤と申します」

緊張のあまり、声が普段よりも大きくなり、頓狂な感じがした。

竹田は眉間にしわを寄せた。「竹田です。聞こえていますよ。そんなに大きな声を出さないでくださいますか」

「あ、あの、はい。失礼しました」

安藤の声は、今度は消え入りそうなほど小さくなった。

怜一も名刺を出して、挨拶する。取材に参加することは前日にメールで伝えていた。改めて、講演を聞いて感銘を受けたので科学部の取材とは別に、インタビュー形式で話を伺いたい旨を述べた。

「御社の取材時間のお約束は全部で一時間半ですから、その枠内でお願いします」

と、冷たい声で返してきた。

「はい、もちろんです。一五分あれば結構です」

怜一はにこやかに答えたが、竹田は無表情で、怜一の頭の包帯をジロジロ見ていた。やはり他人には気になるポイントらしい。

ソファに座ると、意気消沈した安藤が、気を取り直すように質問を始めたが、緊張は隠せていない。

「きっ、きょうは、先生のご専門の古遺伝学についての取材です。せ、先生のご研究では、近代以降に絶滅した野生動物の骨などからＤＮＡを採取して、ゲ、ゲ、ゲノム解析をされていますが、その意義は？」

横で聞いていた怜一は吹き出しそうになったが、竹田は無表情のまま口を開いた。

「基本的には記録ですね」

「き、記録とは？」

「現在は、地球の歴史で六番目の大量絶滅が進行中です。地球上に様々な生物が繁栄したカンブリア紀以降、これまで五回の大量絶滅があったことが分かっています。そして現在が六番目ですね。これまでの五回の絶滅は、火山活動や隕石落下などによって引き起こされましたが、今回の大量絶滅は人類が環境破壊によって引き起こしているものです。人類が絶滅させた動物の骨からＤＮＡを採取して、それを記録に残し、系統樹にしっかりと位置づけるのは、我々人類の義務だと思いませんか」

「はい。あの、そう思います。ええと、現在は大量絶滅が進行している、というのがピンと来ないいんですが……」

「進行していると判断するかどうかは、大量絶滅の定義によるでしょうね。大量絶滅は『比較的短い時間』に地球上の種の七五％以上が絶滅する、という一般的な定義があります」

「あの、『比較的短い時間』とは、どのくらいの時間ですか？」

「定義はありません。過去五回の例から言えば、二八〇〇万年以下の時間です」

「えっ、それで短いのですか」

「四六億年の地質学的な時間尺度でいえば、これでも短いんですよ」

「では、二八〇〇万年経過しないと、現在が大量絶滅かどうかは、わからないのですか？」

「だから代替的な方法として、別の計算をするわけです。これまでの大量絶滅期を除く、いわば地球の平常時にも動物は絶滅してきたけど、通常はどのくらいの割合で絶滅するのか。これをバックグラウンド絶滅率といい、Ｅ／ＭＳＹという単位で表現します。一〇〇万種の動植物のうち一年以内に何種が滅ぶかという指標です。現在の絶滅率がバックグラウンド絶滅率よりもかけ離れて大きければ、大量絶滅と言ってもいいことになりますすね」

「かけ離れて大きいのですか？」

「これもバックグラウンド絶滅率をどの程度だと考えるかによるのです。学者によって見解はまちまちですが、ＩＰＢＥＳという政府間組織では、現在の絶滅率はバックグラウンド絶滅率の一〇〜一〇〇倍だと推定しています。一方で、今から約二億五〇〇〇万年前のペルム紀末に起こった三度目の大量絶滅は、バックグラウンド絶滅率の約五〇倍と推定する研究があります。それが正しいのであれば、六番目の大量絶滅が進行中と言っても構わないと思いますね」

怜一は黙って、安藤と竹田の問答を聞いている。

話している竹田の姿は凛《りん》として美しい。硬質の黒く輝く石のような感じがする。カメラマンの田口が、その姿を何枚も何枚も撮っている。連続するシャッター音が研究室に響く。

カラスの鳴き声が時々、窓の外から聞こえてくる。あれはハシブトガラスの鳴き声だ。いかん、カラス過敏症になっている。カラスはいつもどこかで鳴いていた。人間の生活のなかで常に鳴き声は聞こえていた。意識していないから記憶にないだけで、人間は毎日毎日、カラスの鳴き声を聞いていた。カラスと人間は共存していた、今まではでは。だが、今は様相が変わってきた。カラスがヒトを襲っている。カラスの反乱。大量絶滅を引き起こしている人間への反乱。そんなＳＦ的なことを考えながら、安藤の取材を聞いている。

インタビューでは最後に、安藤が「ジュラシックパークのように恐竜のDNAを採取できますか」と問うた。竹田はほのかに笑って否定した。「細胞内でのDNA修復機能が失われるとDNAは簡単に破壊されます。その後も水、酸素、放射線によってDNAは破壊され続けます。一万四〇〇〇年前のマンモス、六万年前のネアンデルタール人の骨からDNAの検出に成功した例はあります。でも、六六〇〇万年以上前の恐竜の化石にDNAが残存している確率はほぼゼロでしょうね」と説明して、インタビューは終わった。

そのあと、安藤とカメラマンの田口は、竹田とともにクリーンルームを撮影に行くという。DNA解析したい骨などには、人が触っただけで人のDNA断片が混入したり、ウイルスが付着したりして、骨のDNA断片と取り違える可能性がある。そのために、DNA解析はクリーンルームで行うのだという。

「お前、ここで待機しといてな」

安藤が怜一に言った。

「俺も行くよ」と、言った怜一に、竹田がピシャリと言った。

「入室の人数は制限したいのです。あなたは環境問題のインタビューで来たわけですから、クリーンルームの取材は必要ないわね。ここでお待ちくださいね」

先生に怒られている生徒のような気持ちになったが、怜一は頷くしかなかった。安藤と田口が怜一に軽く目配せして、出ていった。

竹田の研究室にポツンと一人残された。

開け放した窓から、五月のさわやかな風が入って気持ちいい。ソファに座っているといつの間にか、うたた寝を始めていた。

混濁した意識の中で、硬いものを弾くような音が連続して聞こえる。

カチャ、カチャ、カチャ、カチャ――。

正確に言えばそれは二種類の音だ、とぼんやりと理解する。

カチャ、カチャ、ザッ、ザッ、カチャ、カチャ、ザッ、ザッ。

何かの表面を擦《こす》るような、不愉快な音。二種類とも別の神経に触り、別々の不快さがある。鼓膜をザラザラと刺激する。

浅い眠りから不愉快に目覚めると、窓際にある竹田のデスクの上に、黒い大きなものが動いていた。

つややかに光る黒い尾羽が上下に揺れている。

カラスは、怜一に背を向け、デスクの上のパソコンに覆いかぶさるようにして、分厚いくちばしでキーボードをつついていた。ハシブトガラスだった。ザッと音を立てて左右に移動しながら、カチャ、カチャと音をたてて、つついている。

怜一はしばらく声が出なかった。目の前のカラスにどう対処していいかわからない。

「おい、こら！」

まるで人間の子供でも叱《しか》るようなように怒鳴った。だが、カラスは平然と、キーを打ち続けている。

「こらっ」

怜一は立ち上がって、大股でデスクに向かう。

カラスはひょいと、窓の桟に飛び移る。そして、重心を前に傾けて、ダイブするように飛び去った。これを見たのは四度目だ。

やれやれ、と一息ついて、パソコンを覗いた怜一は、固まってしまった。

パソコンではエディタが立ち上げられ、そこに文字が打ってあった。

われわれに　かまうな　かまうと　アケミ　しぬ

怜一は数分間、モニターを凝視していた。

ハッと我に返ると、パソコンを操作して、文字を消去して、エディタを閉じ、ソファに戻った。だが、両手がガクガクと震えている。怜一は震える手を見つめながら、自分がパニックに陥っているとわかった。

カラスが自分を脅した。キーボードで文字を打って、日本語で自分に伝えた。

そんなわけ、ないだろう？

これ以上カラスのことにかかわったら、アケミが死ぬと、と明言した。

そんなわけないだろう。カラスがキーボードを打つなんて。

カラスが知能を持っているのか。人間並みの知能を。いや嘘だ、ありえない。

しばらくソファに座っていると、今見たのはすべて夢ではないか、とも思いはじめた。

気づくと顔中に汗をかいている。ハンカチを取り出して、一度広げてから、両手で顔の汗をぬぐう。

夢だ、ということにしよう。

夢だったのだ。寝ぼけていたのだ。

ようやく心が落ち着きを取り戻した時に、廊下で足音がしてドアが開いた。

「おお、待たせたなあ。あれっ？　顔色悪いぞ」

安藤が心配げな顔で覗き込んだ。

「大声出すなよ。気分が悪くなる」

安藤の顔を見てほっとして、普通に皮肉が言えた自分にもほっとした。

竹田が入ってきて、歩きながら腕時計を確認した。

「残り十六分です。質問があれば、なんでもどうぞ」

と怜一に言い、自分のデスクに書類のファイルをドンと置いた。

「ん？」竹田が眉間にしわを寄せて、低い声でいった。「なに、これ」

パソコンのモニターの裏から指先で、汚そうに黒い羽をつまみ上げ、窓に放った。

カラスの黒い風切り羽がヒラヒラと落ちていった。

第二章　富豪教授

「ねえ、どうしたの。今日も帰りが早かったね」アケミがスプーンを怜一の目の前でフラフラと振る。それに何の意味があるのか、怜一にはわからない。

「うん、まあね。これからは、できるだけ早く帰ろうかなって」

「カレーライスとゆで卵の夕飯を食べたかったの」

「そう」

と言いながら、怜一は目を落としてカレーライスを食べる。

「リディクラス！」アケミはスプーンを魔法使いの杖《つえ》のように振って、声を上げた。

「俺は『まね妖怪』じゃないぞって」

「すごい。反応がいいね。『ハリー・ポッターとアズカバンの囚人』、よく読みました」

「ばかばかしい」

「そう、『ばかばかしい』とか『ありえない！』っていう意味だよ。リディクラス！さっきの怜一のことば、リディクラス！　私に何か隠してるって、すぐわかる」

「べつに」

「リディクラス！」

「べつに」

「リディクラス！」

「やめろよお」と言いながら怜一は笑い出してしまった。笑いながらも、アケミを守ろう、守りたいと、心から思った。

敵がいる。どこかで、自分とアケミのことを見ている。

今日見たあの文字、カラスが打っていたあの文字が、夢や幻でなければ、敵がどこかにいるはずだ。何かの意図を持っている。それだけは確かなこと。

自分はその敵と戦おう。戦って、アケミと自分を守ろう。

何だか清々《せいせい》とした気分で、そう思えた。

「カラスには気をつけろよ」

「カラス？」

「そう、ほらこんな風になっちゃうから」

頭をアケミに近づけて包帯を見せつけた。

ＪＲ御茶《おちゃ》ノ水《みず》駅から徒歩七分の距離にある章夏大学六号校舎に、但馬紘一《こういち》教授を訪ねたのは、翌日五月一三日午後二時だった。

研究室で会った但馬は、身長が一八五センチくらいはありそうな、長身の痩せた人だった。頬骨が出ていて、貧相な感じがした。しかし、とても「富豪教授」には見えなかったのは、その人相のせいだけではなかった。研究室がゴミ屋敷だったのだ。

パソコンのモニターが机の上や床に全部で一〇台は置いてあり、おびただしい数の学術雑誌や本が、これまた机や床に積まれている。カメラの三脚や電気ポット、シュレッダーやコピー機、巨大なホチキスや穴あけ機、たくさんの眼鏡、懐中電灯、大量の薄汚れたシャーレ、水垢《あか》がついたフラスコ、ガスバーナー、鉄アレイ、封筒の束、針金ハンガーや飲みかけのペットボトル、靴下の片方などが散乱して、足の踏み場もない。

怜一は何も見なかったことにして、名刺を交わした。この日の午前中に病院に行って、怜一の額の包帯は、テープで押さえた四角いガーゼに取り換えられていたが、長身の但馬は、名刺交換の時、上からジロジロとそのガーゼを見ていた。

「これ、カラスにやられたんです。先週、新宿御苑で……。きょうはカラスについて、取材といいますか、基礎的な勉強をさせていただきたい、と考えてやってまいりました」

怜一は、すすめられた椅子にかけて、雑多なものが雑然と載ったテーブル越しに、単刀直入に話を始めた。部屋が不潔すぎて、来なければよかったと心の半分では思っている。

首都圏でカラスに襲われている人が増えていること、自分も御苑でカラスに襲われたこと、神宮御苑でも若いカップルが襲われたのを見たこと、襲ったのはどれもハシボソガラスだったこと、などをまず説明した。説明の途中から、但馬の表情がどんどん曇って、不機嫌になっていった。

「カラスが攻撃的になっている理由を知りたいのです。何か原因があり、それをご存じであれば伺いたいのです。つまり、例えば都市環境の変化とか、温暖化とか、何らかの理由で、カラスが攻撃的になっているのではないかとか。あるいはウイルスに感染したとか」

「ウイルスだと？」

但馬は怒ったように怜一を見つめる。怜一はその反応に驚いた。なにか、気に障《さわ》ることを言っただろうか。

「これ、単なる例です。何か原因があるのではないか、と思っただけです」

「そんな原因、僕が知るわけない。なぜ、僕のところに来た」

「先生が、カラスの脳について研究なさっているとお聞きしたからです」

「君は、君は、だ、誰の代理でここに来た」

怜一は困惑した。この人は何を言っているのだろうか。

「私はただ、取材に来ただけです。誰の代理でもないです」

その時、研究室のドアがノックもなしにパタンと開いて、黒いジャージ姿の童顔の男が入ってきた。

「先生、コーヒー買ってきました」

「ああ、ここに置いておいてくれ」と言って、但馬は机の上のティッシュ箱からシュッ、シュッ、シュッとティッシュをたくさん取り出して、額の汗をぬぐった。そのまま床に捨てる。怜一は嫌悪感を隠すのに苦労した。

入ってきた男は何も見ていないかのような態度で、机の上に散乱するガラクタの隙間に、コーヒーの紙コップを埋め込むように置いた。

「助手の江水《えみず》君だ」

怜一に一応紹介してくれた。

「初めまして、日本新聞社の権執印です」

「はい、はい」

江水は名刺を出すでもなく、ただニコニコ笑って会釈をした。三十代の前半くらいだろうかと怜一は思った。童顔なので年齢がよくわからない。

「カラスの取材に来られている。カラスの……脳についてだ」

但馬は、勝手に取材テーマを捻じ曲げた。

「はい、はい」江水はニコニコしながら、怜一と但馬の会話に関心がない様子だ。

「そうです。カラスの脳は哺乳類の脳と構造が違うそうですね。そこらへん、ご教示くださいますか」

怜一も、話題の転換に賛成だった。このままでは膠着《こうちゃく》状態から抜けられないし、それに脳の話も、聞きたいことの一つだった。

「そうだな。鳥の脳は哺乳類と共通の土台のなかで異なっている」

但馬は少し冷静になった様子でコーヒーをすすった。

ジャージ姿の江水は何も言わずに部屋を出ていった。ドアが閉まる音がした。

「哺乳類の脳も、鳥類の脳も後脳、中脳、小脳、視床、大脳というパーツでできている。魚類も両生類も爬虫《はちゅう》類もそうだ。この構成は、哺乳類と鳥類が分岐する三億年前よりもさらにずっと前、脊椎動物の最も古い共通祖先から受け継いだものだからだ。だから、大きく見ると脊椎動物の脳は、皆同じだ。その中で、哺乳類と鳥類は他に比べて大きな大脳を持つが、その構造は大きく異なる」

但馬は目を閉じて、あたかも回想するようにしゃべった。しゃべることで、先ほどの興奮状態を静めているようだった。

「人間の大脳の表面は、灰色の二、三ミリ程度の薄皮でおおわれている。これを、大脳皮質という。君も聞いたことがあるだろう。灰色っぽいのは、神経細胞が集まっているからだ。この薄い皮には、神経細胞が六層も重なっている。例えば抹消神経からの感覚の入力、つまりインプット情報は第四層に入り、筋肉などに指令を出すアウトプットは第五、六層で行う、というような優れた仕組みを作り上げている」

　頭のいい人なのだろう、と怜一は思う。しゃべり方に淀みがない。

「この大脳皮質は場所によって担当する機能が異なる。たとえば、前頭葉は思考、認知、判断、言語など高度な知的活動の中枢になっている。複雑な大脳皮質は哺乳類の脳の最大の特徴だ。脳は中核部分が古く、進化とともに外側に大脳皮質が追加されたと考えられている。だから、高度な知性を持つには大脳皮質がなければならない、と考えられていた」

　怜一はタブレット端末を膝の上に置いて、スクリーンキーボードで熱心にメモを取る。机の上に置きたかったのだが、モノが散乱していて、置き場がなかった。本当はスマホで録音もしたかったが、但馬が何かを警戒している風だったのでやめておいた。

「一方、カラスを含む鳥類の脳には、この薄皮、つまり大脳皮質がない。大脳はあるが、薄皮がない。神経細胞が層をなして配置されていない。その代わり、神経細胞がいくつかの塊になっている。これは古い脳といわれる大脳基底核の線条体と似た構造だ。一昔前は、二〇世紀の後半までは、鳥類の大脳は大脳基底核から発達した古い脳と思われていた。ところが、最近はそうじゃないことがわかっている」

　但馬は不意に目を開けて、怜一を見た。

「分子生物学は、偉大な学問だ。遺伝子レベルでいろんなことがわかるからね。例えば、人間の脳の大脳皮質の第四層でもっぱら発現する遺伝子と、同じ遺伝子が鳥類にもある。どこで発現しているかといえば、大脳のエントパリウム、日本語でいえば内《ない》外套《がいとう》という部分だ。鳥はこの部分で感覚器官からの入力情報を処理している。人間の大脳皮質第四層と同じ仕事をしている。つまり、大脳が層状をしているか、塊になっているかが異なるだけで、哺乳類と鳥類との大脳は大体同じ遺伝子によって同じ働きをしている」

但馬はコーヒーをすすった。ずいぶん落ち着いてきたようだ。

「えっと今、エントパリウム……ナイガイトウ、とおっしゃいましたか？」

「そうだ。きょうは、パリウムという言葉をぜひ覚えて帰りなさい。ローマ法王が白い帯状の肩掛けを着けているのをテレビで見たことはないか。あれをパリウムという。古代ローマでは男性用コートのことをパリウムといった。日本語でいえば外套だ。外に套《まと》う」

「はい」

「哺乳類の大脳のうち、一番外側の大脳皮質とその内側の大脳髄質を合わせて外套と呼ぶ。脳幹を外側から包み込むように存在するからだ。一方、鳥の大脳の部位を、パリウムつまり外套と命名したのは、実は今世紀に入ってからだ。二〇〇五年のことだ。

鳥の大脳は層構造をしていないけれど、哺乳類の脳の外套に相当する機能が認められる。だから外套と呼ぶことにしたわけだ。鳥類の大脳の核部位は現在では、高外套、中外套、巣外套、内外套、弓外套と名付けられている」

「はい」怜一はひたすらメモを取る。

「君はえらく熱心に聞いている。なぜだ。こんな話をなぜ、聞きたい？」

「カラスが人を襲い始めたことの取材の一環です。特に、カラスがなぜ、あんなに賢いのか、どこまで賢いのかも知りたいんです」

話をわざと襲撃に戻してみた。また興奮するだろうか。

「今の話でいえば、高度な知的活動には、必ずしも大脳皮質は必要ないし、神経細胞の層構造も必要ない」

但馬は、襲撃の話はしたくなさそうで、ひょいと話題をかわした。

「はい。わかりました。鳥類の大脳と哺乳類の大脳とは、一見異なっているけれど、機能としては大体同じだと……。両者の違いはあるんですか？」

「鳥類の脳には、左脳と右脳をつなげる脳梁《のうりよう》がない。だから哺乳類ほどには左脳と右脳の連携がない。左の脳だけ、右の脳だけ睡眠をとることも可能だ」

「そうなんですね。これは面白いです」

「常識だよ」なぜか吐き捨てるように言った。

「ところで、鳥類の中でもカラスに限って言えば、脳に特徴はあるのでしょうか」

怜一はもう一度、カラスに話題を引き寄せてみる。

「ある。カラスの脳は鳥類のなかで最大だ。特に大脳が発達している。カラスは、小型のサルと同じくらいの重量の脳を持っている」

「凄いですね。賢いのもわかります」

「脊椎動物では、体重が増えるほど脳の重量も増える。おおむね比例関係にある。しかし、体重と脳の重さの比は、どの動物でも同じかといえば、そうではない。体重を分母とした脳との単純な重量比で言えば、魚類、両生類、爬虫類、鳥類、哺乳類の順で、比は大きくなる。つまり体重に比べて大きな脳を持つようになる。もちろん人間は、脊椎動物の中でも特に比が大きい。人間の脳は、一三〇〇グラム程度で体重の一・九%ほどもある。クジラの脳は三〇〇〇グラムもあるが、体重比をとれば〇・〇一%と極めて小さくなる。チンパンジーや犬、猫、馬など多くの哺乳類は〇・三%～〇・八%といった範囲に収まる。ところがカラスはずっと重いのだ。ハシブトガラスで一・四%、ハシボソガラスで一・七%と人間に近く、カレドニアガラスに至っては二・七%と人間を超える」

「体重比で言えば、人間よりも大きな脳を持つ！」

「そうだ。例外的に比が大きい人間よりも、さらに大きい。ところで、君はカレドニアガラスを知っているか」

「いえ」怜一は頭をかく。取材していると知らないことばかりだ。

「道具を作って使うカラスだ。小枝の先端を折って鉤《かぎ》にする。それを木の穴に突っ込んで、虫を掻《か》き出して食べる。針金を与えても先端を鉤状にする。これについては、いろんな実験があるから、自分で調べてみたまえ」

「そうします」

「あと、聞きたいことは？」

「カラスが言葉を扱うことがあるのでしょうか」

「よく、二羽のカラスが別々の電柱にとまって鳴き声を交わしている場面がある。ハシブトガラスで言えば、一羽がまず二回鳴くと、もう一羽が二回鳴く。三回鳴くと、三回鳴く。あの時、カラスは」

「あの、私の質問は、カラスが人間の言語を操ることがあるのか、ということなんですけど」ちょっと挑むように聞いてみる。

「人間の言葉をカラスが……」

「はい」

　但馬は再び目を閉じた。いまの質問がちょっとしたショックを与えたのだろうか。しばらくして但馬は目を閉じたまま、しゃべり出した。

「こういう話がある。一九六四年の春、アメリカのモンタナ州ミズーラという町で、言葉をしゃべるカラスが目撃された。そのカラスは英語をしゃべり、人の家の庭に来ては犬に話しかけていた。モンタナ大学のキャンパスでは、大学の休み時間にそのカラスが犬たちを学生にけしかけて、学生が一時パニックになった、という記録が残されている」

「本当の話ですか?」

「わからない。なにしろ古い話だ。真偽の確かめようもない」

怜一は落胆しつつ、なお食い下がる。「でも、どうでしょう。それが本当である可能性はあるのでしょうか」

「ある。あるが、その場合、人間に飼われていて、しかも、特殊な訓練を受けたカラスだろう。野生のカラスがしゃべれるようにはならないと思う」

「訓練というのは、オウムのように、人間の言葉を覚えさせられたと?」

「そう」

「意味もわからずにただ繰り返しているのですね」

「いや」と言って但馬は目を開けた。怜一を正面から見る。「必ずしもそうではない。覚えた言葉を、意思を持ってしゃべっている可能性も否定できない」

「え、それ、どういう意味ですか」

「発声擬態と模倣は違うということだ。脳内での情報処理も異なる」

「すみません。ちょっとわからないです。もう少し詳しくお話しいただければと」

「発声擬態とはテープレコーダーのようなものだ。ただ、音をコピーして繰り返しているだけだ。大脳を使わずに処理、つまり発声することもできる」

「はい」

「しかし、模倣は違う。カラスが、人間の言葉をまねようと意思して、学習して、自ら訓練して初めてしゃべれるようになる過程を言う。この場合は、言語に意味があることを理解してしゃべっている可能性がある」但馬は怜一の目を覗き込むように言った。

「言葉の意味を理解しているのですか？」怜一はゾッとしながら聞いた。パソコンのキーボードを打ったカラスの姿を思い出した。

「君はイギリスのロンドン塔を知っているか？」

「昔、処刑場だった建物ですよね」

「あそこにワタリガラスが飼われている。知っているか？」

「いいえ」

「伝説があるのだ。六羽のカラスがロンドン塔を去ると、王国が滅びるという伝説がある。だから、今でもワタリガラスが塔内で飼育されている。飛び去らないように風切り羽を切られている。まあ、いまでは観光用だが。レイブンマスターと呼ばれる飼育係の人間が、『ザッツ・フォー・ユー』つまり、『お前のものだ』と言いながら毎日、餌をまく。それをずっと聞いていたあるカラスは時々、しゃべるようになった。『ザッツ・フォー・ミー』と。『俺のものだ』と言うようになった」

「それって、つまり、人間の言葉を理解している、ということですか」

「わからない。似たような話は、探せばいくつもある。エドガー・アラン・ポーも『レイブン』、つまりワタリガラスという題名の詩を書いている。ネバーモア、つまり『二度とない』とだけしゃべるワタリガラスとの対話が詩になっている。ポーの詩は純粋な創作だろうが……」

但馬は疲れたように頭を振った。紙製のコーヒーカップを持ち上げたが、もう中身はカラだったようで、テーブルに置く。置いたカップをまた持ち上げ、両手で挟むようにグチャリとつぶした。ついで、それを丸めた。親の仇《かたき》のように、力を込めて丸めていく。親指がぶるぶる震えるほど力を込めている。なんだか危ない感じがした。

「ところで、今度は私の質問にきちんと答えてもらいたい。君は何が知りたい？　なぜ、こんな質問をする？　君は何を知っている？　私の何を探っている？」

「先にお話しした通りです」怜一は我慢づよく、ゆっくりとしゃべった。「最近、人を襲うカラスが急増しています。私自身も襲われてこの通りケガをしました。だから、カラスについて記事を書こうと思っています。そのために、カラスについて知りたいのです。経世大学の烏丸仁志先生にもいろいろとご教示いただきましたし」

「いや、それがすべてではない。君は何かを隠している」

「そんなことありません」

但馬はテーブル越しに鋭く怜一を見た。答えを見定めようという目。嘘ならたちどころに見抜こうという目。怜一もしかたなく但馬を見る。但馬がその目を見つめる。

一秒、二秒、三秒――。

「……そうか。じゃあ、もう、帰ってくれないか」

そう言って但馬自身がゆっくりと立ち上がった。「棒っきれ」という言葉が怜一の脳裏をかすめた。長身で痩せた但馬が立ち上がった姿が、棒切れのように見えた。生気の抜けた物体のように、荒れ果てた部屋の一部のように感じられた。

怜一もあわてて立ち上がり、トートバッグを提げてドアに向かう。ドアのところで振り返って、「ありがとうございました」と頭を下げると、但馬は怜一を見下ろして、突然に意味不明なことを言った。

「現在は過去に拘束され、未来は現在に拘束される。時間の経過とともに人の『現在』は過去により強く拘束されて、身動きできなくなっていく。時間経過とは、そういうものであるのならば、未来に希望はあるのだろうか。君はどう思う?」

荒れ果てた研究室の薄闇の中で、但馬の目だけが光り、狂気を帯びて見えた。怜一はゾッとした。あいまいに首をかしげ、一礼して、研究室を逃げるように出た。

西に面したガラス張りの廊下は眩《まばゆ》いほどの陽光に満ちていた。死の世界から生還した気がした。


ハシブトガラスは早朝、怜一のマンションのベランダにたびたびやってきては、耳障りな鳴き声を上げた。怜一は、カラスに起こされるたびに、始末の悪いチンピラに絡まれたような嫌な気分になった。

たまらず、烏丸に電話して対策を聞いたのは、但馬に取材した翌日である。

「ベランダに生ゴミのバケツでも置いてあるんじゃないの？」

「ええ、でもほかに置き場所もないし」

「じゃあ、とげマットでも買えばいいよ」烏丸はのんびりした口調で言った。

「とげマットですか？」

「うん。鳩《はと》よけによく使うよ。トゲトゲの針金が上向きについていて、まあ言えば、剣山のようなものさ。それをベランダの手すりに並べて貼れば、カラスはとまることができないよ。あきらめて別の場所に行くかもね」

「ホームセンターにありますかね」

「大きいところならあるよ。ないんなら、ネット通販でいくらでも買えるよ」

「ありがとうございます」

「ところで、富豪教授の但馬先生のところに取材に行ったんだって？」

「はい。なんで知っているんですか」

「但馬先生が電話をかけてきたからだよ。なんだかあの記者怪しい、なにを嗅ぎまわっているんだろうって、えらく警戒していたよ」

「烏丸先生に取材したのとまったく同じ趣旨なんですけどね」

「でも、あの記者は何かを知っている、って言ってたよ」

「何かって、何でしょうか」

「権執印記者もカラスに襲われたって？」

「ええ、烏丸先生に取材したあの日、その足で新宿御苑に行ったんです。そしたら、襲われて、四針縫いましたよ。まだ抜糸もしてない」

「ふーん」


烏丸と怜一との午前中の電話はのんびりとしたものだったが、その日の夜、午後一〇時半過ぎ、怜一は自宅のマンションで烏丸から暗い声の電話を受けた。

「但馬先生が亡くなった」

「えっ？」

「いま、章夏大学の仲間から連絡が入った。自殺だそうだ。自宅の離れで首を吊《つ》ったらしい。君、僕に何か隠してないか？」

翌日は金曜日で、環境面の校了日だった。怜一は古気象学に関する記事と、竹田のインタビュー記事の二本を書いていたので、ゲラチェックに忙しかった。インタビュー記事はシンポジウムのショートレクチャーと内容的には同じで、「環境問題は解決困難？　人の脳の限界」という見出しがついた。録音をもう一度聞き直してゲラをチェックした。午前中にようやくそれを終えて、経世大学の烏丸の研究室をアポなしで訪ねたのは正午を少し過ぎたころだった。

ノックしてドアを開けると、烏丸はカップラーメンを食べている最中だった。

「あ、食事中に、突然すみません」

「あ、君か。かまわないよ。ただ、今日は時間がない。一時から外の会議に出ないといけないし、夕方からは但馬先生のお通夜だ」

「但馬先生とは親しかったのですか」怜一は入り口近くで立ったまま聞いた。

「それほどでもないけどね。専門が被るでしょう。僕が鳥の動物行動学、但馬先生は鳥の神経生物学。だから、学会ではたびたび顔を合わせる間柄だし、一緒にパネルディスカッションをしたこともあるし……。で、何の話？」

「いえ……。昨日、電話では言えなかったし、聞けなかったことなんですが……」

「なに」

「私の推測でしかないけれど、いまカラスが狂暴化していることに、但馬先生が何か関係があるんじゃないかと、私は思っています」

「なぜ」

「その件で取材に行ったら、異常に警戒した様子だったからです。カラスが狂暴化してるんじゃないでしょうかって聞くと、質問を嫌がっていたし」

「ふーん」

「『君は誰の代理なの』『私の何を探っているのか』って、変な聞き方もされました」

「ふーん」烏丸は興味のないふうで繰り返した。

「但馬先生は、最近はどんな研究をしていたんですか？　カラスの狂暴化にかかわることとか、研究されてたんですか」

「ねえ、何のためにそんなこと調べるの。自殺したばかりの人をさあ」

「それが仕事だからです。事実を調べるんです」

「感心しないよね」

烏丸は、カップを持ち上げて最後に残った汁を飲んだ。大きな喉ぼとけが動く。飲んだカップを、たたきつけるようにテーブルに置く。

「ほっといてあげなよ。君たちマスコミは首を突っ込みすぎだよ。真実を知るとか言ってさあ、何様っていう感じだ。なんの権利があって、そんなの調べるの、昨日自殺したばかりの人を」

「事実を知るためです」

「そんなのあなたの勝手でやっていることでしょう。そっとしといてあげなよ」

「いや……」

「事実を知るためとか言って、本当はスクープをとって、会社の中の競争に勝ちたいだけなんでしょう？　私利私欲のために人の邪魔をしないでほしい。我々研究者は、静かに研究したいだけ。放っておいてほしい」

怜一は口をへの字に曲げて、烏丸を見る。烏丸は眉間にしわを寄せている。

「質問には答えないからね。調べたければ勝手にどうぞ。ただし、僕には関係ないし、協力もしない」

怜一は腹を立てた。「そうですか……。残念です。ただ、やってることは、私も烏丸先生も同じなんです。先生は私に『偉そうに』とか、『なんの権利で』とか、そんなこと言える立場にないんです」

挑発しようと思った。怒らせればこっちのもんだ。

「なんだって」

「やってることは先生だって、私だって一緒ですよ。なんの権利があってカラスに足輪をつけたり、GPSを背負わせたり、巣を観察したりするんですか。カラスは迷惑ですよ。そっとしといてほしいんですよ」

「ははは っ、なんの話?」

「学者と称する人間が、真実を知りたいとか、事実を知りたいとか、御託を並べて、カラスを捕まえたり、見張ったり、脳の断面写真を撮ったり、変な実験をしたり。カラスにとっちゃあ、迷惑な話です。今すぐ、やめたほうがいい。カラスは静かに生活したいだけなんだから」

「あ……あのさあ、人間とカラスを同列にしないでくれよ」呆《あき》れたように言った。

「それが先生の本音でしょうね。カラスは人間の調査と実験の対象にしていい。人権がないから、どう扱ってもいい。そうなんですね? カラスが大好きなフリをして、本当は、どうでもいい」

「何を言っているんだ」烏丸の語気が強まった。

「カラスだけじゃない。極端な話、事実なんて、結局はどうでもいい。ネイチャー、サイエンスにいい論文を書いて、出世したい。准教授じゃいやだ、早く教授になりたい。それしか頭にない」

　どこかで聞いたセリフだと思いながら、怜一は挑発を続ける。

「だから日本でも世界でも、論文捏造《ねつぞう》が多発している。そんな学者先生が、偉そうにマスコミ批判ですか？　聞いて呆れますよ。多くの学者がやっていることはマスコミ以下だ」

「違う！」

烏丸が本気で怒った。唇が震えている。顔が真っ赤になって湯気が立ちそうだ。

「ほかの学者のことは知らない。でも、僕は、事実が知りたくて研究している。もちろん、出世欲、名誉欲も、金銭欲もある。でも、それだけじゃない。研究の楽しさ、面白さもある。真実を知りたいという欲求もある。知った時の楽しさがある。確かにある」

怜一はまっすぐに烏丸を見た。「そうですよね。学者もいろいろです。先生はカラスを愛しているから、カラスのことを研究している。もっと知りたいと思っている。私も一緒です。自殺者が出るほどの闇が、もしかしたらカラス事件の背後にあるかもしれない。僕はそれを明らかにしたいだけです。マスコミ、マスコミと、十把《じっぱ》一絡《ひとから》げにしないでください。私は、私です」

言うだけ言って、怜一は烏丸に頭を下げた。「失礼なことを申し上げました。すみませんでした。また、来ます。ご迷惑でしょうが、また来ます」そう言うと、ドアに向かった。廊下に出て、フーッとため息をついた。

額の縫合箇所を抜糸したのは、その一週間後だった。抜糸した翌々日、五月二四日の日曜日の正午から、ＪＲ目黒駅近くのイタリア・レストランで「鶴原高校　三二回生同期会」が開かれた。

怜一とアケミは手をつないでレストランに入った。

――えっ、手をつないで入るの？　キャー、ちょっとキモくない。やめようよ。

アケミは乗り気ではなかったが、怜一が押し切った。

――なんか、怜一、最近ちょっと違うよね。

カンのいいアケミは不思議そうにしていた。怜一自身も気づいていなかったけれど、あのカラスの脅しがあって以来、アケミを護りたいという思いが強まったのかもしれない。あるいは同窓会での単なる独占欲なのかもしれない。自分でもよくわからなかった。

「えっ、あれ、ゴンと中島《なかじま》、どうしたの。えっ、付き合ってるの。うそーっ」

「あれっ、アケミ、権執印と付き合ってるの。えーッ、なんで」

会場に入ると、元クラスメートたちから驚きの声があがった。

怜一とアケミは高校三年の時、同じクラスだった。アケミは一種のかわいいおバカキャラで男子から人気だったけれど、怜一は陸上部で長距離を走る以外は、ガリ勉一筋の真面目人間だった。だから、同級生の反応は、なんでアケミのような人気の女子が、ゴンのようなモテない系の男と付き合っているんだろう、というニュアンスに終始して、怜一は少しメゲた。

アケミが早々に仲の良かったグループの女たちにさらわれてゆき、怜一は立食のテーブルで一人ワインを飲んだ。

「ゴン、久しぶり」

と、低い声がした。振り向くと黒いスーツのがっちりした体形の男が笑っている。髪はオールバックで、太い黒縁の眼鏡をかけている。狡猾《こうかつ》そうな目をしている。

「えっと……」

「えっ、俺を忘れた？　そりゃないよ。陸上部で短距離を走ってた」

「あ、喜嶋《きじま》だ」

「忘れられるとは、ショックだな」

「いや、名前と顔が一致しなかっただけだ。卒業以来会ってないし、ずいぶん感じが変わったなあ。金融ブローカーのような雰囲気だ」

「ふざけんなよ。いまじゃ警察庁のエリート官僚なんだぜ」

横柄に言い、ビールをゴクゴクと乱暴に一気飲みした。徐々に記憶がよみがえる。成績は学年でトップクラスだった。ガリ勉の怜一よりも上だった。頭の回転が驚くほど速く、ディベートで誰も太刀《たち》打ちできなかった。確か東大に行ったはずだ。ただ、大物ぶってみせたり、人を見下したりする癖があり、陸上部内でも好かれてはいなかった。

「警察官僚か」

「お前は？」

「日本新聞の記者だ」

そう言って怜一は名刺を出した。

「あ、名刺はいいや。俺も出さないといけなくなる。ちょっと立場が特殊でな。こういう場では、名刺は出さない」

怜一は心の中で笑った。名刺を出さない、は大物ぶりたい人物がよくやる常套手段なのだ。毎日のようにいろんな人に会って取材しているとそのことがわかる。エリート官僚を気取りたい喜嶋に少し付き合ってやることにした。

「警備局にでもいるのか？」

名刺をしまいながら怜一は聞いた。

警察庁警備局は、日本の公安警察の元締め的な組織だ。公安警察は極左、極右組織をはじめカルト集団などを監視し、テロを防止することを主な任務とする。スパイ活動に類する捜査も行い、警察機構の中でも特に機密性の高い組織だ。喜嶋が「名刺を出さない」といったのは、暗に警備局にいるとほのめかしたかったのだと、怜一は推測した。

「ほぉっ、さすがに詳しいな。世の中の大半は警視庁と警察庁の区別もつかないのに」

「当たり前だ。去年は警視庁を担当してたからな。公安課か？」

「いや、外事情報部だ」

「外事課？」

「いや……国テロだ」喜嶋はわざとらしく声をひそめた。

「国際テロリズム対策課な」

「さすがだな。ガリ勉のゴンは警察庁の組織図を丸暗記したか？」

「相変わらず、人を見下すのが好き、だよな」怜一は横を見向いた。

陸上部の仲間だった吉村翔《よしむらしょう》が会場に入ってくるのが見える。小柄で華奢で長距離が速くて、怜一とは仲がよかった。怜一は手を挙げて、笑いかけた。

「じゃあな」

と、怜一が行こうとすると、喜嶋が怜一の腕をつかんだ。

「相変わらず、短気だな。中島アケミもよくお前と付き合ってられるよな。名刺をやるよ」

喜嶋はポケットから名刺入れを出して、一枚を怜一に渡した。

「お前の名刺もくれ」

怜一は、苦笑を隠して、名刺入れに戻したばかりの名刺を出して渡す。やはり名刺が欲しかったのだ。

「社会部環境班？　なにこれ。事件をやってんじゃないのか？」

「環境問題をやっている」と怜一。

「そうか」

声の調子で、喜嶋が興味をなくしたのが手に取るようにわかった。

なるほど、と怜一は思う。こいつは警視庁がらみの情報か、事件がらみの情報が欲しいのだ。自分が記者だと知って、寄ってきたのだろう。だから環境班と聞いて落胆したのだ。

「環境問題って、何やってるんだ？」

「章夏大の但馬という教授が最近、自殺した」怜一はわざとらしく声をひそめた。

「えっ」

「章夏大学の但馬紘一っていう教授が最近、自殺したんだ。裏がいろいろある」

「お前、何か知っているのか？」

怜一は無視して、吉村のいるテーブルに向かった。過剰にブラフをかけてくる官僚には、ブラフで対抗するに限る。

夕方の四時だというのに天井がぐらぐら回っている。怜一は同窓会でワインを大量に飲んでだいぶ酔っていた。

「怜ちゃんもう帰ろうよ」

陸上部の仲間五、六人と繰り返す思い出話の無限ループに、アケミが割って入った。

「もう、お開きだよ」アケミは笑って言ったが、酔ってはいない。

「中島さん、なんでゴンのような生真面目なヤツと付き合うようになったの？」

吉村が聞いてくる。

まわりのテーブルでは料理やグラスの撤去作業が始まっていた。

アケミは「へへっ」と斜めにピースサインを出して笑った。

「ヒミツだよ。ねえ、怜ちゃん、お開きだよ。帰ろうよ」

「一緒に住んでんの？」高橋《たかはし》登志夫《としお》という、かつては八種競技の選手が叫ぶように言った。

「お前、酔ってる。もう五回くらいその話になったし」と言って、怜一はグラスを置いた。

「じゃあな」

と、みんなに挨拶して、アケミと手をつなぐ。楽しい気分で会場を後にした。

地下鉄を二回乗り換えてマンションに帰り着いた。アケミがドアの鍵を開けて先に入る。

「え、何これ」

リビングから、アケミの声が聞こえた。

「どうした」

怜一もリビングに入って目をむいた。中途半端に荒れていた。キッチンにおいてあった食パンはプラスチックの袋が破けて中身が周囲に飛び散っている。テーブルの上の籠にはキウイと梨とバナナを盛っていたが、それらも食い散らかされている。そして鳥の糞《ふん》がテーブルの上にいくつもあった。

アケミはテーブルの向こうにしゃがんでいたが、ひきつった顔で振り返った。

「怜ちゃん、ここで問題です。『秘密の部屋』で、ハリーの荷物が荒らされる場面がありましたが、さて犯人は？」

「えーっと、知ってるんだけど、酔ってると、人の名前、出てこないね。あの女の子。ロンの妹の……」

「う〜ん、ちゃんとジニーって言ってくれなきゃ」

そう言いながら、アケミは黒くて長い鳥の羽をテーブルの下から摘み上げて怜一に見せた。指先が微妙に震えている。

幸せな酔いが一気に覚めた。

家の中を調べて回ると、二人が共同で書斎として使っている部屋の窓が半開きになっていた。

「ねえ、午前中、怜一はここにいたよね」

「うん。パソコンでメール打ってた」

「窓は開けてた？」

「う〜ん、そうだったかもしれない。でも、窓を開ける時は必ず網戸を閉めるよ。蚊も入ってくるし」

「カラスだったら網戸くらい開けちゃうんじゃないの」

「開けられないだろ、さすがに」

「いつも来るカラスが今度は部屋まで侵入しちゃった？」

「どうだろう。いつもとは反対側だし」

書斎はマンションの西側の部屋だ。寝室は東側にあり、そこに簡単なベランダがある。いつも朝、カラスが来るのは東側のベランダだ。それも烏丸のアドバイス通り、防ハト用とげマットを置いたら来なくなった。喜んでいた矢先にまたカラスに襲撃された。

「ねえ、なんだか恐怖だよね。怜ちゃん、カラスに狙われてるもん」

「ああ」

怜一はうすら寒い恐怖を感じている。

怜一とアケミは、散乱した物を拾い集め、食い散らかされた果物をゴミに捨てた。テーブルの糞をふき取り、リビングと書斎のフローリングの床に掃除機をかけ、そのあとモップでキレイに拭き取った。

全部終わったのは午後一〇時を過ぎていた。

カップラーメンを二つ、ふたを開けて、ポットにお湯が入ってないことに気づいて、それからケットルでお湯を沸かした。

「ねえ、怜ちゃん。よくドラマであるじゃない。ガンになって余命いくばくもない妻に、夫が『すぐ治るさ』とか嘘つくやつ。あれって、善意の嘘だけど、本人に失礼だよね。だって知る権利を奪ってるもん」

ケットルからカップに湯を注ぎながらアケミが言った。

「急にどうした？」

「本当のこと、全部話してよ」

「アケミがガンになって余命半年になったら、俺、アケミにそのことを真っ先に話すと思うよ」

「でも、今はなんか隠してる」

もう一つのカップにも湯を注ぐ。

「うん、隠してる。でも、理由が違うんだ。確かにアケミにかかわることだし、アケミを心配させたくない、っていうのはあるけど……」

「じゃあ何？」

怜一は黙ってカップラーメンを見つめる。

「『真実薬』を飲ませて、自白させようか」ケットルを手にアケミが言う。

「じゃあ、『閉心術』で対抗だ」

「冗談じゃないよ！」アケミはケットルでテーブルをたたいた。「私、本当に怖い。教えてよ！」

「わかった。わかったって」怜一は慌てた。「話すけど、信じがたいことなんだ。冗談とか、嘘とかに聞こえる。気が変になったんじゃないかと思われる。僕が突然、『宇宙から電波を受信した』とか、『宇宙から指令が来た』とか、真面目に言い出したら、やっぱ、僕がオカシクなった、って思うじゃない」

「そうかなあ。私、思わないけど」

「えっ、そうなの？　思えよ」

「思ってもいいけどね」アケミはふくれて、ケットルに残った湯をポットに入れている。

「普通は思うよ。だから、この話は誰にもしていない。けど、アケミだから、話すよ。カラスにかかわり始めたところから全部話す。じゃないと、わかんないと思うから」

怜一は、経緯を詳しく話した。カップ麺が出来上がったので、食べながら話した。カラスが人を襲う事件が増えていることに気づいたことから、カラスの脳を研究していた但馬教授の自殺まで、時間をかけて話す。

カラスがパソコンのキーボードをたたいて、「われわれに　かまうな　かまうとアケミ　しぬ」と書いたくだりを話したが、アケミは特に驚いた様子もなく聞いていた。むしろ、自殺する直前の但馬教授のゴミ屋敷の部屋の様子のほうに顔をしかめていた。

怜一が全部話し終わった時には、もう午後一一時半を過ぎていた。

目の前にはカップ麺のカラ容器が二つと、コーヒーのマグカップが二つ、食べ終わったキットカットのパッケージがある。

「フーン、すごい話ね。怜一の話を総合すると、あっ、『総合する』ってかっこいいよね。で、総合すると、その但馬教授は、バケモノのような攻撃的で知能の高いカラスを作り出したんだよ、きっと。現代のフランケンシュタイン博士だね。それで、そのことを後悔して自殺しちゃったんだ」

「俺も、そう思っている。カラスが攻撃的になっていることの取材です、って言ったら、なんだかビクビクしていた。たぶんそれが正解だったからなんだ」

「でもさ、知能の高いカラスなんてどうやって作ったんだろうね？」とアケミ。

「いまは、ゲノム編集とか、遺伝子工学が進んでいるからね。このまえテレビでもやっていたよ。デカい鯛《たい》を作ったり、乳がたくさん出る牛を作ったり、害虫に強いトマトをつくったりできるんだ。頭のいいカラスも作れるんじゃない」

「頭の大きなカラス。ビッグ・ブレイン・クロウ！」

「うん。でも、但馬教授は鳥の脳神経の専門家で、遺伝子とかゲノムの専門家じゃなかったような」

「調べてみた？」

「まだ。但馬教授は富豪教授といわれるくらい金持ちだったんだ。金に飽かせて好きな研究をしている、って烏丸先生が言っていたな」

「だったら、やっぱりそうかも」

「調べてみるよ」

「ねえ、高知能化したカラスが敵だったら、そんな怖くないよね」

「なんで」

「だってカラスは手が使えないし、体重も軽いから。人間に襲われて押さえつけられるのとは違うもん。イザとなれば、ひっぱたけば勝てるし」

人に襲われた経験があるような言い方だったけど、怜一は軽く受け流した。

「でも、僕のように襲撃されることもあるよ」

「外に出る時だけ、気をつけておけば大丈夫よ」

「空からの奇襲は怖いから。気をつけろよ」

怜一はテーブル越しに手を伸ばしてアケミの頭をなでた。


翌日の月曜日の午後、大雨が降るなかを経世大学の烏丸を訪ねた。前回、言い争った経緯もあり、アポの電話をするのが気恥ずかしく、今回もいきなり訪ねた。

烏丸はテーブルでパソコンを覗き込んでいたが、ビニール傘を持った怜一が入ってくると驚いたように目を上げた。

「あの、八ッ橋、買ってきました。どうぞ」

怜一がトートバッグから包みを差し出すと、烏丸は、ドギマギとした様子だった。テレビ番組で、女優に突然訪問された蕎麦《そば》屋の店主のような風情だった。

「え、あっ、そう。あ、ありがとう。じゃあ、座ってよ。お、お茶でもいれようか」

ぎこちなく立ち上がって、アルミの急須を開けて中を覗く。お茶の葉を取り換えようと決意したようで、ポリバケツに中身を捨てた。

「えっ、八ッ橋って、京都に行ったの？」

「いえ。東京駅でも買えますから」

「えっ、そうなんだ。へえ、そう」

それ以上、話すこともなくなったのか、ぎこちなく座って、お茶をいれている。

「ああ、そうだ、八ッ橋もあることだし、ちょうど三時でお茶の時間だし、隣の箕輪先生も呼ぼうかな」

「あ、いや、実は今日は烏丸先生にぜひ相談したいことがありまして、ちょっと箕輪先生は……」

「あ、そう、うん、わかった」

「突然訪ねてきて恐縮です。でも、カラスのことなので、ぜひ先生に聞いていただきたいんです。変な話になりますが、嘘はいいません。聞いていただけますか。お時間、大丈夫ですか。都合が悪いなら、出直します」

「いや、大丈夫。雑用が昨日、一段落したから。うちの大学は、大学ホームページの更新を我々教員が持ち回りでやってるわけ。で、今月は僕が当番でさぁ。僕はワードプレスなんて使えないのに、マニュアル見ながら、更新作業をやるんだよね。こんなの事務職の仕事じゃないかなあ。それに昨日の会議がひどくて単なる文科省の会合の報告会なんだけど一日中ダラダラ続いてさ。あ、ごめん！　そちらの話を聞かなくっちゃ。じゃあ、どうぞ」

「はい……」怜一は週末にアケミにしたように、これまでの経緯をかいつまんで話した。カラスがキーボードをたたいて脅迫してきたことも、週末に自宅がカラスに荒らされたことも話した。烏丸は、八ッ橋を食べながら、苦虫をかみつぶしたような顔で聞いていた。

怜一が話し終わると、烏丸は「ほーっ」と深いため息をついた。

「うん、わかった。いや、お話の筋はわかったということで。ただ、信じがたい話もあり、そうだなあと思うこともあり……」

「はっきり仰《おっしゃ》ってくださっていいですよ。私も人に信じてもらえないと思っていたから、今まで話してなかったんです」

「わかった。じゃあ、僕がカラスの研究者として感じていることを率直に話そうか。でも、きょうは完全オフレコにしてね」

「当然です。私が話したことも内密にお願いします」

烏丸はテーブル越しに大きく頷いた。

「うん。僕は二〇年間、ほぼ毎日のようにカラスを観察している。僕の専門は動物行動学だから、自然の中のカラスの行動を見ている。この前も言ったかもしれないけど、昨年あたりから、これまでとは明らかに違う行動パターンを示すカラスの一群が出てきた。それはハシボソガラスなんだ。例えば、きょうネットに流れていたニュースだ」
烏丸はノートパソコンをグルリとまわして怜一に見せた。

カラスが窃盗？　SDカード持ち去る

千葉県柏《かしわ》市のパソコン修理店「デスクトップ」で二二日、珍事が起こった。店長の鈴木《すずき》保美《やすみ》さんが同日午前一〇時ころ、店内の掃除をしていると、開けてあったドアからカラスが飛び込んできた。カラスは、ショーケースの上に置いてあったリサイクル品のSDカード二枚をくわえて、そのまま飛び去った。

鈴木さんは、「あっという間の出来事でした。いきなりカラスが入ってきたのでびっくりして固まってしまいました」と話す。

SDカードは、中古品として販売しようとしていたものでデータは消去済み。「カラスが道路に落としたとしても、個人情報が漏洩《ろうえい》することはありません」（鈴木さん）というが、想定外のカラスの窃盗に驚いている様子だった。

「最近、こんなニュースが多いんだけど、人がいる店にカラスが飛び込んでくるって、ありそうだけど、実は珍しい。カラスは人間を怖がるからね。だけど、最近、一部のカラスが人を恐れなくなっている。だから、こういう珍事件が起きるんだよ」

「人を恐れなくなった。それだけですか。知能が上がったとは思いませんか」

「それは、正直感じないよね。少なくとも僕の観察ではね」

「そうですか……。私が考えている仮説を聞いていただけますか」

「うん、どうぞ」

　怜一は、自殺した但馬教授がゲノム編集で攻撃的なカラスと、高い知能を持ったカラスを生み出したのではないか。そして、それを苦にして自殺したのではないか。そういう仮説を話した。

「それはどうかなぁ。但馬先生の自殺の理由は僕も知らないけど、お通夜で聞いた噂《うわさ》では、もっと俗なことだったらしいよ」

「俗なこと」

「完全オフレコだよ。どうも、引きこもりの暴力息子に手を焼いていたらしい。引きこもりの上に暴力ふるったら、そりゃあ家族はまいるよね」

「そうなんですか」怜一は俯《うつむ》いた。自分が勝手に立てた仮説が、現実の前にあっけなく崩れた気がした。富豪教授と呼ばれた但馬は、家庭内に大きな心痛の種を抱えていたのだ。

「噂だよ。それとカラスをゲノム編集で賢くするという話、僕の専門ではないけど、難しいと思うよ」

「ただ、ネットで調べたら、但馬教授が『鳥のゲノム編集の確立を目指す研究』で科研費を得ていたこともわかりました。但馬先生はゲノム編集に手を出していたのです。ということは、私の仮説が正しい可能性もあります」

「うん。但馬先生がゲノム編集に乗り出していたのは事実。あの先生は、変わり身が早かったからさ」烏丸は三つ目の八ッ橋を取りながら言った。

「どういう意味ですか」

「最近の流行は分子生物学だからね。いろんな分野で分子生物学が席巻しているの。例えば、形態人類学とかの分野でもそう。ちょっと前までは人類学ならば、人類の古い骨を発掘して、頭蓋骨の形状を調べて、これとこれは近いとか、遠いとか推定していたわけ。だけど、今は古遺伝学といってさ、ネアンデルタール人の骨のＤＮＡを調べて、現生人類と交配したとか……」

「あ、知ってます。この前、竹田緑教授にインタビューしたんです」

「あっそう。テレビに出てる、あの美人学者ね。あの人なんかは花形だよね。今は、もう何でもかんでも分子生物学になっちゃった。腸内細菌の世界もそう。昔は腸内から細菌を取り出して培養して調べるしかなかった。けれど腸内細菌の多くは嫌気性だ。それも偏性嫌気性菌と言って空気中の酸素に触れると死んじゃうのが多い。だから、取り出して培養するのがなかなか難しくて、腸内細菌の数％程度しか調べられなかった。でも、今は培養しなくても、メタゲノム解析法とかでまとめてDNA解析すれば、どんな腸内細菌がどんな割合でいるかが、たちどころにわかる。アメリカでは国家計画としてヒトの腸内細菌叢《そう》の研究が進んだんだよ」

「そうなんですね」怜一は頷いて、八ッ橋の二つ目に手を伸ばした。外は大雨で、研究室の窓ガラスには滝のように雨水が流れている。

「但馬先生の専門の神経生物学も、大体同じような状況だったんだね。まあ、脳の研究の進展には、fMRIの開発も大きかったけど、分子生物学の貢献もすさまじい。脳を遺伝子レベルで調べられるようになった。例えば、鳥の囀《さえず》りに関する遺伝子と、ヒトの会話に関連する遺伝子とが同じFOXP2遺伝子だったことが判明したとかね。鳥が鳴くのと、人間がしゃべるのが同じ遺伝子に依存しているんだよ。驚くよね。この話、但馬先生から聞かなかった?」

怜一は首を横に振る。

「聞いてない。僕のように、百年一日のごとくさ、カラスをとにかく観察する。先日あなたが言ったように、カラスに嫌がられながら近寄って観察したり、GPS付けたりね。地味で日の当たらない研究なんだよね。いや、大切な研究なんだよ。きわめて重要な研究。だけど、少なくとも時代の潮流には乗っていない。でも但馬先生は頭のいい人だから、やはり潮流を気にする。頭のいい人だから新しい分野にもどんどん出ていける。それにお金もあるからね。最新のゲノム編集の技術も、ポケットマネーでアメリカに留学して学んだ。クリスパー／キャス９システムといってね。最新のツールだね。ゲノム編集の技術をいち早く取得したんだよね。ところがね、ザマア見ろと言いたいんだけど、鳥類っていうのはゲノム編集が難しい生き物さ」

烏丸は、次第に砕けたしゃべり方になっていった。一度喧嘩《けんか》して、仲直りすると、今まで以上に親しくなる人がいる。

「あ、今の『ザマア見ろ』は、撤回するね」

「鳥はゲノム編集が難しいんですか」

「そうなの。ゲノム編集っていうのは狙った遺伝子を壊したり、別の遺伝子を挿入したり、入れ替えたりする技術だよね。僕の専門じゃないから詳しくないけど、ゲノム編集は受精卵が細胞分裂を起こす前にやらなきゃダメなんだよ。受精卵は一回分裂して二つになり、二回分裂して四つになり、三回分裂して八つになるでしょう。分裂する前にゲノム編集を済ませれば、全細胞、人間ならば三七兆個といわれる全細胞に編集を反映できるけれど、例えば一回分裂したあとに編集したら、半分の細胞の中の遺伝子は編集できるけど、残りはできない。これじゃダメだよね。でも、鳥が卵を産み落とした時には、受精卵の分裂は相当に進んでいるわけ。出てきた卵をゲノム編集って、無理なんだ。受精卵は鳥の体内の深いところで分裂を始めているのさ。おまけに卵黄がべっとりと受精卵を取り巻いていてバリアーの役割をしているから、なかなかゲノム編集がやりにくい。じゃあ、どうすればいいの。というわけで、但馬先生は鳥類のゲノム編集技術を確立するために、研究していたんじゃないの。そう理解しているけど」

「ありがとうございます。大体のところは理解できました」

「うん、よかった」烏丸は満足そうに頷いた。

「私の仮説としては、但馬先生は鳥類のゲノム編集に成功したんだと思います。そして、自然界とは異なる様々なカラスを作った。それが今、繁殖している。それが、昨年来の人を襲うカラスであり、店頭からＳＤカードを盗むカラスであり、僕が見たキーボードを打つカラスだ。そういうことじゃないかと思います」

「そうなれば、大ニュースだよね。キーボードを打つカラスが実在する。但馬先生がゲノム編集で生み出したものだ、と断言できればね」

「そう。何か証拠がなければだめですよね。確かに自然界に存在しない遺伝子が狂暴なカラスから見つかった、とか」

「あるいはあるべき遺伝子が破壊されていたとかね。でも、これは突然変異でも起こることだからゲノム編集した証拠にはならないかもね」

「カラスの知能を高めるには、どんなゲノム編集が考えられますか」

「難しいと思うよ。僕は専門家じゃないけどさ。まあ、単純に考えると、脳の容量をデカくするのが早道だろうね。より大きな脳を持つカラス。どんな遺伝子が関係しているか僕はわからないけど」

怜一は烏丸の好意に感謝しつつ研究室を出た。

少しずつ問題点が絞られてきたような気がした。が、疑問はまだ解けていない。カラスの脳を多少大きくするだけで、キーボードを打つようなレベルの知能を持つことができるだろうか。あのカラスはかなり専門的な訓練を但馬教授から受けたのだろうか。そうであれば、なんの目的で。

わからないことが多すぎる。いら立ちを感じながら外に出る。雨は一段と激しさを増している。ビニール傘をさして、ズボンの裾を濡らしながら駅の方に歩いた。

怜一が書いた、竹田教授のインタビュー記事は、見出しが「環境問題は解決困難？人の脳の限界」という、新聞記事にしてはセンセーショナルなものだった。しばらくすると静かな波が寄せるように反応が起こった。多くは、一般の読者ではなく科学者であり、政治家だった。

まず、与党民自党の環境派議員、尾崎義男《おざきよしお》から、社会部環境班あてに長大なメールが届いた。趣旨は、「将来を予測し計画するのが、人類が他の動物と決定的に異なる特徴ある能力だ。現に竹田教授は指数関数的増大ということばを使って、今後の危機の特徴を表現している。それこそ人間の能力だ。現在の社会科学の成果をうまく政治に利用すれば、環境問題は人間の脳で十分解決可能だ」というものだった。

若手の人類学者の関口綾香《せきぐちあやか》からもメールが来た。

「竹田先生の意見には賛成です。私も環境問題は人類には解決できないと思います。ただし、竹田先生と理由の点で少し見解を異にします。人類の脳が巨大化した原因は、人類が複雑な社会関係、対人関係を発展させたからなのです。人類の脳は基本的に、いわゆる『空気を読む』脳であり、協業関係を円滑に進めるための脳なのです。この脳は集団内の融和を、集団自体の利害よりも優先する傾向を持ち、その実例は、世界の歴史からいくらでも抽出することができます。これが、人類が環境問題を解決できない理由だと考えます」

大御所の経済学者の矢代敬《やしろけい》からも反論の「手紙」が、これは論説委員会宛てに届いた。それが社会部環境班に回ってきた。

「資本主義は人間の欲望を制度化したことによって、まがりなりに機能してきたものである。いわゆる計画経済が歴史上敗北したのは、欲望を抱えた人間という現実を理解できていなかったからである。ＳＤＧｓとは、環境問題の解決も含めた維持可能な社会目標の全体を、欲望の中に制度化せんとする試みであるべきであって、恐らくそれが環境問題の唯一の解決への道である。欲望の中に制度化できるかどうかが焦点であって、人間の脳が遠い将来を計画できないとか、そういう竹田氏の議論は、つまりは『計画経済は失敗する』と言っているのに等しく、あまり意味がない」

怜一は三つの意見を読んで、心が躍った。自分が書いた記事に反応があるのは、楽しいことだ。それでなくても、それぞれの意見は読んでいて面白い。

「この人たちにそれぞれインタビューして、環境面で続報っぽく、特集やりませんか」

環境班キャップの飯島に相談してみた。

「う〜ん？」飯島は首を傾げた。「インタビューって、誰がやるの？」

「僕がやります。もしも手伝ってもらえるならば、飯島さんと榎さんにも一人ずつ取ってもらってもいいですし。いかようにでも」

「どうだろう。環境のページになじむかなあ。経済の話とか、政治の話とかになっちゃうんじゃないの」

飯島は消極的だった。いつも消極的な人なのだ。飯島の「ちょっと考えとくよ」で、会話は終わり、怜一は少し落胆した。

だが、事態は意外な要因で動いた。

飯島が社会部長の中野《なかの》信二《しんじ》に呼ばれて、竹田のインタビュー記事の続報を書け、と命じられたのだ。そして続報には竹田の議論を否定する意見も盛り込め、ということだった。飯島が「異論・反論のインタビュー特集」はどうか、と怜一の意見を提案したら、部長はそれがいいと賛同したという。

「なぜかって、中野部長に聞いたらさ、竹田教授の主張は社論に合わないからだって」

飯島が七階の環境班の席に戻ってきて、怜一と榎に事情を説明した。

「そりゃ、社の上層部が竹田緑のインタビュー記事を読んで激怒したんでしょうね」

と、榎が訳知り顔で言う。「第一、あの竹田の考え方自体、なんだか社会主義的ですもんね。あれじゃあ、上層部は怒るわ」

怜一はうんざりしながら榎を見る。口先と要領だけで生きているこの小賢《こざか》しい先輩記者を嫌いでしかたがない。

榎は怜一にお構いなしに続けた。「じゃあ、僕は、矢代敬先生のインタビューをやるよ」

「榎さん、いいです。僕が全部やります」

怜一はピシャリと言った。榎の魂胆は見え透いていた。会社の上層部が一番気に入るであろう矢代のインタビューを担当して、目立ちたいだけなのだ。

「え、ゴンが三人とも全部インタビューするの？　いいの、全部任せて？」

ヘラヘラ笑って榎が言う。「再生可能エネルギーの企画記事もやるんだろう。大丈夫かなあ、お前で。手が足りない時はいつでも言ってくれよ。助けてやるよ」

「結構です」

怜一がそう言った時、テレビで臨時速報のチャイムが鳴った。話をしていた記者も、原稿を書いている記者も、仮眠をとっていた記者も、一斉にテレビを見る。

画面にテロップが流れた。

怜一は顔から血の気が引いた。

――千葉市でカラスに襲われた男性、鳥インフルエンザを発症し死亡――

怜一はすぐに社会部本体がある五階に階段を駆け下りた。

当番のデスク席には、運の悪いことに「ヲハー」こと吉田デスクが座っている。

「あすの朝刊って吉田デスクの当番ですか」

「そうだけど……」

吉田がパソコンで作業をしながら、チラリと怜一を見て顔をしかめた。面倒くさいヤツが来た、という表情だ。

「今の速報のカラスの件ですが、取材しましょうか」

「いや、いい。ネットの速報はもう出した。千葉県庁で、これから記者会見がある。厚労省でも会見をやる。医学的な話は、厚労省なんだろうな。それを社会部でまとめて本記にする。サイドは鳥インフルの人への感染について過去の経過を書く。あとは、会見を聞いてみないとわからないよ。本記は一面に行くだろうから、社会面は会見のサイド原稿をアタマに持っていこうかなってね」

「それだけですか」

「それだけって、何だよ」吉田は画面から目を上げて怜一をにらんだ。

「カラスが最近、攻撃的になってます」

「ああ、前言ってた、あの話ねえ。関係あるのか」馬鹿にしたように言う。

「もちろん関係あると思います」

「どんな関係」

「今回もカラスが人を襲ったんですよ」

「じゃなくてさあ、ニュースの焦点は完全に鳥インフルのほうでしょうが。お前、ボケボケだなあ。鳥インフルに人が感染して死亡、これがニュースだ。だって国内初だから。そして、このインフルが人から人に感染するのかが焦点だ。人から人に感染するならば、だれか感染しているのかどうかがニュースだ。うつした鳥が、カラスかニワトリかアヒルかハトか、そんなのメインの話ではない」

「そうでしょうか。鳥インフルで死亡もニュースですが、カラスが人を襲ったほうもニュースです」

「違う」吉田デスクの声にいら立ちが混じる。

「でも僕は、カラスが人を襲う事件が昨年から増えている、という原稿を短く出します。サイドの関連で使って下さい」

「はい、はい、わかりましたよ」

馬鹿にした口調だった。そんな原稿はいらない、と言っているのは明らかだった。

階段で七階に引き上げながら、怜一は無力さを感じた。

カラスに襲われた人が鳥インフルエンザを発症して死亡した。これは大きなニュースだ。千葉支局はいま大騒ぎをしているだろう。厚労省担当の記者も取材に駆け回っているだろう。そうして、明日の新聞には、デカデカと記事が出るだろう。でも自分には出番がない。

カラスの襲撃事件の裏に、もっと恐ろしい事実が横たわっているのに。

だれも報道していない事実が黒々とあるのに。

それを知っているのは自分だけなのに。

けれども、「それは何か」と問われたら、くやしいが今の時点では報道できる事実はない。今、吉田デスクに言った程度のこと、「最近カラスが人を襲う事件が増えています」くらいしか、言える事実がない。

自分自身が体験したことは何も言えない。カラスが悪意を持っているように自分を襲ったこと。自分の目の前で若いカップルを襲ったこと、カラスがパソコンのキーボードを打って自分を脅迫したこと。カラスが狙ったように自分の家を荒らしたこと――。

それらの事実から推測できることも、何も言えない。カラスが高知能化していて、故意に人を襲っていること。カラスを作り出した現代のフランケンシュタイン博士が自殺したこと――。

そんなことを今、根拠もなく書けるわけがない。記事にできるわけがない。言いようのない焦燥感。何かしないでは、いられない。

階段の踊り場でスマホを取り出し、烏丸に電話する。すぐにつながった。事件について説明して、意見を聞いてみる。

「ありえないよ。鳥インフルはね、元来は水鳥が自然宿主なの。カラスじゃないの。カラスがインフルのウイルスを撒《ま》き散らすことって、基本ないからね。僕も今さっきネットでニュースを見たけど、これは根本的におかしい。ありえない」

不機嫌そうな声だった。

「どういうことですか」

「こっちが聞きたいくらいだよ。カラスに襲われた男性が鳥インフルエンザで死亡？おかしいでしょう。今、これだけの情報で考えられる筋立てとしては、カラスが鳥インフルエンザのウイルスに感染していました。その鳥が人を襲いました。この時点で濃厚接触しました。男性が鳥インフルエンザに感染しました、ということだよ。でも、カラスはもともと鳥インフルエンザ・ウイルスの自然宿主じゃないの。何かから感染させられているとしか考えられない」

「あの、自然宿主ってなんですか」

「ウイルスは単独では生きられない。生物の細胞内でしか自己再生ができないから。だから、自然界では何かの生物に寄生しているわけ。それが自然宿主。ウイルスがその寄生している生物を殺してしまったら元も子もないじゃない。だから、通常、ウイルスは自然宿主に対しては無害か、とても軽微なダメージしか与えないわけ。例えばエボラ出血熱という怖い病気があって、アフリカで多くの人が死んだ。その原因ウイルスの自然宿主はコウモリ。コウモリはエボラ出血熱を発症しないし、しても軽微で済むんだ」

「なるほど」

「同じように、世界で騒がれている鳥インフルエンザ・ウイルスの自然宿主は、もともとはカモとかガンとか白鳥とかの野生の水鳥なんだ。そのウイルスが養鶏場のニワトリの間で感染していくうちに、毒性が強い高病原性ウイルスに変化したと考えられている。二〇〇四年に日本で鳥インフルエンザが流行して養鶏場のニワトリが大量に死んだ。あの時、大阪と京都でハシブトガラスの死骸から鳥インフルエンザのウイルス、H5N1が見つかった。けれど、あれはカラスがウイルス源だったわけじゃなくて、養鶏場のニワトリからうつったと考えるほうが自然なの。二次感染だよ。じゃあ、今回のカラスの感染源はどこか。日本のどこかで今、鳥インフルが集団発生しているかな。ないよね」

「これから、千葉県と厚生労働省で会見があるそうです」

「じゃあ、それ見てから考えるよ」

怜一は七階の自分の席に戻ると、とりあえず、今の烏丸の話をメモにして、社会部の関連記者とデスクに「ご参考」としてメールで送った。それから、最近カラスが人を襲う事例が多発しているという原稿を五〇行ほど書いて、デスク端末に送信した。多分ボツにされる原稿だ。それが終わると、カラスについて、とりあえず、できることはなくなった。

何か物足りない気分を抱えながら、竹田の「人間の脳限界説」に関する「異論・反論のインタビュー」のためのアポ取りを始めた。先輩の榎に意地を張って、つい全部自分でやると言ってしまった。三人のアポを取ってインタビューして記事にまとめなければならない。再生可能エネルギーに関する取材もある。結構忙しくはなる。社会部のメインストリームではないのに、とりあえず忙しい。

午後八時半。市ヶ谷の経世大学七号校舎三階の廊下は薄暗い蛍光灯がポツリポツリとあるだけで暗い。三一三号室、烏丸の部屋はすでに明かりが消えていた。

まあ、こんな時間に来ても、いないだろうなと思ってはいた。

かわりに、隣の三一二号室からは明かりが漏れている。この前、烏丸の部屋であった箕輪教授の部屋なのだろうか。烏丸は「隣の部屋」としか言っていなかったから、三一二号室か、三一四号室だろうが、どちらだろう。

と思っていたら明かりが消え、ドアが開いた。

大きな鞄《かばん》を提げた箕輪が出てきた。怜一が立っているのに気づいてビクッとした。

「わっ、脅かすな。キミ、日本新聞の記者だよね」

「はいっ、権執印怜一です」

「なんで、こんな時間に、こんなところに立っているの」

「いや、烏丸先生がいらっしゃるかな、と思って、帰りがてら寄っただけです」

「今日のカラスの話だね」

「ええ」

「キミ、ちょっと付き合いたまえ。近くに学生とよく行く居酒屋がある」

箕輪は厳しい顔のままで言った。

「喜んでお供します」

向かった先は、二七通りから一本入った路地の安い居酒屋だった。学生が騒いでいる。カウンターが二席しか空いておらず、二人でぎゅうぎゅうで座った。

注文を終えても、箕輪は厳しい顔を崩さない。もともとこんな人なんだろうと、怜一は気にしないことにした。

「きょうの千葉県の会見、厚労省の会見、二つともネットで見た。大したことはなかったな」箕輪がおしぼりを使いながら言った。どこか無関心な口調だった。

「そうですか？　鳥からの感染での人が死亡した例は日本で初でした。ニュースとしてはデカいです。ウイルスは東南アジア各国で人にも感染したH5N1でしたが、カラスがどこで感染したかは不明でした。死亡した男性の奥さんと子供さんも感染していないかPCR検査中ということです」

「まあ、人から人にはうつらんだろう。これで収束するはずだ」箕輪は無表情だ。

「箕輪先生は、ウイルスの専門家、なんですよね」

「そうだ」

「昼間、あのニュースが流れた時に、烏丸先生とは電話で話をしたんです。烏丸先生は、カラスは鳥インフルエンザの自然宿主じゃないから、カラスがヒトにウイルスをうつすのは不自然だとおっしゃってました。日本で、カラスが鳥インフルに感染したことはあるけれど、それは養鶏場のニワトリからもらった二次感染だと」

「うん」箕輪は狭い店内を見回す。頼んだビールはまだかと苛立《いらだ》っている様子だ。

「先生から見ても、今回のケースは、不自然な点があるんですか」

その時、ジョッキと枝豆が来たので軽く乾杯をする。

「そうでもない」箕輪はそう言って枝豆を口に放った。しばらく無言で咀嚼《そしやく》している。

怜一は黙って次の言葉を待った。

「鳥インフルエンザは水鳥が自然宿主、それは烏丸君の言った通りだ。インフルエンザのウイルスには、A型、B型、C型、D型とある。A型は、鳥も人やブタなどの哺乳類もかかる。A型ウイルスはすべて、かつては水鳥が自然宿主だったウイルスだ。シベリアが発生源で、カモとかガンとか渡り鳥がそれを南に運ぶ。日本にいるハシブトガラス、ハシボソガラスは、もともとウイルスを持っていた鳥ではない。そもそも渡り鳥じゃない。カラスから人への感染というのは、たぶん世界で初のケースだろう。それを不自然だと考える無知な人も、まあいるかもしれないな」箕輪はあざけるような言い方をした。

「先生は自然なことだ、と考えてらっしゃるんですね」

「日本酒二合、熱燗《あつかん》で頼んでくれ」ぞんざいな言い方だった。

「はい、どの銘柄ですか」

「君に任せる」

怜一は卓上のメニューを手に適当に注文して、箕輪に向き直った。「つまり、カラスからの感染だって起こりうることなんですか」

「そう思うよ。例えば、熊本で死んだ野生のクマタカからH5N1の鳥インフルエンザ・ウイルスが分離された。分子系統樹解析といってね、インフルエンザ・ウイルスのRNAの塩基配列の変化を追うことで近縁ウイルスを同定する手法があるが、それで調べたら、その二年前に中国の青海湖《せいかいこ》で野鳥が大量死した時のウイルスと近縁だとわかった。つまり、外国から入ってきたウイルスだった。別の場所だけど、国内でアライグマからもH5N1の抗体が見つかっている。キミ、抗体はわかるか。ウイルスに感染すると、個体側が抗体を作って抵抗する。抗体があるということは、このアライグマがかつてウイルス感染していた証拠になるのだ」

二合徳利《とっくり》が来た。箕輪は猪口《ちょこ》を片手に怜一を見て、顎《あご》で徳利を指した。酌をしろ、と言っている。怜一はムッとしたが、仕事だと思って、箕輪の猪口に注いでやる。

箕輪はそれを一気にあおって、話を続けた。「つまり、日本の自然環境の中にも、海外から渡り鳥が運んできた鳥インフルエンザのウイルスが根付いていると考えたほうがいい。つまり、カラスが日本の自然環境の中で感染していたとして何の不思議もない」

箕輪はまた猪口を怜一に突き出す。

「そうなんですね。烏丸先生は不自然だと言ってましたが」怜一は酌をしながら言った。

「烏丸君はカラスを愛しすぎている。学者としての客観性が失われている。彼の言うことは、あまり信じないほうがいい」

また猪口を出す。怜一が酌をする。

「彼は、カラスが悪者にされるのが嫌なのさ。君が言っていただろ、最近、人を襲うカラスが増えている、って」

「そうです」

「それが事実だとしよう。そして、カラスが人に鳥インフルエンザ・ウイルスをまき散らし始めた。とすると、街のカラスは危険極まりないもので、ことごとく駆除対象になる」

「そうなりますか」と答えると、箕輪はまた顎で猪口を指す。注いでやる。

「確実にそうなる。それを烏丸君は懸念しているわけだ。カラスを愛しているからだ」

「はあ」曖昧に答える。

「それに、彼はちょっとひねてきている」箕輪は厳しい口調で言った。目が据わっている。

怜一は気づき始めた。箕輪には酒乱の気がある。いつもは無口だが、飲めば荒れる。

「しまった」と思ったが、いまさら逃げ出すわけにもいかない。せっかくだから聞けることは聞いておこうと考えなおした。これは仕事なのだ。

「彼は、流行に取り残された学者だ。動物行動学という、すでに終わってしまったような学問分野を選んでしまった」

「え、でも、必要な学問じゃないんですか」

　箕輪は、怜一を横目でにらんで、舌打ちした。

「生物学にも、はやりすたりがある。今は、動物の行動を自然状態で観察しただけではダメだ。それで何がわかるか。コンラート・ローレンツを尊敬していますって、いつの時代の話だ。ローレンツを今やっても、ノーベル賞が取れるわけ、ないだろう。今は、分子生物学がすべてだ。彼は完全に乗り遅れている。論文の数も少ないし、書いても誰も引用しない論文だ。論文数と引用数の積が、その学者の業績なのだ。僕もそれを完全に肯定するわけじゃないが、意義はない」

「はあ……」

　流行に左右されず自分の好きな道を行く烏丸は素敵だと思う。烏丸に親しみを感じ始めている怜一としては、こんな話は聞きたくない。

「それよりもカラスについて、お聞きしたいです。おっしゃるように自然状態でカラスがインフルエンザに感染していたとして、なぜカラスが人を襲うのでしょうか」

「人を襲うカラスが増えている。そのカラスの中に高病原性鳥インフルエンザ・ウイルスを持つものが出てきた。これが表に現れた事実だ」

箕輪は猪口をあおる。手酌に切り替え、飲むペースが上がっている。

「では、この事実の裏にあるメカニズムは何か。学者はそう考えるわけだ。僕のような、まっとうな学者は」

「はい……。先生はやはり、ウイルス説なのですか」

「熱燗だ」

「はい？」

「注文したまえ」

「あ、はいはい」

二合をあっという間に飲み干している。怜一はあきれながら、手を挙げて注文する。

「まあ、君、カラスのことはどうでもいい。烏丸君のことも、どうでもいい。端牌《はじぱい》だから。だからあの年で、准教授で独身なのだ。それより、君は藤村《ふじむら》賞を知っているかね。ウイルス学の賞なのだが……」

「いいえ」

「まあ、いい。その藤村賞の今年の受賞者がなんと東京感染症研究センターの小西《こにし》だ。

笑っちゃうだろう」

暗い笑い顔で猪口をあおって、怜一を見る。口の端がゆがみ、悪意と嫉妬と軽蔑《けいべつ》とを詰め合わせた醜悪な顔だった。人はみな、だれかに悪意を抱くけれど、通常それを見せない。心に抱える悪意の全部を表情に出すと、今の箕輪の顔になるのだろう。

「そう……ですよね」一応同意しておくことにした。

「小西とは高校時代の同級生なんだが、頭悪かったぞ、高校のころから」

「どちらの高校ですか」

「広島県の後山《うしろやま》高校だ。あいつは、バカだから、東大に落ちた」

「箕輪先生は？」

「東大に現役で通ったよ。当たり前だろう。僕はウィスのメンバーだ」

「ウィスって何ですか」怜一は目を上げて聞いた。

「ウィスだ。W・H・I・S。ウィスを知らないのかね」

「いえ、不勉強で……」

「世界の高知能者を集めた団体だ」

「ああ、メンサの会ですか」

「キミは、本当に、新聞記者かっ！　嘆かわしい。だからマスゴミと呼ばれるんだ。メンサのような通俗的なバカの集まりじゃない。あそこは人口の上位二％以内の知能があればだれでも入れる。低能の集まりと言える。ウィスは人口の上位〇・三%、しかも、トップレベルの科学者じゃないと入れない」

「上位〇・三%ですか。それに入っているかどうかって、どうやって判定するんですか」

箕輪はドロンとした目を怜一に向けた。

「君は正規分布を知らないのか。3シグマを知らないのか」

「知らないです。法学部だったし……」

「じゃあググれ。ググれ、タコってな。君は絶望的に無知だな。勉強したまえ」

「はい」怜一はしぶしぶ言った。

「すべての知識はネット上にある。それを理解できるかどうかは個人の資質による。すべてのことがらは我々に現前しているんだ。しかし人類には、それが見えない。人類の脳には限界がある。ダメ。君らは、全部ダメ！　キミらの脳では、この地球を運営できない。そんな人類には死あるのみだ」

「あ、竹田教授の話に似ています」怜一は驚いて箕輪を見る。

「え、なんだと？」

「竹田緑教授です、三田大学の。古遺伝学の」

「あっ、あのバカ女。テレビに出てからますますバカ女」

「その前から竹田教授をご存じなんですか。面識があるんですか」

「当たり前だ、馬鹿タレ。俺を誰だと思ってる。誰と飲んでると思ってるんだ」

「先生、もう帰りましょうか」怜一は箕輪の赤黒い顔を見て言った。

「なーにが、帰るだ、バカ、マスゴミ！　お前、竹田とヤッたのか」

「はい？」

「お前、竹田とヤリたいんだろう」

箕輪の話は、際限もなく下品になっていく。有益な話など何もない。ここらが潮時だと思う。

「オレ、帰ります」

箕輪は怜一をにらむように顔を上げたが、それを無視して、黒いプラスチック板にクリップで挟まれたレシートを取り上げ、狭いカウンター席から立ち上がった。

さっさと勘定を払い、店を出た。

ウイルスの専門家だから、カラスの現在の状況について、なにか新しい視点でも見つけられたらと思ったが、酒乱と酒を飲んだだけで、得るところは何もなかった。

あんな下品な酒乱でも教授にまでなれるのか。なっているのだから、なれるのだろう。でも、振り回されるまわりの人がかわいそうだ。

クサクサした思いを抱え、帰る電車の中で、明日の朝刊のゲラを、スマホでチェックしたが、案の定、「カラスが狂暴化している」という怜一の原稿は使われていなかった。

なんとなく、すべてが手詰まりのような気がして、気分がふさいだ。

翌日は、午前中に再生可能エネルギーの取材のために、埼玉県庁に行き、昼過ぎに出社した。

自分の席に行くと、そこには夕刊の一面のゲラが置いてあった。ちょうど今ごろ、工場で輪転機が回って印刷されているものだ。

怜一はゲラを一見して、特ダネだとわかった。黒々とした横トッパンに白文字で「鳥インフル新たに三件」とあり、「カラスに襲われ感染」と縦見出しにあった。

カラスに襲われて鳥インフルエンザに感染した事件が二八日、日本新聞社の取材で新たに三件判明した。襲われた三人はいずれも首都圏在住で、現在入院中。厚生労働省が同日夕に記者会見して発表する。同省は昨日、千葉県でカラスに襲われて鳥インフルに感染した事件を発表したばかり。同省は事態を重く見て、首都圏のカラスのウイルス調査に乗り出した。（関連記事　社会面）
感染した三人のうち、二人は今月初旬のゴールデンウイーク中の三日と五日に新宿御苑でカラスに襲われた。三日に被害にあったのは三〇歳代の女性で、五日に被害にあったのは五〇歳代の男性。男性はカラスに体当たりされて、額を三針縫うケガを負った。二人はその後、肺炎のような症状を訴えて病院に入院し、ウイルス検査の結果、ともにH5N1の鳥インフルエンザ・ウイルスに感染していた。

感染したもう一人は神奈川県に住む七〇歳代の男性で、今月初旬に自宅近くの雑木林を散歩していてカラスに体当たりされた。この男性からは、H17N10のウイルスが検出された。カラスの感染経路は不明だ。

一方、厚生労働省は、カラスに襲われて鳥インフルエンザを発症する事例が、四件も発生したことを受けて、新宿御苑をはじめ都内数か所でカラスを捕獲し、ウイルスを調べる調査に着手した。

怜一はゲラを机に放った。内心はヒヤリとしていた。自分と同じ新宿御苑で襲われた人が感染している。あの時襲われた自分が感染しなかったのは単なる僥倖《ぎょうこう》だったのだ。

被害は広がっている。カラス事件は政府を巻き込んで大問題になってきた。でも、自分が書きたい原稿はこんな現象面を追う記事ではない。カラスが人を襲い、しかもウイルス感染させる謎を解明したい。

そんなことを考えていると、いつの間にかキャップの飯島が横に立っていた。

「そのゲラ、私が置いたの。吉田デスクの命令で。そんでさあ、吉田デスクが、ゴンちゃんが来たら、すみやかに社会部に出頭せよ、って言ってたよ」

飯島は冗談めかして遠慮がちに言ったが、悪い予感がした。

五階の社会部に行くと、吉田デスクは部長とひざ詰めで打ち合わせをしていた。横に立って、それが終わるのを待っていると、吉田デスクの机の上にある社会面のゲラが目に留まった。取り上げてリード部分を読む。

カラスに襲われる被害急増　一昨年から

カラスが人を襲う被害は一昨年から急速に増えている。日本新聞のデータベースで検索しただけでも、一昨年が五件、昨年八件、今年は昨日五月二七日までに一七件あった。これまで人間と共生していた都市部のカラスに異変が起こっている。

（社会部　榎恵明）


「えっ、なんで榎先輩の署名なんだ？　榎さん、オレの原稿パクったな！」

思わず声に出して言った。

「パクっただと、ふざけんなよゴン、お前がいねえから、榎にサイド原稿頼んだんだよ、俺が」吉田デスクがこっちを向いて言った。勝ち誇ったような表情だ。

「お前さ、今回は社内特オチだぜ、わかってんだろうな、な？」

　複数のライバル社に同時に特ダネを抜かれることを「特オチ」という。「社内特オチ」とは、自分が社内のほかの記者に特ダネを抜かれてしまったことを言っているのだろう。

「お前が、追ってたネタだろうが」

「そうですよ」怜一は不貞腐《ふてくさ》れたように言った。

「なにが、『そうですよ』だ。お前さ、この前、俺にカラスが人を襲ったというまとめ原稿を売り込んできたよな。自分で取材もしないで、単に地域版の記事を集めたようなまとめ原稿な。あれ、いつだっけ」

「……七日です」

「そう、連休明けだったよな。その時には、もう二人感染が出ていたんだよ」

「はい」

「お前さあ、まとめ原稿を俺に売り込んでさあ、『これ重要です』とか偉そうに言ってたよな。重要だと思ったなら、取材しろよ。取材もせずに放っておいて、『なにが重要です』だ。お前が本気で取材してたなら、昨日の発表、あの千葉のカラスに襲われて感染した件も発表じゃなくて、お前のスクープとして記事になったかもな」

「はい」怜一はうんざりしてきた。

「でも残念なことにお前は取材をしなかった」

怜一は俯くしかない。

「そして昨日。千葉の事件が速報で流れた時、お前、俺んとこ来たよな。カラスが人を襲った件数が増えている記事をサイドで使ってほしい、っていったよな。で、自分ではちっとも取材しない、まとめ記事を出したよな」

「……はい」

「それで、カラス学者のわけのわからないメモを出したよな」

「はい」

「お前がやったのは、それだけだよな」

「いいえ、カラスについて別の筋から取材をしています」

「どんな？」

「それは、まだ言えません」

「ふざけんな！　記事も出さずに、偉そうなこと言うな」吉田は激怒した。「厚労省担当の大迫《おおさこ》は、昨日の発表を聞いて、これはおかしい、類似の案件があるのではないか、と思った。そんで次官の家に夜回りかけて、あと三件あるってわかったのが昨夜一二時半だった。今日の朝刊に突っ込んでもいいが、内容がよくわからん。だから、俺の判断で夕刊に回して、昨夜から今朝、案件の中身を取材させたんだ。厚労省担当と遊軍も総出で朝回りだ。手が足りなかったから、榎を使って社会面のサイドを作らせた。昨日のお前の原稿もメモも、使えたもんじゃなかったから、それをもとに榎に再取材をさせた」

吉田は頭の後ろで腕を組んで、椅子の背もたれにそっくり返った。怜一は立ったまま俯いて、床を見つめる。吉田の汚れた革靴が貧乏ゆすりで揺れているのが見える。

「お前、偉そうだよな。二年生のくせして、デスクに向かって、この原稿を使えとかさあ。ろくでもないまとめ記事をさあ。ろくに取材もできないのに。やる気もないのに。そんで、社内で特オチしてんの。バカじゃないのか」

怜一は顔を上げた。「いや、僕は特オチしたつもりはないです。僕が書きたいのは、こんな現象面の記事じゃないですから」

「負け惜しみも大概にしろよ、ふざけんな。理屈だけ並べてんじゃない。じゃあ、今、カラスの何を取材しているんだ?」

「言えないです」

「嘘つくんじゃない。お前、去年の警視庁担当の時も、デカい特オチをやらかしたよな。日本新聞創業以来の大特オチを。そんで、警視庁担当を外された。そうだよな。笹本《ささもと》も、箭内《やない》も、お前のせいで飛ばされた」

笹本とは当時の警視庁担当のキャップ、箭内はサブキャップだった。怜一が昨年しでかした特オチで、二人が責任を取らされたのは事実だ。この件では何も言えない。

「特オチのゴンがこれで定着したな。お前は、暇ネタしか書けないよな」

「そんなこと、ありません」怒りとくやしさに目がくらんだ。殴りかかりたい衝動に耐えていた。

「まあ、いいや。帰って、暇ネタ原稿だけ書いてな。カラスの問題は部内で特別チームを作ることになった。俺が担当デスクだ。環境班の榎も借りる。当面、環境面は飯島とお前でやってくれ。飯島には伝えてあるけど」

吉田は、もう用はない、というように横を向いた。

怒りで震えながら七階の環境班に戻ると、榎が飯島としゃべっていた。

「お、ゴン。いま、吉田デスクに怒られてただろう。どんな顔してるかなって、こっそり見てた。お前、泣きそうなすごい顔してたぞ。はははははっ」

榎は冗談を装って笑うが、悪意に満ちていた。

「でも俺もさ、今朝吉田デスクに呼ばれて、いきなりサイド書かされて参ったよ。ゴンの原稿とかメモとか、使えないから再取材しろって言われて。実際に原稿やメモ見たら、やっぱ使えないから、烏丸っていうカラスの専門家に電話したりしてテンテコマイだったぞ。吉田デスク、お前の悪口すごかったよ。使えない、無能の、サイテーの記者だって」

怜一は榎をにらみつける。だが、榎はその目線を跳ね返すように言い募った。

「大丈夫だ、ゴン。お前、特オチには慣れてるだろう」

「やめてくださいよ」

「去年のお前の大特オチに比べれば、大したことないぜ。それに、特オチしても、何してても、吉田デスクにシッポを振ればいいよ。三日で機嫌が直る。シッポを振ってくる犬はどんな犬でもかわいいって、いうからな」

怜一は絶句した。この先輩がなぜ、こんなに自分を攻撃するのか、それがわからない。

「ゴンさお前、『なんでサラリーマンにシッポがないのか』っていうジョーク、知ってるか。答えは『上司に尻尾を振りすぎて、ちぎれちゃったから』って。お前もちぎれるほど、シッポ振ってみろよ。ハハハハッ」

怜一は気が付いたら、手元にあった本を榎にたたきつけていた。本は榎の胸に当たって、広がったまま床に落ちた。

「おい、お前、これって社内暴力だぞ。人事部に言っちゃおうかなあ。始末書じゃすまないかもよ」

「榎君、止めなさいよ。あなた下品よ」飯島が顔をしかめて言った。「さっさと、昼食にでも行ってらっしゃいよ」

榎はニヤニヤ笑いながら出ていった。

飯島は、長い溜息をついた。

「ゴンちゃんも物投げたりしないで。再生可能エネルギーの原稿、今すぐ書いて。夕方までに出して。これからは、環境面を二人で支えていかないといけないんだからね」


原稿を書き終えると、すぐに自宅に帰った。午後五時で、アケミはまだ帰っていなかった。アケミの幼稚園にはシフト勤務がないから、寄り道しなければ六時前には帰ってくるだろう。怜一はランニングのウエアに着替え、シューズを履き、外に出る。くやしくて仕方がない時、悲しくて仕方ない時、怜一は走る。高校時代に走ることの効用を体験的に知った。落ち込んだ時でも、気が晴れる。

夕暮れの北千住の町を駆け抜け、荒川《あらかわ》の土手に向かう。

荒川土手にはランニングコースが整備されている。秋から翌春にかけてのシーズンには、ほぼ毎週末にこのコースで、何らかのランニング大会が開かれる。

土手に入ると怜一は川上に向かって走る。最初は軽く一キロ六分のジョギングペース。走っていると今日のくやしさと怒りがこみあげてくる。怒りのままに走る。ペースがどんどん上がっていく。構わず上げていく。呼吸が苦しくなる。苦しいままに走り続ける。

旧岩淵水門《いわぶちすいもん》まで行って引き返してこようと思っていたが、あっという間に水門にたどり着いてしまう。引き返す気分ではない。さらに荒川をさかのぼる。

岩淵水門から二キロほど先に走った時、ようやく、怒りとくやしさと悲しみが途切れた。

そこからUターンして川下に向かう。

ペースも徐々に落としてジョギングに戻す。

この一連の出来事で自分はどこか落ち度があったのか。

自分が新宿御苑でカラスに襲われたのは、ゴールデンウイーク明けの五月七日だった。思い出せばあの時、緑色の服を着た御苑のスタッフの女性は「カラスに襲われたの？」と聞いた。そして、斎藤外科をすぐに教えてくれた。以前もだれかがカラスに襲われてケガをして斎藤外科を案内して、慣れていたからだ。そうならば、斎藤外科の若くて冗談ばかり言う医者に、カラスの被害者について質問していたら、いろんな事実が判明したかもしれない。俺は、なんにもやらずにいた。それは、致命的なミスだった。

デスクの吉田から責められても、これは仕方がない。

ただ、自分は、この一連のカラスにまつわる事件の裏側に横たわる事実を知りたいと思う。もう、どこで何人の感染者が出たという表面的な取材では満足できない。但馬が自殺したのも、このカラス事件の背後になにかがあるからだ。そして、これ以上カラスにかかわるとアケミを殺すと、カラスが自分を脅したこと。その裏にどんな事実があるのかを知りたい。

吉田から見ると、何も取材しないで、すでに出た記事のまとめもので記事にしようとしていた怠慢記者に見えるかもしれないが、今でも一連のカラスの事件については、自分が一番取材しているし、よく知っている。一番、真実に迫っているのは自分だ。

では、今後、どうしようか。

社会部に特別取材チームができて、カラスが鳥インフルエンザ・ウイルスをばらまいている件については、どんどん取材をすすめるだろう。自分は、蚊帳《かや》の外だ。それは、それで構わない。表面的な事象には興味がない。

自分は自分で、死んだ但馬の周辺を徹底的に取材しよう。たぶん、それが真実に近づく唯一の道だ。そして、カラス事件の背後にある事実を、自分の手で暴こう。世間が驚くようなスクープを取ろう。

そう決めると心が軽くなった。同時に、なんだか早く取材しなくては、という焦りのような感覚が湧いてきた。焦りは禁物だろう、とも思う。

それに、環境面を飯島と二人で毎週埋めるという課題もある。飯島キャップは優秀だけれど、さすがに大変だと感じているだろう。そちらの配慮もしなくてはならない。忙しくなる。

マンションまで駆けて帰った。

「お帰り。走ってきたの？」

アケミがちょっと疲れた顔で言った。幼稚園の先生もいろいろな苦労があるのだろう。

「うん。焼き鳥、食いに行かないか」

「行こうか」アケミは笑って言った。

怜一はシャワーを浴びて、アケミと外に出た。見上げる西の空に上弦の月があった。どこかでカラスの鳴き声がした。

翌日は五月最後の金曜日。午前中に環境面のゲラが上がってきた。キャップの飯島と二人でゲラを入念にチェックした。榎がいないのはかえってせいせいする。

「飯島さん、これ、今後の環境面用に考えられるネタをまとめておきました。今後、二人で毎週環境面を作るのはちょっときついですからね。準備です」

怜一は昨夜作っておいた取材すべきネタの一覧表を見せた。

飯島は、びっくりしたような顔で怜一を見た。

「ありがとう！　ゴンちゃん。すごい」

「いや、全然、たいしたことじゃないですよ」

「ううん、そういうことじゃなくって。ゴンちゃん、メゲない人だね。昨日、あんなことがあったのに」

「ああ、まあ」怜一は、妙に照れた。

「来週は例の竹田教授の記事に関する『異論・反論のインタビュー』三人分、俺がやります。それで環境面の一ページ全部埋めます」

「うん」

「あの、俺、環境面の取材はやります。だけど、ちょっと別の取材もしたいんです。席を空けることが多くなります。きょうも午後は外にいます。社には戻りません。何かあったら遠慮なく電話ください」

飯島は笑って、一度、二度頷いた。

「頑張って！　あれだけ言われて、やり返さないんじゃ、男が廃《すた》るもんね！」

予想してなかった言葉に怜一はビックリした。

飯島さんって、案外熱い人なのかも。

自殺した但馬紘一の家がある目黒区八雲《やくも》は閑静な住宅地だった。

ゆったりとした敷地の昔ながらの家が多い。少し歩けば自由が丘で、その先が田園調布《でんえんちょうふ》だから、高級住宅地なのだろう。怜一はこの地域にほとんど縁がない。高校の時、近くの駒沢《こまざわ》オリンピック公園で開催された陸上のイベントに一度来たことがあるくらいだ。

会社の人物データベースで調べた住所を頼りに、スマホでマップを見ながら歩く。たどり着いたのは付近の家の四つ分はある広大な敷地の邸宅だった。塀は低い和風の竹垣で、道沿いに延々と続いている。その内側には、和風の平屋の建物と、きっちりと和風に剪定《せんてい》された木々が見える。

なるほど、「富豪教授」と言われたのも伊達《だて》じゃなかったわけだ。

格子状に穴が開いたシックな木の門扉は塀と同じく低く、怜一の胸の高さもない。金持ちの家にありがちな過剰防衛的な佇《たたず》まいがない。

インターホンを押す。すぐに「ハイ」と返事があった。若い声は家政婦なのだろうか。

「日本新聞の記者の権執印といいます。突然、恐縮ですが、奥様はご在宅でしょうか。ぜひ、お聞きしたいことがありまして」

「ハイ、お待ちください」

インターホンが切れた。

しばらく待つがウンともスンとも言わない。

予想していたことだ。怜一だって、いきなり訪ねて、家に招き入れられて、紅茶を飲みながら教授夫人に話を聞けるなどとは思ってもいない。まずは、様子を見に来たまでだ。これが取材のスタートだと思っている。

きっかり五分後にもう一度、インターホンを押す。

「はい」

「あの、日本新聞の記者で権執印といいます」

「あ、奥様はお会いにならないそうです」

「そうですか。では失礼します」

怜一は自分の名刺に、「ぜひ、お会いして、但馬先生のお仕事に関してお話を伺いたいです」とボールペンで書いて、郵便受けに入れた。今度は、家の周囲を歩いてみる。

スマホのマップで見ると、どうやらこの家の敷地はこの裏手の道にまで広がっているようだった。そのブロックを回って反対側の道に出る。こちら側は、怜一の頭の上の高さの化粧ブロックが続き、途中、一か所だけアルミ製のくぐり戸がある。

ブロック塀沿いに歩いていると、塀の内側からカラスの鳴き声がする。それも、ハシボソガラスの鳴き声だ。五、六羽はいそうだ。

カラスを飼っている巨大なケージでもあるのだろうか。

スマホを取り出して、地図を画像に切り替えて、建物を俯瞰《ふかん》する。なるほど、この広大な敷地に母屋《おもや》があり、それとは別に離れのような四角い建物があり、その横に緑色の四角い構造物が見える。これがケージなのだろうか。

怜一はもう一度、表側に回る。

表の側の塀は低いので、木々の合間から中の様子がわかる。高さ三メートル程度のケージが見えた。緑のネットがかけられているようで、中にカラスがいるのかどうか、わからない。目を凝らしていると、左側に人影をとらえた。図体の大きな若い男が道を塀沿いにやってくる。灰色のスウェットの上下を着て、肩を怒らせて怜一に向かって一直線に近づいてきた。力士のような体格だ。短髪でごつい顔をしている。

「てめえ、まだ、居やがったのか」

いきなり襟元を鷲づかみにされた。すごい力で引っ張り上げられる。

「あ、あんた、誰」

その手を押さえながら怜一が聞くと、返事のように鳩尾《みぞおち》にパンチを撃ち込まれた。

ウッ、と自分がうめく声が他人事のように聞こえた。

男の手が離れ、怜一は落下するようにその場にうずくまる。男が去っていくサンダルの足音が聞こえる。それが徐々に遠くなる。

痛みをこらえて目を上げると、但馬の家に入っていったようだった。多分、この家の人間だ。但馬教授は背の高い人だった。一七五センチの怜一よりも一〇センチは背が高かったと思う。とすると、このデカい若者は息子の可能性がある。烏丸が言っていた、引きこもりの暴力息子だろうか。

鳩尾を押さえてしゃがみ込み、痛みをこらえる。

三分後、怜一はようやく立ち上がり、歩きだす。ほんの少し歩くと細長い公園があった。川沿いにあるような帯状に延々と続く公園だ。青いベンチがあったので、腰かけて、痛みが去るのを待つ。

鳩尾にパンチを入れられる経験など生まれてこの方、したことがない。格闘技もやったことがない。ショック状態でやたらと汗が噴き出る。ハンカチで汗を拭いていると、突然両側にサラリーマン風の二人の男が怜一を挟むように座った。

「まだ、居たのか」

左側の男が怜一の胸倉を鷲づかみにする。右の男が怜一のジャケットを探って、定期入れや財布を抜き取る。名刺を出して確認し、日本新聞社のＩＤカード、官邸取材用ＩＤカード、国会記者章帯用証を取り出し、スマホでそれを撮影した。

「こいつだ」

というささやきを残し、二人はＩＤも財布も盗らずに立ち去った。

一人取り残された怜一は、何が何だかわからなくなった。「こいつ」とは、どういう意味だろう。呆けたようにベンチに座っていたが、やがて立ち上がった。

「まあ、『吸魂鬼』に襲われるよりはよかったかな」

アケミをまねて、ハリー・ポッターのネタを独りつぶやいてみる。ズボンのホコリを払って、東急東横線の都立大学駅に向かって歩き出した。めげている場合ではない。考え込んでいる場合でもない。恐れている場合でもない。これは、カラス事件の真実をつかむための戦いなんだ。

電車を二回乗り換えて、一時間もかけてお茶の水にある章夏大学にたどり着いた。六号校舎にある、亡くなった但馬教授の研究室に行くと、ドアが開け放たれていた。中で助手の江水がえんじ色のジャージ姿で段ボールにものを詰めているのが見えた。

「江水さん、でしたっけ。日本新聞の権執印です」

「ああ、先生に最後に取材した」

驚いたように顔を上げた江水は玉の汗だった。手にしていた宅配便の送り状で、汗をぬぐった。

「ええ、お久しぶりです」

「どうぞ。お入りください」

「荷物の整理ですか。大変ですね。ちょっと冷たいものでも買ってきますよ」

怜一は校舎の一階にある自動販売機で缶コーヒーと炭酸水を買って、研究室に戻った。

「ああ、助かります」

冷たい缶コーヒーを受け取った江水は笑った。「お座りください。この研究室はゴミ屋敷だから、片づけても片づけてもモノが減らないんです」

「先生のご自宅に運ぶんですか」

「いやあ、奥様にお聞きしたら、処分はすべて任せます、と」

「江水さんに」

「ええ、私に。売り払うなりゴミに出すなり勝手にしろと。その代わり私物を売ったら代金は受け取っていいと。つまり、片づけのアルバイトをしろと。本当に人使いが荒い、というか、無茶苦茶です」江水は笑いながら不満を口にした。「私はあくまで大学に雇われている。先生の使用人じゃないんですよ。遺品の整理は家族の責任でしょう?」

「そうですね。いつまでに、荷物を片づけないといけないんですか」

「いや、期限は決まってないんです。後任もまだ決まってないし」

「大変ですね、ところで……」

「さっき奥様から電話がありました。日本新聞の記者が自宅を訪ねてきた。シュンが追っ払ったけど、そちらに行くかもしれない。行っても、何もしゃべるな、って」

「なるほど、手回しが早い」怜一は笑った。「そのシュンって誰です」

「但馬先生の長男です。『俊敏』という言葉の『俊』の字を書きます」

「なるほど。その俊にぶん殴られました」

「え、本当！」

江水はゲラゲラ笑った。

「それは見たかったなぁ。面白かっただろうなあ。あの引きこもりの半グレと記者の対決は見ものだっただろうなあ」

「いや、面白いことはなかったです。いきなり鳩尾に拳を入れられただけ」

「ははっ、それは災難でしたね」

「俊は、どんな人なんですか」

「見ての通り、体がデカくて暴力を振るうバカです。暴れたら手をつけられない。おまけに引きこもりで、就職もしてない。もうすぐ三〇だというのに」

「へえ」

「但馬先生も手を焼いていた。ここまで来て、研究室で怒鳴り合いなんてこともありましたからね。私も何回か威嚇されましたね。何もしてないのに、すぐ、人を脅すようなことを言うんですね。正常に話ができない。私はね、先生の自殺の原因の一つはあの息子だと踏んでるのです」

「そうなんですか」

そういえば烏丸もそんなことを話していた。

「一つはね。ほかにもまだまだあると思いますよ」

「例えば？」

「やっぱり、先生の自殺の理由について取材に来たんですね」

「そうです、というか、違います、というか……。最近、カラスが人に鳥インフルエンザのウイルスをまいたり、人を襲ったりしています。先生の自殺は、このカラスの事件と関係があると思っているんです。それを検証しようと思ってきたわけです」

「えっ、先生がカラス事件にかかわっていたと思うんですか」

「例えば、先生はカラスの狂暴化あるいは高知能化というか、そういう研究をされてなかったでしょうか」

「狂暴化と高知能化ですか」きょとんとしている。

「私には皆目わかりませんが、ゲノム編集でそんなことが可能になるのかなと」

「さあ、どうでしょうか」江水は口を濁した。

質問を焦りすぎたなと、怜一は反省した。少なくとも江水は、但馬夫人の言いつけを守って怜一に何も話さない、という気はなさそうだ。じっくりと話を聞くに限る。

「但馬先生は鳥類の神経生物学から、ゲノム編集に移られたとか？」

「いや。移ったのではないんです。というかゲノム編集自体が新しいツールですから、現在これをやっている研究者の多くは、みんな新規参入者ですね。それぞれの研究の必要に応じて、それぞれのゲノム編集をするんです。ゲノム編集って所詮《しょせん》はツールですから」

「なるほど、そうなんですね。鳥のゲノム編集は難しい、と聞きました」

「よく知ってますね」

江水の表情がぱっと明るくなった。「いろいろと取材をされてきたようだ。その通りです。普通のやり方だと難しいんです。鳥類のゲノム編集のノウハウを確立したのが但馬先生だった、と言っても過言ではないんですよ。受精卵を直接ゲノム編集するのは難しいので別の方法をとったのです。まず、オスの初期胚《はい》から、ＰＧＣｓつまり始原生殖細胞を取り出して、それをクリスパー／キャス９でゲノム編集して、その細胞を別のオスの初期胚に移植する方式です。生まれてきたオスはキメラで、成鳥になって作り出す精子のいくぶんかはゲノム編集されている。キメラを普通のメスと交配させると、ゲノム編集されたオス、メスが一定の割合で生まれるわけです。ゲノム編集されたオス、メスをつがわせると、以降はゲノム編集した個体だけが生まれる。ちょっと、面倒ですけど、この方式を確立したのは但馬先生ですよ」

話が理解できないので、とりあえずパスする。

「あの、先生は失礼ながら、どこで研究をしてらっしゃったのですか。ここの研究室はちょっとモノが多すぎて、実験とかできないですよね」

「もちろん、実験棟が別にあるんですよ。それと、先生は自分の研究所も持っていらっしゃいました」

「自分の？」

江水はニコニコ笑いながら頷いた。

「プライベートな研究室ですね。先生は資産家でしたから。ビルも何棟か所有してらっしゃった。会社を作っていて、そこの所有ですけど」

「会社って」

「但馬開発です。そのまんまの名前でしょう？　別に不動産開発とかやってるわけじゃないんですよ。ビルやマンションを所有するだけの会社です。ビルの管理運営は全部、別の不動産会社に丸投げ。その不動産会社が多大な手数料を取るけれど、それでも但馬開発には、毎月一千万円以上のお金が転がり込んでいたようですよ」

江水は、すごいだろう、というように目を見開いて怜一を見た。

「やっぱり富豪教授だったんですね。自分の会社が所有するビルに、プライベートな研究所を持っているってすごいですね。場所はどこなんですか」

「一度だけ行ったことがあります。自由《じゆう》が丘《おか》駅のそばです。住所的には目黒区自由が丘ではなく、世田谷区ですが」

「一度だけなんですか」

「はい、それもドアの外です。先生はプライベートな研究室には、大学の人間が入ることを許しませんでしたから」

「じゃあ、研究は誰と？」

「プライベートなスタッフじゃないんですか。実は私もよくわからない」

「じゃあ、研究内容もよくわからないのですか」

「ここ二、三年は特に、何をしてらっしゃるのかわからなかった。ここ数年で先生はちょっと別人のように変わってしまったのですね」

「どんな風に」

「このゴミ屋敷ですね。三年前くらいまでは先生はきちんと部屋を整理整頓する人だったんですが、ある時から性格が荒れ始めた」

「なるほど」

江水の言っていることに嘘はないと思う。話に実感がこもっているし、整合性も取れている。聞けるだけ聞いておきたい。

「二、三年前から、性格的にも変わって、そして研究はプライベートな研究所でやることが多くなったと。何かあったんですか」

「僕はあの息子の俊のせいだと考えています。息子の俊が何らかの散財をして、その処置のために、手持ちの不動産をいくつか売ったようですよ」

「俊は株とか何かで失敗したんですか」

「いや、それはわかりません。さっきも言いましたが、俊がここに来て、先生と言い争っていたことがあった。昨年の春だったかなあ。僕は廊下にいて、一部だけ聞いたんです。先生が言っていたんです。『土地建物を売らなきゃならなくなった。資産を食いつぶす気か』って」

「へえ。俊は何か言い返していましたか」

「『ありがたい話だろう。感謝しろよ』っていうような。そのあと、ドアが開いて廊下に出てきて。僕は胸倉をつかまれました。『こそこそ盗み聞きしてんじゃねえ』って」

「その前から、息子の俊とは何度か会ったことがあるんですか」

「ええ、先生の自宅に時々、迎えに行くことがあったのです。大学の車で。その時とか、あと、自由が丘の研究所でも……」

「え、そのプライベートな研究所にも俊がいたのですか」

「ええ、僕もびっくりしましたが。その時もドアを開けて僕を見るなり、チェッて言ったんです。奥に向かって、『なんでこんなヤツ呼んだんだ』って。先生が奥から慌てて出てきて、持っていった眼鏡を受け取って、『ありがとう、もういいから』って帰らされた」

「その時、江水さんは眼鏡を持っていったのですね」

「はい、先生は目が悪くて、近視とか乱視とか老眼とか入り混じっていまして、近くを見る用、読書用、部屋用、野外用で、とても神経質に眼鏡を取り換えてらっしゃったんですね。で、ある時、ここに眼鏡を置き忘れていってしまった。よっぽど、困ったんでしょうね。僕に電話してきて、今から言う住所に届けてくれって。その住所に眼鏡を持っていったのです。そしたら、バカ息子が出てきた」

　怜一は首を傾《かし》げた。「江水さんは中に入っていないのですね？」

「入ってません」

「さっきから思ってたんですが、じゃあ、なぜ、そこがプライベートな研究室だって江水さんは、わかったんですか」

　江水は朗らかに笑った。「さすが、記者さんの取材は細かいところまで詰めますね。俊の肩越しに中がチラッと見えたんです。孵卵器《ふらん》が置いてあった。これは数時間ごとに卵を自動で回転させる機能のある特殊なヤツで、大学でも同じ機材を使っている。

一目見れば、それとわかります。『あ、卵をかえしている。とすると、ゲノム編集をここでやっているんだ』ってピンときたんです。それに、持っていった眼鏡は近くを見る専用の眼鏡です。さっき言ったような作業、ゲノム編集した始原生殖細胞を別の卵の胚に注入する作業は、顕微鏡《けんび》を覗きながらの、ものすごく細かい手仕事です。近くを見る用の眼鏡が必要だったんだと、僕は推測しましたね」

「なるほど、江水さんの推理は、プロの探偵並みですよ」

「いいえ、そんなことは」

快活な笑顔がさわやかだ。

「その時但馬先生から言われた住所って、メモは残っていませんか」

「ありますよ。私はメモ魔だから」

江水は近くの黒い鞄《かばん》から、黒い表紙の分厚い手帳を取り出して、ページをめくった。スマホでもタブレットでもなく手帳に記録しているのだ。

「あ、あった。これです。言いますよ。東京都世田谷《せたがや》区奥沢《おくさわ》二丁目○番地○号。このビルの三階です」と、教えてくれた。

怜一は躍る心を抑えて、タブレットを取り出して、住所をメモした。

その時、怜一のスマホが鳴った。知らない電話番号からだった。江水に「ちょっとすみません」と断って受信する。

「おい、ゴンか。喜嶋だけど」

エリート警察官僚を気取る横柄な口調だった。

「お前、死んだ但馬紘一の周辺を嗅ぎまわっているそうじゃないか。やめとけよ。危険だ。新聞記者ごときが立ち向かえる相手じゃない」

ブラフ、ハッタリ、こけ脅し――。同窓会での喜嶋の印象はそれだけだ。今度は自分の仕事を妨害しようというのか。怜一は怒った。

「もともと、俺がお前に教えてやった話だろ。取材するなっていうのか。ふざけんな」

「そうじゃない。お前は誤解している、ゴン。とにかく、もう取材はやめろ。お前に危険が及ぶ。アケミにも危険がおよぶぞ。手を引け」

「どういう意味だ。なんでお前がそんなことを言うんだ」と言ったところで、怜一はギョッとして、しゃべるのをやめた。開け放たれた研究室のドアの向こうに、スウェット姿の巨体が現れたのだ。狂犬のような目で怜一をにらみつけている。

「てめえ、まだ、こんなところにいたのか。今度は殺すぞ！」

俊がすごんで、のっそりと入ってくる。

怜一は俊から目を離さず、スマホをゆっくりと耳から離す。電話を切って、カメラに切り替えたフリをして、俊に向けた。

「入るな」

怜一は静かに言った。

「建造物侵入罪だぞ。ここはもうお前の父親ともお前とも関係ない場所だ。俺を殴るなら、殴ってみろ。建造物侵入と傷害罪で訴える。映像で証拠をそろえてな」

俊が止まった。わずかにひるんだのがわかる。怜一はここぞと、まくし立てた。「この国は法治国家だ。タダで人を殴るなんて、できないんだ。ちゃんと法律に問われてお代は高くつく。そのくらいのことは知っているだろう。なんならお前が暴れる映像をテレビ局に売ってやろうか。あすの六時のニュースが楽しみだな」

俊はしばらく怜一をにらんでいたが、顔をゆがめて去っていった。

振り向くと、江水が蒼白な顔に玉の汗をかいて立っていた。

「引きこもりの半グレと記者の対決、見てみて面白かったですか」

怜一は笑顔で江水に聞いてみた。

「いえ、あの。すみませんでした……」

怜一のスマホから音がする。

耳に当てると、「もしもし、もしもし」と喜嶋の声だった。

「まだ、電話つながってたんだな」

怜一が笑って言う。

「お前、ちゃんと聞いてんのか。俺は真面目に忠告してるんだぜ」と、声が聞こえる。

「わかってる。電話ありがとうな。まあ、いろんな意味で」

怜一は電話を切ってジャケットのポケットに入れた。思わず笑みがこぼれる。様々な疑問が一気に氷解して、目の前がぱっと開けた気分だった。

警察庁警備局国際テロリズム対策課だと威張っていた喜嶋は、但馬家を訪ねた自分の動きを察知していた。つまり、公園のベンチにやってきて自分のＩＤを確認した男たちは警視庁公安部の刑事だったのだろう。公安警察が死んだ但馬教授の周りで動いている。とすると、この一連のカラスに関する事件は、テロだ。そう確信した。

喜嶋がかかわっているのならば、国際的なバイオテロに違いない。テロだから喜嶋は自分に、危険だと警告したのだ。

但馬教授は、国際的なバイオテロに絡んでいた。そして、自殺した原因もテロに絡んでいるのではないか。あの倅という息子のことで悩んでいたのは間違いないが、それが原因ではない。

興奮でゾクゾクと身震いがしてきた。

危険かもしれない。でも、この真相をすっぱ抜ければ歴史に残るスクープになる。

入社二年目の新米記者の自分に千載一遇のチャンスが巡ってきた。ぜったいにモノにしてやる。

アドレナリンが脳内で勝手に噴出し始めたようで、興奮で心臓がドキドキしていた。

第三章　美しすぎる生物学者

翌日の土曜日は、仕事は休みだった。

怜一はまだ興奮が収まらず、眠っているアケミを置いてベッドから抜け出し、日本新聞を読みながらソファでコーヒーを飲んだ。一面には「横浜市でもカラス襲撃　今度はH7N9」の四段見出しが躍っていた。昨夜のネットニュースでも流れていなかったので、独自取材なのだろう。

横浜市で二九日までに、人がカラスに襲われた事件が二件あったことが日本新聞社の調べでわかった。襲われたのはいずれも女性で、これまでのウイルス検査で感染は確認されていない。ただ、このうち一件では、襲撃して死んだカラスの死体から、H7N9亜型のA型インフルエンザ・ウイルスが検出された。厚生労働省、農林水産省と環境省は二九日、一連のカラス襲撃事案の解明に取り組む特別チームを結成した。

(関連記事　社会面)

社会部のカラス・チームは好調にとばしているようだった。ただ、このカラス事件が国際的なテロだとは考えていないだろう。

テレビをつける。土曜日のニュース番組では、ちょうどカラスの襲撃事件について、日本新聞の紙面を使って解説中だった。

「でも、どうしてカラスが人を襲撃するようになったのですかねえ。それに、インフルエンザ・ウイルスを持っている。インフルエンザの流行る季節でもないのに」

ＭＣがため口で疑問をまくしたてる。

それを受けて、解説の学者が重々しく頷いた。

「おっしゃる通り、変ですね。ちょっと理解できない」

「御園《みその》先生、このＨ７Ｎ９ですか。このウイルスについて解説してくださいよ」

「Ｈ７Ｎ９はですね、鳥での病原性は低いんですが、ヒトが感染すると重症化する、とても怖いウイルスです」

「ヒトの場合、致死率はどのくらい」

「ＷＨＯの統計では四〇％程度です」

「他のウイルスと比較して、どのくらい高いの」

「千葉でカラスに襲われて死亡した例がありましたが、あれで見つかったＨ５Ｎ１は五〇％を超える致死率ですから、それに比べれば低いです。ただ、一九一八年に世界をパンデミックに陥れて二〇〇〇万人とも四〇〇〇万人ともいわれる死者が出たスペイン風邪の致死率が二・五％程度ですから、それよりも一六倍も高い、と」

「むちゃくちゃ高いじゃないですか」

「はい。ただし、それほどヒトに感染しやすくないんですね」

「ヒトに感染しやすい、しにくいって、何が原因なの」

「いろんな要素がありますね。一つは、細胞の受容体、つまりレセプターの問題ですね。ウイルスが宿主の細胞にとりつく時に、細胞膜にあるレセプターとドッキングするわけです。ヒトと鳥とではレセプターが異なる。ウイルスからしてみれば、鳥の細胞にはとりつきやすいけれど、人の細胞にはとりつきにくい、ということが起こります。ただし、Ｈ７Ｎ９はすでに、ヒトのレセプターを認識する能力を多少は持っているようです」

「簡単に言えば、ウイルスと細胞には相性があると」

「その通りです。相性にもいろいろあって、一つは今言ったレセプターの違い、これはウイルスが細胞に取り付けるかどうかです。もう一つは細胞とウイルスが膜融合できるかどうかの相性があるんです。膜融合できないとウイルスは細胞内に侵入できないし、増殖ができない。つまり、感染できないんです」

「ウイルスと細胞に二段階の相性があると」

「それ以外に、鳥と人間の体温の違いとか、実際にはもっとたくさんあるんですけど。

大きくは、その二つの相性で、ヒトに感染しやすいかどうかが決まりますね。そして、これらの相性で、ヒトからヒトに感染する力が強いか弱いか、致死率が高いか低いかも決まるわけです」

「どういうこと」

「ウイルスとヒトの臓器の細胞との相性もあるんです。臓器によって細胞が持っているレセプターも違うし、膜融合に必要な酵素が細胞側にあるかないかも違うんです。ウイルスが人に感染できたとしても、ウイルスによって感染できる臓器が異なるんですね」

「なぜ、それがウイルスの強さとか感染しやすさを決めるの」

「例えば、あるウイルスは、ヒトの鼻とか喉の上皮細胞との相性が良かったとしますね。そのウイルスは鼻とか喉にとりついてそこで増殖します。すると、セキとかくしゃみで外にすぐに排出されるし、飛び散ったウイルスはほかの人の鼻や喉にすぐにたどり着ける。つまり、ヒトからヒトへの感染力が強いウイルス、ということになる」

「あ、感染力が強いって、そういうことなんだ」

「ええ。逆に肺の細胞と相性が良いウイルスだった場合、肺の奥でしか増殖できないわけです。だから、ヒトからヒトへの感染も、ヒトのくしゃみでそれほど飛び散らないし、飛び散ったとしても、そのウイルスを肺まで深く吸いこまないと感染しない。

相当に濃厚な接触でない限りうつらないわけです。でも肺の細胞をやられると、これは肺炎になり、重症化しますよね。H5N1がこれです」

「つまり、ヒトの間での感染力は低いけど、かかったら重症化するウイルスになると」

「その通りです。そして、最悪のケースも想定されますね。鼻も喉も感染するから、セキやくしゃみの飛沫《ひまつ》でもヒトからヒトにうつる。しかも、肺も胃も腸も肝臓も腎臓も、どの臓器の細胞との相性もよくて、どの細胞にも侵入して壊してしまうウイルスです」

「最悪だね。感染力も強いし、重症化する」

「そうなりますね。インフルエンザ・ウイルスのRNAはコピーミスが多発する、つまり変容が早いので、ウイルスがどんな風に変化して、何が起こるか予想はつかないのです」

怜一は、途中からタブレットでメモを取りながら、テレビを見た。

焦りに似た気持ちがこみあげてくる。

このテレビ番組にも、見方によっては、一連のカラス事件を国際的なバイオテロだと推定するためのヒントが多数ばらまかれている。今の怜一には、そう感じられる。

テロの犯人たちは今、人を大量に殺すための試行錯誤を重ねているのではないか。

カラスを様々な鳥インフルエンザ・ウイルスに感染させて、人を攻撃させているのだ。

そのうち、ヒトとヒトとの間での感染力が強く、そしてヒトの全身の臓器に感染して重症化する恐ろしいウイルスを探し出し、一気に世界に広める計画なのかもしれない。

そうだとすると、恐ろしいことだ。だが、それを阻止するのは警察の仕事だ。自分の仕事ではない。自分にとって重要なのは、自分がスクープを取れるかどうか、その一点だ。

いずれは、カラス騒動がバイオテロだと多くの人々が推測し始める。そして、新聞社は警察組織に取材を始めて、警察がバイオテロとして捜査していることが判明する。怜一は新聞社という組織の中にいるから、いざという時の組織取材の威力をよく知っている。数十人の記者が同じ件で一斉に動き出したら、小さな事件ならば、ものの数時間で全容がわかってしまう。一人の記者がコツコツと取材を重ねても、まったく勝ち目はない。

だが、このカラス事件の取材だけは、個人として勝ちたいと思う。

怜一は昨年、新人記者として配属された警視庁クラブで大きな失敗をしている。

昨年暮れのことだった。公安関係で、ある捜査が進展していた。大手の機械メーカーが、輸出管理の対象となっている赤外線カメラを、経産大臣の許可を得ずに輸出していた。ライバル紙の毎朝新聞がある日の朝刊で、「警視庁公安部が近くメーカーの社長を逮捕」と特ダネを打った。事実ならば追いかけて夕刊に入れなければならない。

怜一は、信頼できる捜査官に真相を聞きに行った。その人は、ある料亭で秘密裡《ひみつり》に会ってくれた。怜一よりも三〇歳は年上で、記者にも厳しい人だった。ただ、不思議なことに右も左もわからない新人記者の怜一をかわいがってくれて、温情でいくつかのネタを教えてくれていた。その捜査官は怜一に、「毎朝新聞を追いかけて書いてはいけない。誤報になる。社長は逮捕しない。この案件から警視庁は手を引く」と明言した。そして、その理由――政治的な理由だった――も話してくれた。「ずっと捜査してきた俺も悔しい。だが、終わりだ。きみに誤報を書かせたくない」と捜査官は怜一にそう言ってくれた。怜一は感謝して、そのことをキャップに伝え、書いたら誤報になると訴えた。

怜一の取材以外に他の記者がきちんとした裏取りができていなかったことも大きい。「書いたら誤報になる」という捜査官の言葉をはねのけて、あえて記事にしようとはキャップもデスクも思わなかった。だから日本新聞では夕刊に記事を出さなかった。ところが蓋を開けてみると、毎朝新聞をはじめ全国紙各社は夕刊でそろって、「今夜にも逮捕」と一面トップで打っていた。テレビ各社も夕方のニュースで一斉に報じた。そしてその通り、同日の夜、メーカーの社長は逮捕された。本社から捜査官とともに出てくる社長の姿が、テレビニュースで流れた。「日本新聞始まって以来の大特オチ」と呼ばれる大失態で、警視庁担当キャップ、サブキャップとも地方支局に飛ばされ、怜一は十二月末で警視庁担当を外され、今年一月から、環境班に回された。今も、思い出すたびに苦しく、悔しい。一方、自分を裏切った捜査官は、今年の春の人事異動で課長に昇進した。そのニュースを見た時の怒りと失望もまだ胸にわだかまっている。

リビングにパジャマ姿のアケミが入ってきた。

「おはよう。ふあ〜ぁ」

ヘソを出して伸びをする。

「ねぇ、きょうはこの照明を買いに行くんだよね」

リビングの天井を指して言った。

怜一は我に返る。そういう約束を週の初めにしていたような気がする。蛍光灯の照明がチラチラしはじめた時、「LEDのいいヤツに照明ごと買い替えよう」と言ったのは、怜一自身だったような気がする。けれどもそれは、もう遠い過去の出来事のようで、今はスクープ以外のすべてが些事《さじ》で、疎《うと》ましい。

「ごめんね、ちょっと今日は取材で出る」焦燥感を隠して申し訳なさそうに言う。

「あっ。仕事の顔。こりゃダメだ」アケミは横を向いて、洗面所に歩いていった。「昨日は餃子《ぎょうざ》作って待ってたのに、連絡しないで外で食べて帰ってきたし！　今日は照明買いに行くの忘れてるし！　明日になれば私の名前もコロッと忘れてるかも」大声で独り言を言っている。

「ごめんね、ごめんね、ごめんね、人生の勝負なんだ」

手早くスラックスとシャツを着て、ジャケットを羽織った。アケミが歯を磨く音を聞きながら、逃げるように玄関を出た。


荒川のそばの北千住から、多摩川近くの自由が丘まで、東京を北東から南西に縦断するのだから、それなりの時間もかかる。日比谷線で中目黒まで出て、東急東横線に乗り換えて自由が丘駅についたのは一時間後、午前一〇時過ぎだった。

昨日、助手の江水から聞いた但馬の「プライベートな研究室」の住所と、スマホのマップを見ながら、住所のビルに向かう。

ビルは駅近くで、道の真ん中に細長い公園がある通り（マップ上では九品仏川緑道《くほんぶつがわりょくどう》と名前がついていた）に面していた。五階建てで、四階と五階は奥に引っ込んでいる。日照の関係で、こうしたつくりになっているのだろう。

ビルの一階は「Flare」という名のブティックで、二階は「Jurio」という名の美容院、三階以上は看板も出ていない。

一階のブティックの左のわきに、入り口がある。

入ってみると、突き当たりにエレベーターがある。その左側の壁に郵便ボックスがある。郵便ボックスの上に、ビルの案内版があるが、ここにも一階のブティックと二階の美容院しか名前が出ていない。三階～五階はどうなっているのかわからない。怜一がおかしいと思ったのは、ビルの名前だった。「但馬ビル」とか「但馬開発ビル」とかの名前があると思っていたが違った。「ホンダ第二ビル」だ。本当に、但馬と関係があるビルなのだろうか。

エレベーターのボタンを押して、乗り込む。三階のボタンを押す。

三階に上がって、エレベーターが開くと、一メートル先にすりガラスの窓がついたドアがある。表札はなく、すりガラスは暗くて、中のオフィスには誰もいない様子だった。ドアの横に、ほこりをかぶった段ボール箱が三つ積み重ねられている。念のためドアのノブを回してみるが、鍵がかかっていた。

オフィスはもう使われていないのか、あるいは使われているが人が来ていないだけなのか、判然としない。三階で停まっているエレベーターに乗って四階に上がってみた。三階と同じ状況だった。五階に上がる。やはり同じで、表札もない、ドアのしまった、人影のないオフィスがあるだけだった。あきらめて一階に降りる。

エレベーターのドアが一階で開くと、そこには黒い革ジャンを羽織った、長髪の若い男が立っていた。背は低い。なぜ五月なのに革ジャンを着ているのだろう。男は、怜一がエレベーターから出てきたのを見て、はっと顔を上げた。目が合う。やや驚いたふうに見えた。

怜一はポーカーフェイスで男の横を通り、一度ビルを出てから振り返る。男はエレベーターに乗って、上がっていったようだった。怜一はすぐにエレベーターまで戻って、階数表示のランプを見上げた。ランプは三階で停まった。

あの男は三階に行った。但馬のプライベート研究所は今でも使われているのだろうか。あの男は研究所に関係のある人なのだろうか。

ビルを出ると、ちょうど一階のブティックで、格子状のパイプシャッターを開けている女性がいた。胸まではだけてブラが見えそうな白のシャツと、ネイビーブルーの深めのパンツを着けている。

「あの、すみません」

と、声をかけたら、こちらを向いた姿がモデルのようにきれいでドギマギしてしまった。

「日本新聞の記者なんですが、ちょっとお聞きしたくて」

女性は無表情で、無言だった。

「このビルですけど、但馬開発さんの持ち物ですか」

「ええ、一昨年まではそうでしたよ」

乾いた声だが、ちゃんと答えてくれた。

「ビルのオーナーが途中で変わったのですか」

「そうです。本田《ほんだ》土地建物さんに」

「なるほど。ところで、このビルの三階なんですけど、人が来る気配はありますか。それとも完全な空きオフィスですか」

そう聞いた時、さっきのエレベーターで三階に上がった男が入口から出てきた。また怜一と目が合う。男は怜一を見ると、すぐに目をそらして、早足で道を駅のほうに行ってしまった。

「最近は見ないですよ」とブティックの女性は言った。「でも数年前には、あの、なんとかいう若手の美人の学者を何度か見たって、ウチで働く子が言ってました」

「美人学者?」

「あの、テレビに出る、あの三田大の」

「えっ、竹田緑教授ですか」

鼓動が高鳴る。

「うん、そうかも」

「そのほかに、誰か来ましたか」

「さあ、気にしてないから」

「そうですよね。ありがとうございました」

怜一はお辞儀をして、駅のほうに向かった。あの男を追う。

興奮で心臓の鼓動がやまない。あの竹田が、このビルに出入りしていた可能性がある。古遺伝学者だから、分子生物学にも精通しているはずだ。テロになんらかの関連があってもおかしくない。そうなると、ニュース価値が大きく跳ね上がる。

だが、あの革ジャン男は何だろう。なぜ、三階に上がって、すぐに降りてきたのだろう。外部の人間なのだろうか。あるいは、自分を尾行しているのか。だとしたら昨日のように、公安の人間なのかとも思ったが、それにしては素人《しろうと》っぽい。

四方八方を見回しながら歩いているとすぐに駅に着いた。男の姿は完全に見失ってしまったようだった。

怜一は舌打ちして、駅近くのスタバに入った。コーヒーを飲みながら、タブレットを開けてメモを読み返し、これまでのことを思い出し、頭を整理する。

助手の江水は、但馬教授と息子の俊の言い争いを聞いている。「お前のせいで不動産を売らなければならなくなった」と教授は息子を責めている。つまり、あのプライベート研究所が入っていたビルも、本田土地建物に売却したのだろう。

江水の話は時系列的に順序だってはいないだろう。江水が研究所に眼鏡を届けたのと、言い争いを聞いたのと、時間的にどちらが先で、どれだけ離れているのだろう。ちゃんと聞いておくべきだった。

ほかにも売ったビルがあるのだろうか。但馬開発が所有する土地建物の登記簿を取りたい。但馬開発を徹底的に洗うのだ。だが、土日には法務局は開いていない。すべては週明けだな、と思う。ただ来週は、竹田の記事への「異論・反論インタビュー」で、三人の識者に月火水と三日連続でアポイントが入っている。とても忙しい。

竹田があのビルに出入りしていた、というのは本当だろうか。「あなたのインタビューに反響があったので、反論を特集します。ついては短いコメントをいただきたい」。それを口実に会いに行って、このビルのことを当ててみようか、来週にでも。

とりあえず今日は動けないので、スマホを取り上げて、アケミに電話をかける。すぐにつながった。

「中島アケミさんですか」

「それって、どんな答えを期待してる?」

「機嫌悪いね」

「当たり前でしょう。どうしたの」

「きょうは用が済んだから、午後に一緒に電器屋行こうか」

「もうサトミとお昼食べることにしたよ。そのあと映画に行くの。怜ちゃん、鬼のような顔して出ていったから」

サトミは、アケミと同じ幼稚園の先生だ。アケミが花組、サトミは海組の担任をしているという話は聞いたことがあるが、怜一はサトミという人には会ったことはない。

「ごめんね。約束破って」

「うん、もういいよ。今から出るから。切るね」

「ああ」

しょんぼりしてしまう。

落ち込んでいる暇があったら、何かすることはないか。

思いついて、竹田に、アポをとることにした。

——先生がインタビュー記事で表明された「ヒトの脳限界説」に関しまして、各界から賛否の議論が湧き起こっています。そこで、三人の方に登場していただき、それぞれの専門的見地から、先生のご説について持論を展開していただく企画を来週末に準備中です。つきましては、改めて先生のコメントをいただきたく存じます。五分なりとも、どこかで、お会いできれば幸いです。ご検討くださいませ——

メールを打ち終わり、ふと窓から道に目をやると、目が合った。例の革ジャン男が歩道に立って、こちらを見ていた。男は目が合って、うろたえたようだ。踵《きびす》を返して、走って逃げた。

——俺を尾行していたな。

怜一はカップをそのままに、外に飛び出す。逃げていく男を追う。線路の下を通り、駅のロータリーを回ってタクシー乗り場のあたりで追いついた。ジャンパーの首を後ろからつかんで、思い切り引っ張る。

男は「わっ」と言って、仰向けに歩道に倒れた。ゼイゼイ息を切らせている。

バカめ。俺の足に勝てるわけ、ないだろう。

横に回って、ゼイゼイと波打つ胸を抑えつけた。

「なんで、俺を尾行している。お前誰だ」

「何をしているんだ！」

と鋭い声がした。顔を上げると、「自由が丘交番」の文字。出入口に警官が立っている。交番の前だった。しまった、と唇を噛《か》む。男はここに交番があると知っていて、こちらに逃げてきたのだ。

「助けてくれーっ」と、革ジャン男が倒れたまま叫ぶ。しかたなく手を離し、警官に「なんでもないです」と笑って声をかけた。男に、「向こうで話をしようか」と言うと、男は警官を見て「助けてください！　拉致されてしまいます！」と大声で叫んだ。

五月の土曜日の自由が丘駅前。おしゃれでカッコいい若い男女の通行人が足を止めて、見ている。

警官は大股で歩み寄ってきた。「何してるんだね」

怜一よりも若いと思われるあばた面の巡査だ。大勢の通行人に見られているのを意識している。檜舞台《ひのき》に立ったような気分なのだろう。

「いや、こいつが俺を尾行してくるので、事情を聴いてやろうと」

「つけてなんかないです」男はパンツのホコリを払って、ようやく立ち上がった。

「お前誰だ。なんで俺をつける」

「ちょっとこの人、頭おかしいんです。僕はふつうに道を歩いてただけなのに」

ジャンパー男は、小市民を演じて、弱々しい声を出す。

「お前、人を尾行しといて、善人ぶってるんじゃないぞ」怜一は思わず、男の胸倉をつかんでしまった。

「君、何やってるんだ。放しなさい」

怜一は、すぐに手を放す。

その時、男の肩越しに、黒い鳥が右から左に飛ぶのを見た。

その黒いものは、怜一たちを見物していた中年の女性の頭に止まった。カラフルなワンピースを着たおしゃれな女性で、怜一からわずか数メートルの距離だった。

「うわーっ」

女性はしゃがみ込み、頭に乗ったカラスを追い払おうと、両手を頭の上で狂ったように振り回す。だが、カラスはジャンプしてそれをかわし、女性の頭やら手やらをつつき始めた。まるで容赦がない。

「痛い！　痛い！　痛い！」

女性は頭を抱えてうずくまった。上に乗るカラスは、獲物を抑え込んだ猛禽《もうきん》類の姿だった。羽根を広げてバランスをとり、女性の頭や首をガードしている手を執拗《しつよう》につつき続ける。

振り向くと、若い警官は、突然のことに固まっている。ただ茫然《ぼうぜん》と見ている。

「お、おまわりさん！　カラスが」と怜一が言った。

警官は突然、脱兎のごとく駆け出す。「うわーっ、わー、わー、わー」とわけのわからない大声をあげながら突進し、テニスのスイングのようにカラスを警棒で横殴りに打った。カラスは一メートルほど跳ね飛ばされて、歩道に転がった。羽をばたばたさせている。女性は顔を両手で覆ってうずくまっている。頭や顔から流れた血が、顔に当てた両手を伝って肘まで達している。

警官はパニックになっていた。「きゅ、救急車だぁ！」と叫ぶ。

警官ならば無線で救急車が呼べるものを、と思いながら怜一は一一九番通報する。電話で概要を伝えて、スマホを切る。見回すと革ジャン男は消えていた。チェッと舌打ちをする。自分も消えよう。怜一は無言で歩き出した。

「君、君、ちょっと待ちなさい！」

警官が走ってきて、後ろから肩をつかまれた。

「えっ、もういいじゃないですか。あの男も逃げていなくなったし。それより、あの女の人、インフルに感染しているかもしれない」

「ごまかすなよ。暴行罪だろうが、君は」警官は汗だらけの顔でまじめに言った。

「えっ、違うでしょう」

「人の着衣を引っ張る行為は暴行罪だ」警官は怜一の手首をつかんだ。

「ちょっと逃げないようにね。あとで事情を聞くから」

そのまま、うずくまっている女性のほうに連れていかれた。今はこの警官が一人でこの場を仕切っているから、怜一も確保しつつ、女性のそばにいようと思ったのだろう。はたから見ると、しゃがみ込んだ警官が、立っている男の手首をしっかり握りながら、倒れた女性の様子を見ているという図である。怜一はなんだか女性を暴行した犯人のようだ。周りには人垣ができて、スマホをかざして撮影する人が何人もいた。

撮るなよ、犯罪者じゃないんだ！

怜一は怒鳴りたい衝動を我慢した。怒鳴り出したりしたら、余計に犯罪者だと思われて、動画をとられてネットに上げられるのが関の山だ。こうして警官に手首をつかまれてマヌケに立っているのも、怒って動いた結果なのだ。怜一は落胆の中で反省する。

救急車とパトカーが前後して到着し、物々しい雰囲気のなか、怜一は到着した別の警官に引き渡されパトカーに乗せられた。公衆の面前から解放されて、ホッとした。

住所・氏名・年齢・職業を聞かれ、なぜジャンパーの男を引き倒したのかを聞かれた。

怜一はいちいち答えながら、パトカーのスモークガラス越しに、救急車が出発するのを見た。そして「警視庁」と白い文字で書かれた大型車両がロータリーに入ってくるのを見て、ハッとした。警視庁を担当していたから知っている。あれは、公安機動捜査隊の持つ「ＮＢＣテロ対策車」だ。Ｎは核兵器、Ｂは生物兵器、Ｃは化学兵器を意味する。あの車両が来たということは、この騒動がバイオテロだと認識しているからに違いない。やはり警視庁は、この件をテロだとにらんで捜査しているのだ。

対策車から防護服の警察官が降りてきて、死んだカラスを回収していった。

取り調べの警官はそんなことはお構いなしに、日本新聞社会部にまで電話をかけて、怜一が在籍しているかどうかを確認していた。パトカーの中での不愉快な一時間を過ごし、ようやく解放された時には、とっくに正午を過ぎていた。


自由が丘からの帰り道、市ヶ谷にある経世大の烏丸の研究室を覗いていこうと思ったのは、話がしたかったからだ。尾行され、カラスの襲撃を目撃し、警官の取り調べを受け、半日であまりにいろいろありすぎて、頭は混乱していた。頭を冷やして情報を整理したいと思った。いや、そうではなく、烏丸のなんとなくボンヤリとした雰囲気に接したいと思ったのだろうか。自分でもよくわからない。

　ドアをノックしてみると、例のくぐもった声で「はい」と返事があった。ドアを押し開けて顔を出すと、驚いた表情の烏丸がいた。

「久しぶりだね。御社からは榎記者とか、清水《しみず》記者とかいろんな記者が電話かけて取材してくるけど、訪ねてくる人はいないんだ。ゴンさんはカラスを取材してないの？」

「ええ、まあ」

　ゴンさんと、呼ばれたことに怜一はちょっと驚いた。

「でも、あなたが一番熱心に取材をしていたじゃない」

「そうです。でも、社内でいろいろあって、カラスの取材から締め出されてしまいました」

「へえ、そうなんだ。ひどい話だなあ」烏丸は、顔をしかめた。驚くほどの同情ぶりだった。「じゃあ、気晴らしだ。飲みに行こうよ。どう？」と、烏丸は提案した。

「まだ、午後二時前ですよ」

「週末に昼飲みできる店がある」

　連れていかれたのは靖国《やすくに》通り沿いの雑居ビルの三階の居酒屋だった。テーブル席に座るとジョッキを二つ注文した。

「僕はねえ、なんだか飲みたい気分だったんだ。ゴンさんが来てくれて、よかった」

「僕も飲みたい気分でした。先生は、カラスのインフルで忙しくなったんでしょう？」

「そう。東京に棲む野生のカラスのウイルス検査というのを委託されてね。いや、僕がウイルス検査するんじゃなくて、僕は捕まえる係さ。捕獲係。大学の雑務に加えて、これでちょっと忙殺されている」と、烏丸はため息をついた。

「カラスって、どうやって捕まえるんですか」

「でっかい箱罠《はこわな》を使う。二メートル四方の捕獲ケージだ。カラスは賢いから、ちいさなケージではすぐに罠だって見抜かれちゃう。でかいと安心するみたいで、餌を入れとくと、天井部分の入り口から入ってくる」

烏丸は「よいしょ」と言ってズボンのポケットからスマホを抜き出した。撮影した画像を怜一に見せた。「こんなヤツさ」

怜一は覗き込んでアッと声をあげそうになった。

カラスが数羽入った大きなケージの前で、烏丸と若い男が写真に納まっていた。若い男は、黒いTシャツとズボン、そして黒いマスクをしている。

「先生と一緒に写っているこの人は？」

「後輩の吉池君だよ。いま、三田大で助手をしている。こいつもカラスが好きでね。今回の捕獲も彼と一緒にやってるんだ」

「そうだったんですか」

「あれ、彼を知ってるの？」

「これ、言ってませんでしたっけ。この前、僕が明治神宮の御苑に行ったとき、若いカップルがカラスに襲われたんです。それも、僕の目の前で」

「それは聞いたけど」

「その時、この人も同じ場所でカラスを観察していたんです」

「へ〜。そうだったんだ。明治神宮と隣の代々木《よよぎ》公園は、鳥類学者にとってはカラスの格好の観察の場だからね」

「でも、僕が話を聞こうとしたら、すぐ逃げた」

「そりゃあ、ゴンさんは研究者をそっとしとかないから……」

「でも、挙動が変でした」

「学者の挙動が変だ、と言われてもねえ……」

なんだか、前回の烏丸との諍《いさか》いの蒸し返しになりそうになった。怜一は慌てて話題を変えた。

「カラスって、もう何羽も捕まえたんですか」

「東京二三区内で五〇羽ほどかな。ほとんど全部ハシブトだった」

「ウイルスは検出されましたか」

「今のところは全然」

「実は今日、さっきまで自由が丘にいたんですけど、駅前で女性がカラスに襲われました。僕も見てたんですが」

　烏丸はテーブルに両肘をついて怜一を見た。眉間にしわが寄っている。

「おかしいよ。自然状態ではないよ。何度も言うけどさ。これは、何かがあると僕は思う」

「僕もそう思います」

「ゴンさんはさあ、但馬教授がゲノム編集したという説を唱えてたよね。でもそれじゃあ、カラスが変にいろいろな鳥インフルエンザ・ウイルスを持っていることは説明できないよね」

「そうですね。説明できないですよね」

　怜一は烏丸を見た。この人は信頼できるだろうか。直観は「できる」と言っている。今後、取材を詰めていくとしても、相談相手が必要になる。テロの可能性があることを、ある程度話してもいいのではないか。

　ジョッキが来た。乾杯してノドに流し込む。

「これは、僕はテロだと思うんだよ」烏丸がジョッキを置いてつぶやいた。

「テロ、ですか」怜一はジョッキを持つ手を止めて、烏丸を見た。自分が今言おうとしていたことを先に言われて、驚いた。

「そうテロ。バイオテロだ」

「なぜ、そう思うんですか」

「そのくらいわかるさ。カラスを二〇年以上観察してるんだよ。今だって、毎日のようにカラスを捕まえている。なのに、普通のハシブトガラスだ。一方で人を襲うのは例外なくハシボソガラスだ。どうも人を攻撃するハシボソガラスだけにウイルスを搭載しているとしか思えない」

「何者かが仕組んだ?」

「そう、何者かが仕組んだ。そうとしか、思えない」烏丸はいつになく強い調子で言った。ジョッキを武器のように握りしめている。

「理由を説明しようか。まず基本的なことから復習だ。前にも言ったでしょう、A型インフルエンザは全部、もともとは水鳥が自然宿主だ。もともとは鳥インフルエンザなんだよ。A型インフルエンザ・ウイルスには亜型が存在する。亜型って、つまりサブタイプのことさ。H1N1、H5N1、H2N2、H7N9とかいろいろある。HもNもウイルスの表面に出ている突起のことなんだ。球状のウイルスの表面に突起が出ている写真を見たことないかな。野球で履くスパイクのような突起がある。だからあれを『スパイクタンパク質』と呼ぶんだ。Hはヘマグルチニンといって、ウイルスが細胞にとりついたり侵入したりする際に活躍する。Nはノイラミニダーゼといって、ウイルスが細胞から離脱する際に重要な役割を果たす。このスパイクタンパク質のH

の亜型は一六種類あるんだ。そしてNの亜型は九種類ある。だから『Hなんとかなんとか』の組み合わせは、一六×九で一四四通りある。H1N1からH16N9まで一四四通りで、亜型の組み合わせはこれで全部」

「HとNは、そんな意味だったんですね」

「そう。水鳥由来のA型インフルエンザ・ウイルスはこれだけなんだ。ところがだ、ところが、ところが、お宅の新聞に超すごい記事が載っていて、僕は読んでのけぞったね。カラスに襲われた神奈川県に住む七〇歳代の男性からH17N10亜型のウイルスが検出されたとあった」

怜一は、烏丸を見つめた。「Hは一六種類、Nは九種類しかないから、H17N10亜型なんてない！　うちの誤報ですか」

烏丸は笑った。「ゴンさん、なんだか嬉しそうだね。自分をのけ者にしたカラス取材チームが誤報したらうれしい？　他人の不幸は蜜の味か」

「いや、そんなことありません。でも誤報ですか」

「そうじゃないんだ。これはこれで正しいのさ。国立感染症研究所の分析だからH17N10亜型だったことは間違いない」

烏丸はジョッキをあおった。

「どういう意味ですか。存在しないウイルスじゃないんですか」

「何年か前に、南米のオオコウモリから、従来の水鳥からは検出されない新たなA型ウイルスが発見された。それを発見者がH17N10亜型と名付けたんだ。ただ、これは本当にA型インフルエンザに分類していいかどうか、ウイルス学者の間でも意見が分かれているらしい。そんなシロモノなのさ」

「南米のコウモリから?」怜一は目を見張る。烏丸は得意げに笑った。

「そう。ゴンさん、おかしいだろう。従来的なA型のインフルエンザ・ウイルスなら、渡り鳥が日本に運び込んでいた可能性はある。日本にいるドメスティックな鳥であるカラスに感染した、と言ってもまあ、ありえないことじゃない。ほとんど例はないけどね。でも、南米のオオコウモリから発見されたH17N10亜型がだよ、日本のカラスと濃厚接触した男性から出てきた。ありえないことだよ。自然状態で起こる可能性は○・○○○○○○一%以下さ。日本にもともと存在しない南米のウイルスが、なんで日本にいるの。誰が南米から運んできたの。しかも、なんでカラスが持っているの。誰か人間がウイルスを密輸入してきて無理やりカラスに感染させた。それ以外にはない」

「その疑いが濃厚接触ですね」

「うわ、酔ったら、おやじギャクが出るんだねえ、まだ若いのに」

「すいません」怜一は頭をかく。

「何者かが、テロを起こそうとしている。そして、その罪を全部カラスに押し付けようとしているのさ。カラスを悪者にしようとしている」

「僕も、この一連の事件は、バイオテロだと思っています。先生が推測したのとは、全く違う理由で、ですけど」怜一はキュウリを食べながら、烏丸をチラリと見た。

「それ、聞かせてくれる？」

「僕は今、但馬教授の自殺がカラス事件に関連があると思って、調べているんです。但馬教授のお宅にも伺いました。すると、知り合いの警察の公安関係者から僕に警告が入ったんです。お前に太刀打ちできる相手じゃないから、取材はやめろ、と。危険だぞ、って」

烏丸は、目を見開いた。口も開いている。「公安関係者が？」

「ええ、しかも国際的なテロリズムを担当するヤツです」

「あ、なんか、こう背中がゾクゾクしてきたなぁ。スパイ映画のようだなあ。怖いなあホント。寒くなってきた」

「いや、寒くはないでしょう」

「寒い。僕は焼酎のお湯割りを頼むけど、ゴンちゃんは？」

ついに「ゴンちゃん」になってしまった。いつかはゴンと呼び捨てになるのだろうなと思いながら、怜一は、自分用にジョッキを頼む。

「ゴンちゃん、但馬教授の周辺を洗っているんだ。テロに関与していると思っているの」

「そうです」

「それを記事にしたいの」

「もちろん。何が何でも」

「なんで？」

「僕は昨年、新入社員なのに、とても大きな失敗をしたんです。それに、最近もカラスの事件をずっと調べていたのに、社内のほかの記者に特ダネを取られてしまった。だから、今回こそは真実を暴いて、スクープを取りたいんです」

「なるほど。リベンジなんだな」

「リベンジもあります。でも、それだけじゃないんです」怜一は考えながら答えた。

「ほら、先生もこの前、言ってたじゃないですか。『出世欲、名誉欲もあるけど、事実が知りたくて研究している』って。僕も同じです。リベンジもあります、名誉欲もありますけど、真実が知りたいんです。この事件がテロだとして、それは悲惨なことで社会正義として止めなければならないですよね。でも、僕は記者だから、止めるだけじゃダメなんです。その事実を明らかにする必要があるんです。スクープを取らないと、記者としてダメなんです」

烏丸は尊敬と同情の入り混じったような眼を怜一に向けた。

「そうかぁ。頑張ってくれ。若くて頑張ってる人を見ると刺激になるなぁ」

烏丸は焼酎のお湯割りをあおったが、突然にブッと咽《む》せた。おしぼりを口に当てて、ゲホゲホしている。しばらくセキこんでいたが、じきに治まった。

「よしっ、僕も頑張る。僕は生物学者だから、カラスのために戦う！　人のためじゃなくてカラスのために。バイオテロだよね。誰かがテロの実験をしているんだ。いろいろなウイルスをカラスに載せて、人に感染させようとしている。どのウイルスが人を効率的に殺せるかを実験している。カラスは、かわいそうに、隠れ蓑《みの》なんだ」

「でも、誰が、何の目的なんでしょうね」

「あ、それそれ、忘れてた。犯人が誰かを、ゴンちゃんに聞こうと思ってたんだった」

烏丸は膝をたたいた。

「何言ってんすか、僕は知りませんよ」

「いや、知ってるんだよ」

「先生、酔ってますね。ただの酔っぱらいですよ」

「ちょっと待ってね。あ、あれスマホは……と。あった」ズボンの尻ポケットから再び小さなスマホを取り出した。何やらサイトを開いている。「これを見てほしいんだ」

そう言いながら烏丸は、動画サイトの動画を再生した。それはカラスの動画だった。

カラスが音楽キーボードの縁にいる。カラスが嘴でキーボードをたたくと、シンセサイザーの音楽が流れた。キーボードをたたく動きは間歇《かんけつ》的で、メロディーが途中で途切れがちだ。けれども、ちゃんと楽譜に従った順序でキーボードをたたいているらしく、楽曲として成立していた。

「すごい！　これ、普通のハシブトガラスですよね。訓練すれば音楽の演奏もできるんだ。ということは、普通のカラスでも、訓練したら文字のキーボードも打てる。つまりは、カラスを訓練したヤツがいるんだ」

そう言った怜一を烏丸はニヤニヤしながら見ている。

「ゴンちゃんも案外と騙《だま》されやすいんだなあ。ちょろいんだ」

「え、どういうことですか」ムッとして烏丸をにらんだ。

「怒るなよ、酔った顔して。ゴンちゃんは楽器をやらないの？　やっぱ、やらないとわかんないかなあ。これってキーボードの機能なのさ。音楽練習用の機能で、どのキーを打ってもメモリーに内蔵されている曲が鳴るの。一つ打てば一音鳴る、もう一つ打てば一音鳴る。でたらめに打っても、それが連なって曲を弾いているように見える。子供売り場に売っているしょぼい手品よりも、ずっと単純なカラクリだよ」

怜一はもう一度スマホの画面に見入る。そういえば変だ。よく見るとカラスは同じキーしか打っていないのに、音程が上がったり下がったりする。

「そう。ゴンちゃんが見た、キーボードを打つカラスも十中八九同じさ。もともとパソコンの中に文字が入っていたの。カラスが打ったように見せただけ。だから、そのパソコンの持ち主が犯人さ。テロに加担している人物さ。誰のパソコンだったの」

「それ、誰のかって、言ってませんでしたっけ」

「言ってないよ」

　怜一は酔いとショックで天井がグルグル回って見えた。

　竹田がやはり、テロに加担していたのだ。


「竹田教授の言った人口の指数関数的増大ね、そんなの二〇〇年以上前にマルサスがすでに言っていることだ。トマス・ロバート・マルサス。イギリスの人口学者。『人口論』は古典中の古典。だから、指数関数的増大なんて、僕にとってはなんの新しさもない。驚くことでもない。君が、インタビューに来るというから、『人口論』から抜粋してメモを用意しておいた」経済学の大御所、帝国《ていこく》大学の矢代敬名誉教授は、自宅のソファで、手元の資料をめくった。

　怜一は、竹田への「異論・反論インタビュー」の取材で、週明けの月曜日の午前九時過ぎ、渋谷区松濤《しょうとう》の矢代の自宅に来ていた。カメラマンの田口が矢代を撮影している。

「これだ、読むよ。『人口は、制限されなければ、等比数列的に増大する。生活資料は、等差数列的にしか増大しない』。これがマルサスの人口論のテーゼになっている。この等比数列というのは、指数関数と同じ意味だ。人口は指数関数的に増えるのに、食糧などは直線的にしか増えない。だから、必然的に貧困が発生する。人口も頭打ちになる。つまり、一種の『成長の限界論』なのさ。君は、『成長の限界』という本を知っているかね」

矢代は試すように怜一に聞いた。

「はい、確か、ローマクラブが出した報告書ですよね」怜一は環境班なので、この手の話は知っていた。ローマクラブはスイスに本部を置く民間のシンクタンクだ。一九七二年に発表した報告書「成長の限界」は、このまま人口、工業化、食糧生産、環境汚染、資源の利用の指数関数的な増大が続けば、一〇〇年後には世界の経済成長は限界点に達すると予言して、世界に衝撃を与えた。

「そのローマクラブの設立者で、初代会長は誰かね」

「いえ、存じません」

「知らないのか。最近の若い記者は勉強不足だ。ペッチェイを知らないとはな。アウレリオ・ペッチェイ。イタリアのトリノ出身の実業家だ」矢代は、ベッコウ縁の老眼鏡をかけ直して、太い指で手元の資料をめくった。「きょうはペッチェイの話をしたいと思ってね。資料を作っておいた。というのは、地球規模の思考をした人間が実際にいたのだから。人間の脳はそんなにお粗末なものじゃない」

「はい」怜一はいつも通りタブレットでメモを取る。

「ペッチェイは、一九六〇年代に、オリベッティという、当時タイプライターの世界的製造企業を経営する一方でラテンアメリカの産業支援のために、銀行を集めてアデラという団体を作った。綴りはA・D・E・L・Aだ」

「はあ」

怜一は困惑する。話が脇道にそれていきそうだ。知識をひけらかし、インタビューの趣旨から外れた話を延々と垂れ流す取材相手が一番始末に困る。けれど、この手の学者は意外と多い。特に大御所といわれる老人だ。

「大丈夫だ、君。話はちゃんとまとめる。わしは耄碌《もうろく》しておらんよ。そんな顔するな」

「えっ」怜一は顔を上げて矢代を見た。

「このジジイ、何しゃべってんだ、という顔をしている」

「いえ、決してそのような……」

「若いヤツは不遜《ふそん》だ。まあ、よい。わしも若いころは不遜だった。昔の自分を見ていると思えば腹も立たん。話を続けるとだ、そのアデラの会合でペッチェイが講演した。その講演は、地球の長期的危機についてだった。一九六〇年代の欧米にとって、これは革新的な考え方だったのだ。この講演は、スペイン語だったが、その英訳の講演録が欧米のインテリの間で流布した。それを読んだ一人が、OECDの科学局長だったアレクサンダー・キング。二人は意気投合して、一九六八年四月に世界的な科学者や経済学者を三〇人集めてローマで会議を開くのだ。地球の長期的な危機の本質は何か、それをどう克服するかについて協議した。ただ、この場ではいろんな立場の人がいて、意見はまとまらない。決裂するんだ」

矢代は怜一の顔を覗き込むように見た。「どうかね、話がだんだん核心に近くなってきたじゃないか」

「はい」怜一は笑顔で言った。この老人が何となく好きになっていた。

「会議は決裂したが、個人的にペッチェイに賛同する者が、会議のあとペッチェイの自宅に集まって話をする。そこで、ローマクラブというシンクタンクを設立することを決めるんだ」

「それがローマクラブの始まりだったのですね」

「そうだ。最も重要なことは、ローマクラブは、マサチューセッツ工科大学のシステム工学の教授ジェイ・フォレスターに依頼して、当時はまだ珍しいコンピューターを使ってシミュレーションを行ったことだ。人口、食糧生産、産業化、汚染、天然資源消費の五つの変数の相互連関を一〇〇年後先までシミュレーションした。それをもとに、『成長の限界』が書かれたわけだ。ただし、基本的なコンセプトはマルサスの人口論と同じ。指数関数的な増加が限界を迎えるというものだ」

「二つの成長の限界論は、同じ構造なんですね」

「その通り。マルサスの人口論は一八世紀の『成長の限界』論だった。しかし、人類はその成長の限界を乗り越えてしまった。化学肥料その他を開発して、食糧生産も指数関数的に増大させてしまったから。そして、同様に二〇世紀のローマクラブの『成長の限界論』だって、人類は乗り越え始めている。代替エネルギーの効率は驚くほどよくなってきた。竹田教授の指摘するグレート・アクセラレーションは依然として続いている。これが、最後には地球そのものを崩壊させるのではないか。そして人類の脳はこうした時空間的に大きな問題は認識できないからダメなんだ、というのが竹田教授の指摘だ」

「はい」

「それは違う、というのが私の意見だ。指数関数的増大に外から物理的に限界をはめることはできない、と考えたほうがよい。人類はそれを乗り越えてしまうから。しかし、インセンティブの設定によって人間の内側からコントロールすれば、対応できるのだ。つまり、人間の本性である欲望に根差した方策が必要になる。二酸化炭素の排出を抑えれば抑えるほどその企業が儲《もう》かる仕組み、穀物一トンの生産当たりの水の使用量を抑えれば抑えるほど利益が出る仕組み、などを構想すればよい。それができれば、人々が地球規模のことや千年先を考えられなくても、指数関数的増大に対応することはできる。繰り返すが、欲望に基づくシステムが必要だ。そんなこと不可能だと、竹田教授は言うかもしれない。でも、その可能性を、先入観を持って否定したらダメだ。単なるニヒリズムに陥るだけだ」

ポケットの中のスマホが震えた。電話だ。スマホはこの後、インタビューが終わるまでに五回も震えた。何かあったのかと、怜一は徐々に心配になっていった。

取材が終わり矢代の家を辞して、木陰の歩道でスマホを取り上げる。電話は全部キャップの飯島からだった。その時、着信音が鳴り、六度目の電話が来た。

「はい」怜一はすぐに電話を取る。

「ゴンちゃん、大変！　すぐに社に来て。社会部長席に」

社会部長の中野は怒っていた。横長のセルフレームの眼鏡の奥で眼が吊り上がっていた。怜一と飯島は、社会部長席の横に立って、ただ俯いている。近くの席のデスクや記者たちが、心のうちで冷笑を浮かべて見ているのが手に取るようにわかる。

部長の目の前のパソコンにはＳＮＳの画面がある。写真が拡大表示されている。

怜一が目をそむけたくなる自分自身の写真、自由が丘駅前の写真がある。警官が怜一の手首をつかんだまま、しゃがみ込み、カラスに襲われた女性を覗き込んでいる。怜一は呆《ほう》けたような表情で、明後日《あさって》の方向を見ている。

「ここに突っ立ってるアホみたいな男は、お前に間違いないな？」

怜一は俯いたまま、低い声で「はい」と答えた。

「似たような投稿はいくつかあるんや。『こいつが狂暴なカラスを操る男』とか『カラスを女性にけしかけた男、逮捕』とか、書かれている。うちの広報部が偶然、発見したんや。『これ、社会部の記者だろう』って問い合わせが来た。見てみたらなんと、権執印、お前やないか。これなんかリツイートが三〇〇〇で、『いいね』が一万もついている。お前のバカ面写真が世間に広まっていくぞ」

飯島が怜一をチラリと見る。

「これが日本新聞の記者やとは、まだ世間には知られてない。けど、知られたらどうする？　わが社として嘘はつけん。正直に認めるしかない。だから、広報部から事情を説明しろと言われてるのや。想定問答とか作らんとあかんしな。お前、土曜日、何をしとった？」

「自由が丘を歩いていて、通りすがりの人と、ちょっと人とトラブルになったんです。喧嘩じゃないですけど。そこに警官がいて仲裁に入ったのです。そこで偶然、カラスが女性を襲ったんです。それで、警官が僕の手を握りながら、女性の様子を見ていたんです」

「わからん。なんだ、その、『ちょっと人とトラブルになった』って？」

「まあ、ガンつけられたというか……」

「お前、ガンつけられて喧嘩すんのか。チンピラやないか」

「喧嘩はしてないです」

革ジャンの男を思い出して、怜一はムカムカする。

「土曜に、碑文谷《ひもんや》警察から社会部に照会が入ったぞ。権執印と名乗る人間が、日本新聞の社会部記者だと言っているが間違いないか、ってな。お前、逮捕されたんか」

「されてません。任意で話を聞かれましたが……」

「任意でも話を聞かれる理由があったのやろ。相手を殴ったとか」

「いえ、殴ってないです」

「何したんや」

「ちょっと、トラブルになって」

中野部長は、眉間にしわを寄せて「はぁ」と深いため息をついた。

「もうええわ。広報部には、今の話を適当に丸めて、言っておく。お前は当面、自宅待機や。取材・執筆はすな」

「えっ、困ります」

と言ったのは、飯島だった。「だって、榎君もカラス取材に取られて、環境面を権執印記者と二人で作ってるんですよ。今週だって、例の竹田教授への異論・反論のインタビューを権執印記者が全部やる予定なんです」

「飯島がやればええやろ。そのくらい、やってくれよ」

「環境省周りの取材は、いま私一人でやってるんです」

「全部やればええやん」

部長はニべもなかった。

社会部から引き上げる怜一と飯島の足は重い。無言で廊下を歩いていると、向こうから吉田デスクと榎がやってきた。このタイミングで最も会いたくない二人だった。ニヤニヤ笑いで無視してくれたら、まだよかったが、吉田は立ち止まった。目が怒っている。

「ゴン、お前、自由が丘でカラスが人を襲った現場にいたんだってな」

「ええ」

「その現場に居合わせたなら、なんで写真の一枚も撮ってよこさなかったんだ。現場の状況のメモを送らなかったんだ。自由が丘で人を襲ったカラスからもインフルエンザ・ウイルスが検出された。ニュースだろう。写真と現場の様子を紙面に載せたいよな。現場に偶然記者が居合わせたなら、迫真の記事が書けた。なのに、なぜ、現場にいたのに何もしなかった。単なる怠慢じゃないよな。俺たちカラス特別取材班には、絶対に協力してやるものか、っていう態度が見え見えだよな。俺たちの足を引っ張りたいんだろう。お前みたいな小さなヤツがいるから、いい紙面ができなくなる。会社の空気が汚れる。違うか?」

違う。怜一は吉田の目を正面から見た。言いたいことは、たくさんあった。

——このカラス事件は国際テロなんです。あなたは知らないけれど、但馬という教授が自殺したのも、それに関係があるんです。三田大の「美しすぎる生物学者」として有名な竹田もテロにかかわっているかもしれないんです。僕はその真相を暴きたいんです。それが今、一番重要なことです。だから現場写真とか雑感とか、そんな表面的なことを思いつかなかったのです。もっと重要なことで頭がいっぱいだったんです。

そんなこと、言えなかった。

「土曜日は、僕自身がトラブルにあって、それどころじゃなかったんです」

怜一はそれだけ言って去ろうとしたが、吉田は怜一の肩を押さえた。

「嘘つけ。スマホを出して写真撮るのに三秒で足りる。現場雑感は、あとで書けばいい。それもやらずに言い訳か」

吉田の追い打ちに怜一はカッとなってしまった。

「もしも、写真と雑感を送ったとして、吉田デスク、使ってくれましたか。僕の出したカラスの原稿使わなかったじゃないですか」

「お前……」吉田は絶句した。「自分の落ち度を、俺のせいにするのか。汚いにもほどがある。お前はサイテーのクズだ」

言い捨てると、革靴の底を鳴らして去っていった。

「ゴンちゃん、今のはマズいよ。失言だよ。自分自身を追い込んで、ドン詰まりにハマり込んでしまっているよ」

飯島が眉間にしわを寄せて怜一を見る。「ちょっと早いけど、ランチに行かない？作戦会議やろうよ。このままじゃ、ゴンちゃんも環境班もお陀仏《だぶつ》だよ。よっぽど考えないと」

「すみません、遠慮しときます」

エレベーターホールにつくと、怜一は勝手に降りるボタンを押した。

「インタビューのあと二人分、僕がやります。飯島さんに迷惑かけられないし。三人分のインタビュー原稿は、木曜日の正午までに送ります」

「何言ってるの」

「飯島さんには、いろいろご迷惑をおかけしてすみません」

エレベーターが開いた。乗り込もうとした怜一の腕を引いて、飯島が止めた。

「ゴンちゃん、カラス事件で大スクープ取りたいんだよね。だけど、その途中で短気起こして、トラブル起こして、部長まで敵にまわして、編集局中の評判を落として、それで大スクープが取れても、誰がそれを紙面に載せてくれると思う？　誰がゴンちゃんに協力してくれると思う？　組織でやってんだよ。人には感情があるんだよ。ちょっとは戦略的に考えなさいよ！」

その言葉は怜一の胸に刺さった。けれども怜一は、飯島の手を振りほどいてエレベーターに乗り込んだ。一人で会社を出た。

飯島の言ったことは本当だと思う。けれども、今は時間が欲しい。スクープを取ることがすべてに優先する。飯島キャップは、「スクープを取ったとしても」と仮定法で言ったが、取れなければどうしようもない。一人で調べないといけないことは山積している。

銀座線を表参道で千代田線に乗り換えて、明治神宮前で降りた。渋谷のＮＨＫ放送センター前にある東京法務局渋谷出張所に向かう。到着するとまず、備え付けの地番検索端末をたたいて、あらかじめ調べておいた但馬開発の住所（渋谷区代々木二丁目）、そして、先週金曜日に行った目黒区八雲三丁目の但馬の自宅の住所を入力して、それぞれの登記上の地番を調べた。それを登記事項証明書交付申請書に記入し、二つの物件の土地・建物の登記簿謄本を申請した。念のため四件すべてについて、共同担保目録も一緒に申請した。
出張所は混んでいた。待つこと一時間、窓口で受け取った謄本を立ったまま読む。
但馬開発の本社のある住所の土地・建物はともに所有権が、二年前の三月に但馬開発から、和泉不動産に移転していた。売却されていたのである。もっと驚いたのは、目黒区八雲三丁目の但馬の自宅の土地・建物だった。所有者は但馬開発で、土地・建物ともに抵当権が設定されていた。設定は昨年の一月だった。そして、自宅の土地には多くの共同担保が存在した。
怜一は再び地番検索の端末に向かう。共同担保目録にある土地・建物の地番から、住所を調べるためだ。住所を入れて地番を検索する端末なので、その逆をやるのは骨が折れた。端末で地図を見ながら三〇分かけて、共同担保目録にある地番から、住所を割り出した。
東京都目黒区自由が丘二丁目〇〇番〇号
東京都目黒区目黒一丁目〇〇番〇号
東京都世田谷区松原《まつばら》五丁目〇〇番〇号
いずれも一等地にある三件の不動産だった。どれも、オフィスビルかマンションのようだった。これと自宅と合わせて四か所の土地・建物を担保に一体いくらの金を借りたのだろう。数億、下手をすれば十数億かもしれない。

先週土曜日に訪ねた自由が丘駅近くのビルも、二年前に本田土地建物に売却したとブティックの女性が言っていた。つまり、一昨年から昨年にかけて、但馬は莫大な資金が必要になったのだ。少なくともビルを二つ売却した一方、自宅など四か所の不動産を担保に銀行から金を借りた。必要だった資金は合計で二〇億円は下らないのではないか。

烏丸は但馬のことを「富豪教授」とうらやましげに話していた。確かに資産家だが、内実は火の車だったのだ。

これも、但馬の自殺に何らかの関係があるはずだ。そして、それはカラス事件、つまりは国際バイオテロと関係があるはずだ。重要な証拠を手に入れたような気がしてドキドキした。

と、スマホが震えた。ジャケットから取り出すと、竹田からメールが届いていた。先週末、自由が丘のスタバで書いた「お会いしたい」というメールの返信だ。

——本日六月一日午後六時に首都テレビのDスタジオにお越しください。午後八時までの間、どこかで五分程度なら対応可能です——

なるほど。怜一は笑った。なんと有難いお言葉だろう。

二時間のうちどこかで五分間対応可能ならば、ずっと待つしかない。それはまだよいとして、首都テレビのDスタに来るように言われても、日本新聞の系列放送局ならまだしも、完全部外者の自分が簡単に入れるところではない。あの女王様のような高飛車な人がわざわざ首都テレビ側に説明して、入館手続きをしてくれている可能性はない。やれやれと思うが、行くしかない。自由が丘のビルに出入りしていた件を当てて反応を見てみたい。

法務局の渋谷出張所を出ると道を渡り、NHK放送センターの前の歩道をJR原宿駅に向かう。歩きながら、首都テレビ広報部に電話して入館手続きをしてもらう交渉をした。「当社の番組の取材でないのならば、当部にご依頼いただくのは筋違いですし、入館はご遠慮いただけますか。当社のスタジオは待ち合わせ場所ではないのですから」と嫌がられたが、何とか粘って入れるようにしてもらった。

原宿駅に着いたのは、午後三時近くになっていた。

近くの牛丼屋で遅い昼食を食べる。そして、渋谷区代々木一丁目の但馬開発の本社があるビルに行ってみることにした。山手線で新宿まで行き、そこからはスマホの地図を頼りに、住宅とオフィスビルが混在する細い通りを歩く。

目当てのビルは簡単に見つかった。三階建ての小さなマンションだった。たぶん賃貸マンションなのだろう。エントランスに回ると、オートロックで、郵便受けの名前すら確認できない。但馬開発のオフィスが入っているのかどうか確認できない。がっかりした。

だが、売却した不動産を見られたのはよかった。三階建てで九つの部屋がある。大江戸線・代々木駅からも、JR新宿駅からも近い。この規模の賃貸マンションを一棟まるまる売却して、いくらくらいなのだろうか。時間のある時に不動産屋に当たってみよう。

怜一は腕時計を見る。午後六時前には有明の首都テレビに到着しなければならない。もう一つ、行ってみることにした。タブレットを開いて、さきほど記した共同担保目録の住所を見た。目黒一丁目が最も近い。

新宿駅まで戻り、山手線に乗って目黒駅で降りて、歩く。ここも、住宅とオフィスが混在する住宅街だ。代々木一丁目と街の雰囲気がとてもよく似ていた。たどり着いた住所のビルを見て、怜一は笑った。代々木で今見てきた三階建てのマンションとそっくりのマンションが建っていた。設計図を使いまわしたのだろう。先ほどと同じように、エントランスに回ってみる。同じようにオートロックで入れない。

しかたがない、帰ろうと思って振り向いた時、見知った男がやってきた。

男は怜一に気づかずに、横を通り過ぎ、カードキーをかざしてエントランスを開けた。

「あれっ、箕輪先生ですよね」怜一は思わず声をかけ、かけてしまった自分を呪った。

酒乱のウイルス学者、箕輪が無表情で振り返った。

「君は、あれだ……」

眉間にしわが寄り、目つきが険しくなる。名前を思い出せなくても、勝手に席を立って帰ったことは覚えているらしい。

「こんにちは」

それだけ言って、そそくさと引き上げる。声をかけなければ、向こうは自分だと気づかずにいたのに。ひょっとすると「敵」に余計な警戒をさせてしまったかもしれない。早足で目黒駅に向かいながら、自分の愚かさを悔やんだ。

可能性は三つある、と怜一は歩きながら考えた。

一つ目は、箕輪が、偶然、但馬開発の所有する物件に住んでいる。死んだ但馬と箕輪は面識もなく無関係。

二つ目は、但馬と箕輪は学者同士の知り合いで、その関係で箕輪が但馬の所有するマンションに入居した。箕輪はバイオテロとは無関係。

三つ目は、但馬と箕輪はカラス事件、つまりバイオテロに深くかかわっており、共犯者。その場合、但馬、箕輪、竹田の三人の学者がバイオテロにかかわっている可能性もある。

三つ目の可能性を検討してみる。但馬は鳥類の脳の研究者で、鳥のゲノム編集も手掛けた人物。そして、箕輪はウイルス学が専門であり、鳥インフルエンザ・ウイルスを扱える可能性もある。この二人が組めば、カラスを使ったバイオテロの実行が可能なのではないか。そして、但馬が不動産を売却したり、不動産を担保に借金したりしたのは、バイオテロのための資金を工面するためだったのではないか。

竹田はこのテロにどうかかわっているのだろう。竹田の専門は古遺伝学で、絶滅した生物のＤＮＡ解析だという。そうであれば、バイオテロと直接的に関連はしないような気もする。

早く正解が知りたい――。取材していていつも思うことだ。

警察庁官僚だと自慢していた喜嶋のことが頭に浮かぶ。喜嶋は、怜一に「手を引け」と言った。この件は、公安警察が調べているのだろう。怜一は、公安警察の体質をある程度は知っている。彼らの「仮想敵」に対する調査は執拗《しつよう》で、細かく、分厚い。張り込み、尾行は当たり前で、盗聴も行う。スパイも使うし、詐欺的な手段で情報を得ることもある。銀行からの資金の振込先も把握する。細かな情報を営々とかき集め、巨大な堆積物を作り上げる。

警察庁警備局は日本の公安警察の頂点に君臨している。職員は警察官僚であり、刑事でも捜査官でもないから捜査はしない。警視庁公安部が実働部隊として、死んだ但馬の周辺を洗っているのだろう。但馬不動産の所有物件などは、とうの昔に当たっているだろうし、箕輪と但馬の関係も、そして竹田との関係も洗っているだろう、と思う。

怜一はある程度自分で調べ上げたら、公安にぶつけて取引に持ち込むつもりでいる。警察の捜査中に、それもあと一歩で犯人逮捕という時点で、新聞にすっぱ抜かれたら、犯人に逃亡されたり、証拠を隠滅されたりする恐れがある。だから、警察は新聞のすっぱ抜きを恐れるし、嫌がる。そうさせないために、有利な条件を持ち掛けて取引をすることがある。「逮捕までは報道しないと約束してくれ。その代わり、逮捕したら、報道発表前に、全部教えるし、逮捕の現場の写真も特別に撮らせよう」などと。条件次第だが、新聞側も効率的にスクープが取れるので、取引が成立する場合もある。新米記者の怜一自身は、そんな取引などしたことがない。先輩から昔話として聞いただけだ。

ただ今回は、そういう取引を意図的にこちら側から持ち掛けようと考えている。現実的に考えて、新米記者の自分が、たった一人で国際バイオテロの大スクープを取るには、警察の力を利用するしか方法はないと思う。

ただし、公安警察にそこまで譲歩させるには、何か一つ、公表されるのを公安側が嫌がるような強烈な「事実」を発見しなければならない。そこまでは、歯を食いしばって一人でやるしかない。

それができたとして、取引する相手は誰か。喜嶋か、あるいは……。怜一は、警視庁公安部のある人物の姿を苦く思い描く。

信頼しきっていた人。厳しく自分を育ててくれた人。なのに、自分を手ひどく裏切った人。あの人には借りがあるだろうか、貸しがあるだろうか。向こうは自分に借りがあると感じているのだろうか。貸しがあると感じているのだろうか。自分を裏切ったことをどう思っているだろうか。罪悪感があるだろうか、まったくないだろうか。もう半年も音信不通なので、よくわからない。ただ、あの人に加えて、喜嶋という別のカードが出現したことは、怜一にとって幸運だった。問題は、あの特権階級ヅラしたエリート官僚相手に、どうやって取引に持ち込むかだ。とにかく今は、強力な「事実」を探すしかない。

目黒駅から夕方のラッシュの山手線に乗り、大崎《おおさき》でりんかい線に乗り換えて、国際《こくさい》展示場《てんじじょう》駅で降りる。東京ビッグサイトで大規模なイベントをやっていたらしく、駅は紙袋を提げたサラリーマンでごった返していた。首都テレビまでは歩いて十分程度だったが、途中で小雨が降ってきた。怜一の水色のジャケットが少しだけ濡れた。

テレビ局の正面ロビーの受付の女性に名前を告げて説明する。「六時にDスタで三田大学の竹田教授とアポがあるんです。御社の広報部に入館手続きをしてもらっています」

「お待ちください」

と、女性はにこやかに言い、パソコンの画面をスクロールしながら見ていたが、表情がだんだん暗くなった。申し訳なさそうに顔を上げる。

「あの、権執印様のお名前では、入館予約は入っていません」

「広報部の森《もり》さんという方にお願いしたんですけど、連絡してもらえませんか」

「はい」受付の女性は受話器を上げた。つながったようで何か話をしている。受話器の口を押さえて、「あの、広報の森は本日、すでに退社しており、他に事情が分かるものがいないそうです」と言った。

「あの、別に森さんじゃなくていいので、今すぐ入館手続きをしてください、とお願いしてくださいませんか」怜一は、感情を押し殺して丁重に頼む。

女性はまた受話器を取り、何かを話しているようだったが、今度は決然と顔を上げた。

「申し訳ございませんが、手続きはできかねるそうです」

「わかりました」

怜一は受付を離れる。何かが変だと思った。

広報部の森という男は、説得の末に、「そういうご事情なら」と最後にはさわやかな声で許諾してくれた。入館手続きをしたはずだ。しかし、入館予約が入っておらず、今は広報部は逃げの一手という感じだ。

広いロビーには、ひょうたん型のソファが点在している。その一つに腰かけて、どうしたものかと、しばらく考える。が、いい案も浮かばない。

とにかく今日は竹田に会って、「自由が丘の但馬先生のプライベートな研究室で何をやっていたのですか」と当ててみたい。それで、反応を見て、感触をつかみたい。ここで待って出てくるところを直撃するしかない。「六時から八時までの間のどこかで会う」という意味は、収録が八時までなのだろうか。それとも八時から収録で六時からスタジオ入りしているのだろうか。この正面のロビーの出入り口から出てくるのだろうか。別の出入り口があるのだろうか。会える確率は低いかもしれない。しかし、諦めるわけにはいかない。とりあえず、八時まではビルから出てくる可能性はないのだから、腹ごしらえでもしておこうか。

立ち上がりかけた時、ひょうたん型のソファの隣に座っていた女性が、誰かに手を振って立ち上がった。待ち合わせをしていたらしい。ソファにカードのようなものが残されていたが、気づかずに行ってしまった。心臓が高鳴る。

周りを見回す。だれも怜一を見ている人などいない。座っている位置をカードのすぐ脇にずらす。スマホを取り出してしばらくいじる。五分くらい経過した後、スマホをソファのカードの上に置き、スマホとカードを重ねて握る。スマホを手元に戻して、ずらしてカードを見る。「首都テレビ放送　一七〇四二一　有吉優実《ありよしゆうみ》」とあり、笑顔の写真がある。

自分の心臓の鼓動の音がはっきり聞こえる。

今からやろうとしていることは、犯罪だ。バレたら当然、日本新聞社にも連絡が行く。警察に突き出されるかもしれない。そうなれば停職処分は食らうだろう。でも、このくらいのことを平気でやれないで、公安と張り合って取材できるわけがない。

カードを名刺入れに入れる。それを持って開閉式扉の入り口に向かう。鼓動が高鳴る。警備員の前で、名刺入れを機械にかざす。青いランプが点灯し、扉が開いた。

エレベーターホールに向かう。

到着したエレベーターに乗り込む。ビル内の簡単な案内表示があり、それを見て「Sスタジオ」とある六階を押す。男女が二人乗ってきた。八階のボタンを男が押し、二人でゴルフの話をしている。

怜一は六階で降りる。

正面に「S1スタジオ」という表示がある。迷っているような態度は厳禁だ。廊下を右にズンズン進む。歩きながら、自分はいったい何をやっているのだろうと思うが、引き返せない。

突き当たりにはバカでかい金属性の扉がある。開けようかどうしようか、考えていると扉が細く開いて、隙間からショートカットのバイト風の女の子が出てきた。ヤモリのような大きな目をしている。怜一を見て、怪訝《けげん》そうな顔をした。

「Dスタジオはどこかな。今日収録の竹田教授の付き添いの者だけど」

「階が違います。一つ下の報道フロアになります」

「そう。ありがとう」

エレベーターに戻り、一階降り、エレベーターホールから出ると、目の前にだだっ広い部屋があった。新聞社でいえば編集局なのだろうか。廊下の向こう側に、ずらりと机が並び、記者と思《おぼ》しき人々が忙しそうに動き回っている。天井からは大型テレビモニターが幾つも吊り下げられていて、違うチャンネルが映し出されている。

その部屋を右手に見ながら、廊下をどんどん進む。カンで動いただけだが、しばらく歩くと右手に「Dスタジオ」の表示があった。

その横から、話し声が聞こえてくる。覗いてみるとコントロールルームというのだろうか。機材がたくさんあり、モニターの前で、ヘッドホンを着けた太った男が機器をいじっている。

モニターに竹田が映っている。

「竹田教授は、美しすぎる生物学者といわれていますね」

アナウンサーがにこやかに聞く。

「実態はそうじゃないですよ」竹田がテレもせずに表情を和らげもせずにしゃべる。

「美しすぎる、というのも事実ではないですし、生物学者でもないんです、実は。古遺伝学といって、分子生物学を使って、絶滅した生き物の遺伝子を解析して、どんな系統に属するどんな動物であったかを知る学問ですね」

「子供のころから才女だったのですか」

「いいえ、子供のころはどちらかといえば、野外派で、外で遊んでることが多かったです。木登りとか得意でしたよ。勉強も読書もそれほどしませんでした」

「先生は、高い知能の学者しかメンバーになれないＷＨＩＳのメンバーなんですね」

「アメリカに留学している時に、たまたま、指導教授がメンバーで、その関係で入られました」

「留学時代について、お聞きしたいんですが、東大医学部を卒業したあと、アメリカに留学されて、専攻も変えてますね」

「ええ、行ったのは、ペンシルヴァニア州立大と、ＵＣバークレー、つまりカリフォルニア大学バークレー校です。最初に行ったペンシルヴァニア州立大は集団遺伝学では全米ナンバーワンの大学です。ＵＣバークレーはご存じのようにゲノム解析の元祖で……」

　怜一にはひらめくものがあった。酒乱のウイルス学者の箕輪もＷＨＩＳの会員だと威張っていた。竹田もそうだ。何かそこにヒントがあるような気がする。

　コントロールルームの太った男が振り返り、入り口に立っている怜一を見とがめて、顔をしかめた。怜一は自分が竹田の助手か何かに見えればいいなと思いながら、男に軽く会釈をして、そのまま居座る。男はそのうち前を向いて仕事に専念し始めた。

収録は竹田の人となりを紹介するインタビュー番組だった。

見ていて、得るところは多かった。竹田の生い立ちから、高校、大学、留学時代までをざっと知ることができたからだ。メモを取りたかったが、コントロールルームの入り口では怪しまれるだろう。

一時間くらいで、収録は終わった。

怜一は廊下を編集局のほうに移動して、そこで待った。

一五分くらいして、竹田がアナウンサーと連れ立って出てきた。二人で何か話して笑っている。驚いた。この人も笑ったりするのだ。

「竹田先生。日本新聞の権執印です」

怜一の前を気づかずに通り過ぎようとする竹田に声をかけた。笑顔が急速冷凍の勢いで無表情になった。

「あら、来てらっしゃったの。入れたのね？」

「ええ、このテレビ局には、僕の知り合いの記者仲間が大勢いますのでね」

嘘だったが、竹田はしまったというように顔をしかめた。穴をふさいだつもりだったのにふさぎ損ねたと思ったのだろう。そうだとすると、首都テレビの広報部が一度出した入館許諾を取り消させたのは、竹田だったのではないか。もし、そうだとすると、箕輪から竹田に怜一が身辺を嗅ぎまわっているという連絡が来たのではないか。もし、そうだとすると、竹田は怜一のことを自分の敵だとすでに見ていることになる——。この仮定ずくめの四段論法は正しいだろうか。

竹田と一緒にいたアナウンサーが会釈をして先に行ってしまった。

「手短かにしてちょうだい。忙しいの」

「はい。いえ、先日メールでもお伝えしましたように、先生のインタビューを掲載したところ反響がありました。そこで、今週の土曜日付けの紙面をまるまる一ページ使って、異論・反論特集をやります」

「勝手にやればいいじゃないの」

「ありがとうございます。ところで、先日、先生を自由が丘でお見掛けしました。九品仏川緑道に面した五階建てのビルに入っていかれました。あのビルは、元々は但馬開発の所有で、お亡くなりになった但馬教授のプライベートな研究室があった場所です。先生は但馬教授とどんな研究をしてらっしゃったんですか？」

ドキドキしながら一気に言い、竹田の反応を凝視する。「お見掛けした」というのは嘘だが、あえてそう言ってみた。

が、竹田はきょとん、といった表情だった。「何の話？　どこのビルって？」

「あの、一階にフレアというブティックのある、九品仏川緑道に面したビルです。そこで先生は但馬先生の研究室に出入りしていましたよね」

「えっ?」竹田の顔が不愉快そうにゆがんだ。「ストーカーね。あなたがやっているのは、ストーカー行為よ」

何を言っているのだ、と怜一はむっとした。「失礼な。違います。取材です。僕は先生がカラス事件に関与していると思っています」

「それと、私の行きつけのヘアーサロンとどんな関係があるの?」

怜一は首をかしげ、リノリウムの床を見る。ヘアーサロン?

「ジュリオよ」

「あっ、あのビルのあの二階にある」

「私をどこからつけてたの? 自由が丘の私のマンションも尾行して突き止めたのね。このストーカー。もう一度やってごらんなさい。警察に突き出すわよ!」

竹田は、プイと横を向いて歩き出す。

怜一は追いかける。「話をそらさないでください。竹田先生は、死んだ但馬先生と一緒にカラスの研究をしていたんだ。あのビルで」

「このストーカー!」竹田が振り返って、罵声を浴びせた。声が廊下に響き渡る。

ワイシャツ姿の男や、アナウンサーと思しき女がわらわらと廊下に出てきて、こちらを覗いている。騒ぎになったら、不正にビルに入ったのがバレてしまう。が、仕方がない。

「僕は、カラス事件はバイオテロだと思っています。あなたがかかわっているはずだ」と怜一は竹田の後ろから言った。せめてもの反撃のつもりだったが、竹田はもう一度振り返って、気持ち悪そうに怜一を一瞥《いちべつ》して、エレベーターホールに駆けていった。

その後ろ姿を見つめながら、怜一は敗北感にまみれた。

いきなり、ストーカー呼ばわりされるとは、予想もしていなかった。そうか、その手があったのかと思う。ストーカーにされたら、もう何を言っても勝ち目はない。ビルに忍び込んでまで敢行した突撃作戦は失敗した。自分の甘さを思う。

正面ロビーに戻り、ひょうたん型のソファに座る。名刺入れから、拾った社員証を抜き出し、足の間に落として、トートバッグをその上に置く。しばらくして、バッグを持ってそっと立ち上がる。

外に出ると霧状の小雨が降り続いている。グッタリと疲れが出て、心は敗北感にまみれていた。

アケミはテーブルの向こうでいつもの笑顔だった。

「自宅待機、上等じゃない。ハリー・ポッターもたくさん罰則受けたしさ」

「うん。そうだね」

その夜、アケミの作ってくれた青椒肉絲《チンジャオロース》に箸をつけながら怜一は力なく答える。自宅待機を命じられたことは話した。が、きょう首都テレビに忍び込んだことは言えなかった。我ながら軽率なことをしたと思う。空回りの連続で、心が落ち込む。

「ハリー・ポッターが受けた罰で、一番すごいのは、やっぱりアンブリッジのヤツだよね。ほら、『僕は嘘をついてはいけない』って延々と書かされるヤツ。書いたら手の甲に文字が刻み込まれて血が流れるの、キャー」

「うん」暗い声がテーブルに落ちた。

「元気ないね」

「ごめん」

「何が」

アケミは自分を励まそうとしているのだと怜一にはわかっている。けれど、いまは冗談に付き合う心の余裕もない。バイオテロのことで頭がいっぱいだ。

夕飯のあと怜一は皿を洗う。それが終わるとシャワーを浴びて、書斎にこもってパソコンで、「ＷＨＩＳ」について調べてみた。ウェブの辞書には次のようにあった。

世界高知能者協会（World High Intelligence Society）。略称はＷＨＩＳ。高い知能を持つ科学者の世界的研究交流団体である。一九六八年四月に、三人の科学者、ニクラス・ラーソン、アマンダ・ヴェンバリ、ユルゲン・クラウスによってイタリアのローマで設立された。現在も本部はローマ。知能指数分布で上位〇・三％に入る高知能者で、かつ職業的な科学者でなければ参加が認められない。活動は活発で、いくつもの世界的な研究グループや研究財団、オープン・ソース・プロジェクトなどがＷＨＩＳを母体として発足している。会員は世界全体で千二百三十人。

一九六八年四月、ローマって……。どこかで、見たような気がした。

怜一はタブレットをトートバッグから取り出してメモをスワイプしていく。午前中に帝国大学の矢代敬に取材した箇所を探す。あった！　アウレリオ・ペッチェイたちがローマクラブの設立を決めたのと同じ年の同じ月だ。これは偶然だろうか。

怜一はネットで検索を続けたが、それ以上の情報は出てこなかった。諦めて、何気なくネットニュースを見て、ギョッとした。「カラスからの鳥インフル　人から人へ感染」と見出しがあった。読んでみると、カラスに襲われてＨ５Ｎ１型の鳥インフルエンザを発症して先月死亡した千葉県の男性の妻と長女も同じウイルスに感染していた、とある。この男性の勤務先の部下も肺炎の症状で入院しており、感染が疑われている。致死率が五〇%を超えるH5N1ウイルスが人から人に感染しつつあるのだ。バイオテロならば、犯人は新しいウイルスを生み出した可能性がある。怜一は焦燥感に駆られた。

翌日の午前九時から、若手の人類学者、関口綾香のインタビューが入っていた。例の竹田に対する「異論・反論インタビュー」の一人だ。関口は人類学者を名乗っているが、自称であり、在野の研究者として著作を多数出している。まだ三〇歳と若いが、個人事務所を持ち、秘書まで雇っていてずいぶん羽振りがいい。

企画の趣旨を説明すると、「あらぁ、私は三人の識者の一人なのね。私と竹田先生との対談にしてくださったら、ビジュアル的にも紙面映えがして、よかったんじゃないかしら」と、臆面もなく言った。

「あ、そうですねえ。本当。次回はそうしましょう」

と、怜一も適当に流してから、インタビューに入った。

「竹田先生のおっしゃったことは一理あると思います。人間の脳では、全地球的な広範な事柄を一〇〇年先のような長いスパンで思考することはできないと私も思います」

関口の語り口は立て板に水だった。滑舌もいい。

「ただし、竹田先生は、人間の進化の過程で、狩猟・採取に適応したことで、脳の能力に時間・空間的限界が設定された、というお考えだと受け止めましたが、それはちょっと違うかなと。そもそも人間の大脳が発達したのは、社会生活の発展によるものです。ホモサピエンスは、例えばネアンデルタール人などと比べて肉体的にも弱い存在でしたから、個の力というよりは集団の力で生存してきたわけです。狩猟・採取も集団的に行ってきた。仲間が何を考えているのかを察知する力、自分がどうしたいのかを伝える力、つまりはコミュニケーション能力が必要になってきた。これが、淘汰圧として機能したわけで、それで人間の大脳は巨大化し、大脳新皮質が高度化してきたわけです。これは、竹田先生のお考えに対する反論でもあるし、賛同でもあるのですね」

「つまり、竹田先生の考えには賛成だけど、賛成の理由が異なると」と怜一が聞いた時、ジャケットでスマホが震えた。ゲンナリした。昨日と同じ展開になりそうなイヤな予感だ。

「そうです、賛成の理由が違うのです。狭い範囲の社会生活、せいぜい大家族的な範囲での社会的コミュニケーションに合わせて脳が進化してきた。小集団の利害を極大化することだけを最優先するようなクセが人間の脳には備わっているわけです。だから、より大きな集団の利益を棄損しても、自分の属する小さな集団の利益を守るという行為に走らせるわけです、つまり、地球環境よりは日本の利益、日本の利益よりはわが社の利益、わが社の利益よりはわが部の利益というように、より身近な集団の利益を尊重する脳なのですね。時間的に言えば、一〇〇年先を考えるより今のほうが大切なんです」

ようやく話が核心に入った時、またスマホが震えた。五分おきに震えるので、気が気ではない。気もそぞろで、関口のインタビューを早々に終えて、事務所を出る。

スマホを開けてみると、計七回の受信があった。五回はキャップの飯島で、二回は社外の番号が表示されている。まず、飯島にかける。

「いま、どこ」

事務的な声がした。

「三番町です。関口綾香のインタビューが終わったところです」

「すぐ、社に上がって、部長席」

「はい」

電話を切って、「メンドクセ〜」とつぶやいた。昨日よりヒドい展開になりそうだ。竹田が自分の「ストーカー行為」について、会社に抗議したに違いない。うんざりする。部長にどう説明しようか。

もう一つの外部番号に電話する。

「首都テレビ広報部です」と、出たのを聞いて、気分は最低に落ち込んだ。

「日本新聞の権執印といいますが、そちらから私に二回電話をいただいたようです」

「少々お待ちください」

しばらく待つと、「森です」と相手が変わった。「権執印さん、昨日、弊社に不正に侵入したようですね」

「いや。森さんが入館手続きをしてくれて、それで入ったんですよ。だって、森さんに入館手続きを頼んだら、承諾してくれたでしょう？」

皮肉を言ったつもりだが、相手は極めて機械的だった。

「はい。一度は入館手続きをしました。けれど、その後取り消しました。理由は言えません。だから、権執印さんが、入館手続きなしに不正に弊社に侵入したのは事実です」

「証拠でもあるんですか」

「昨日夕方の退社時に、社員証を紛失した女性社員がいまして、不思議なことにその社員証を使って、誰かが弊社内に入っていた。その社員証の入館記録が残っていたのです」

「僕が不正侵入した証拠があるんですか」

「防犯カメラに映っているんです。水色のジャケットを着た権執印さんが」

怜一はスマホを左手に持ち替える。手に汗がにじむ。

「明白な占有離脱物横領罪と建造物侵入罪に当たります。といっても、別に警察沙汰にはしません。一応、御社には注意喚起の意味も込めて、たった今、映像付きで通告しました。再発防止の具体策を文書で示してもらいたいと申し入れました」

怜一はスマホを切った。道に座り込んでしまいそうだ。自分がやった一つひとつのことが負の連鎖を引き起こして、状況が刻一刻と悪くなっていく。昨日部長が出勤停止と言ったのは、正式な処分に基づくものではなかった。だが、今回は正式な懲戒処分になるだろう。

スクープを取りたい思いばかりが空回りしていた。飯島は昨日、「どんどん自分自身を追い込んで、ドン詰まりにハマり込んでしまっている」と言った。その通りだった。建造物侵入。なんとくだらないことをやらかしたのだろう。重要な取材が山積しているというのに。会社に帰りたくはなかったが、帰らざるをえない。半蔵門の駅までトボトボ歩いた。

自殺した但馬の最後の言葉が耳によみがえった。

――現在は過去に拘束され、未来は現在に拘束される。時間の経過とともに人の『現在』は過去により強く拘束されて、身動きできなくなっていく。時間経過とは、そういうものであるのならば、未来に希望はあるのだろうか、君はどう思う？

そうですね、と今は答えたい。自分のやったつまらないことで、自分が拘束されてしまっていますよ、僕も。あなたも何か罪を犯したのですか。そう、罪を犯したのですね。バイオテロという罪ですか。

本社五階の社会部の部長席には部長の中野はいなかった。飯島キャップもいない。きょろきょろしていると、先輩の榎が満面の笑みでやってきた。

「ゴン、C会議室に来いって、飯島さんが言ってた。マズイことになったみたいだな」

楽しくて仕方ない様子だった。

C会議室のドアを開けると、飯島が一人で座っていた。

目を上げて、ホッとした表情を浮かべた。

「飯島さん、すみませんでした」

「うん」飯島は尖《とが》った声で言った。怜一の連日の粗相にうんざりしている。

「部長は?」

「いま、法務部に呼ばれているよ。首都テレビから苦情が来たから……」

「竹田教授からも苦情が来たんですか」

「そう。ストーカー行為について。部長は朝、その件で、法務から呼ばれて、帰ってきて私を呼んだの。だからゴンちゃんに電話した。そしたら今度は、首都テレビからも苦情が来てもうメチャクチャよ」

「すみませんでした」

飯島は返事もしない。スマホを見ている。怜一はいたたまれない気持ちになった。

「今、法務で部長が説明を受けてるんですか」

「説明を受けてる？　冗談じゃない、怒鳴りつけられてるの。法務部長は社会部で中野部長の二年先輩だから。管理責任を問われてるのよ」

怜一は会議室の椅子に腰かけて、ため息をついた。部長も今回は許してくれないだろう。飯島も怒っている。黙ってスマホを見つめている。

それから一五分後、会議室のドアが突然、乱暴に開いた。中野部長が、銀縁メガネの男を連れて入ってきた。怜一を見ると顔をしかめて、椅子を乱暴に引いて腰を下ろした。銀縁メガネの男がその横に座る。細長いテーブルの片方に中野部長と銀縁の男、反対側に怜一と飯島が座り、対面する格好になった。

「こちらは、法務部次長の杉田《すぎた》君や。事情聴取で来たんや」

「はい」

「権執印、お前のストーカー行為が、『週刊真相』に載るぞ。来週か、遅くとも再来週や」中野部長は暗い顔で言った。

「えっ」予想外の展開に、怜一は愕然《がくぜん》とした。

「『美しすぎる科学者につきまとう大新聞のエリート記者』とかな。記者の不祥事の記事では、どんなボンクラでも、エリート記者って呼ばれるんや。そのほうが、落差があっておもろいやろ。転落の落差がな。週刊誌ってのは、そんなもんや」

「……あの、一体、それは？」怜一はまだ要領を得ない。

「自由が丘で警察に捕まっているお前の写真はＳＮＳで拡散してる。週刊真相の記者が、手を回せば、首都テレビの防犯カメラの映像も手に入るかもしらんな」

中野部長は手元のクリアファイルから、一枚の紙を抜き出して、怜一の前に放った。

怜一が首都テレビのＤスタジオ近くの廊下で、竹田に話をしている様子が映っている。怜一は手を広げて竹田に迫っていて、竹田は顔をしかめて上半身を引いている。だれがどう見ても、竹田が嫌がっている。

「あとは竹田の証言があれば、完璧なゴシップ記事や。竹田自身が、このネタを週刊真相に話すと言うてるんや。自由が丘のマンションまで訪ねてきてインターホンを鳴らされ、行きつけのヘアーサロンや喫茶店で待ち伏せをされ、テレビ局に不正侵入して番組の収録にまで付きまとわれ……本人が言っているのだから、仕方がないな」

「嘘です。いや、嘘が混じってます」怜一は竹田に激怒した。竹田は嘘をついてでも自分をストーカーに仕立てたいのだ。それはなぜだろう。

「お前の言い分は今から、法務部の杉田君が聴取する」

杉田と呼ばれた銀縁メガネの男は、無言で怜一の前にボイスレコーダーを置き、手元にファイルを広げる。それは、怜一の顔写真のついた経歴書だった。人事部で管理している書類だろう。

「スケジュールを確認しながら正確に答えてください。あなたが、最初に竹田教授の取材をしたのはいつですか」事務的な声だった。

「五月の連休明けの金曜日でした。環境省のＳＤＧｓ会議で基調講演を取材しました」

「五月何日？」

怜一はタブレットを取り出して、スケジュール表を開いた。

「八日です」

「なぜ、取材したのですか」

「飯島キャップの指示です」

「その次に取材したのは？」

杉田と名乗る法務部の男の質問はとても綿密だった。怜一は、カラス事件の件と竹田とのかかわりは、一切しゃべらないと決めていたから、徐々に答弁が苦しくなる。

「自由が丘にはいつ行きましたか」

「先週の土曜日、五月三〇日です」

「何しに行ったのですか？」

「遊びに、です」

「竹田教授の自宅や行きつけのヘアーサロン、喫茶店に行きましたか」

「行ってません」

「じゃあ、どこに行ったのですか」

「街をぶらぶら歩いたりしてました」

「街をぶらぶらって、何をしてたのですか」

杉田の事務的な声の裏に、いたぶるような色が出た。怜一は、自分が蛇に追いつめられた鼠《ねずみ》のように思えて無性に腹が立った。

「ちゃんと答えてください。街をぶらぶらしていて、警察に事情を聴かれていますね」

「ちょっと、トラブルにあって」

「どんな」

「僕をしつこく尾行している奴がいたから逆に追っかけただけです」

「あなたを尾行していた。どこから、どこまで？」

「わかるわけ、ないでしょう！」腹立ちまぎれに反論する。

「わかるでしょう。尾行されていたのがわかったのだから」

「振り向くと何回か、僕と目が合ったんです。そのあと喫茶店でお茶を飲んでいると、外から僕のことを見ていた。僕がヤツを見ると、逃げたので追いかけたんです」

杉田は持っていたメモ帳を机に投げ出して、怜一を見た。「まったく理解できない。

あなた、何のために自由が丘に行ったのですか？」

「だから、遊びにです」

「だから、何の遊びに？」

「街を歩こうと……」

中野部長が杉田の隣でため息をついた。「これは、誰が聞いても納得できない説明や」

法務部の杉田は、中野部長に軽く頷いただけで、質問を続けた。

「次に、昨日の件ですが、なぜ首都テレビに行ったのですか」

「竹田教授にメールでアポをお願いしたら、首都テレビのDスタジオに来れば、五分程度なら時間があると……」怜一は言いながら、スマホでメールを開いた。「ほら、これです」と竹田から来たメールを見せる。杉田はチラリとだけ見た。

「何の用で竹田教授に会おうとしたんですか」

「竹田教授のインタビュー記事に対する意見がいろんな識者から来たので、それを今週末の環境面で特集しようとしていました。それを説明に」

「なんの説明ですか」

「今言ったように、竹田教授の見解に対して三人の方が……」

「こういう記事が出ます、という連絡ですか。それはメールで済む話ですよね」

「会って説明して、コメントも取りたかったのです」

「首都テレビの社員証を盗んでまで？」

「盗んでません。拾ったのです」

「馬鹿か。占有離脱物横領罪やないか！」中野部長が怒鳴った。

その横で、飯島が深いため息をついた。そして、決意したようにしゃべり出した。

「ゴンちゃんは、いえ、権執印記者は、実はスクープを追っています。今、世間を騒がせているカラス事件に関してです。あの事件に関連して、権執印記者は竹田教授の身辺を洗っていたのだと思います。自分一人の特ダネにしたいと思って、隠している から、説明が、あいまいになってしまうのです」飯島は隣に座る怜一をにらんだ。「あなたバカよね。この期に及んで本当のことを話さないと、ストーカーにされてしまうよ。懲戒処分になるのよ。わからないの？　マジで週刊誌に載るのよ、ストーカーとして。週刊誌には、状況証拠が満載で、誰が読んでもストーカーだからね」

「結構です」と、怜一は下を向いたまま言った。「竹田教授は自分の犯罪を隠すために、それを取材している僕をストーカーに仕立てようとしているだけです。いずれ僕が竹田教授の犯罪を暴きます。それができれば、ストーカーなんて嘘で、僕が竹田教授の周辺を取材していただけだとわかる。だから、一時的に週刊誌に書かれたっていいんです」

「勝手なこと言わないで。あんた一人の話じゃない、会社全体が迷惑するの！」

　怜一は目を上げて飯島を見る。飯島の言う通りかもしれない。一時的であれ、ストーカー記者を出したとなると、会社のイメージダウンだ。もう、意地を張るのはやめにしたほうがいいのかもしれない。でも……。

「竹田教授の犯罪って何や。お前、何のネタ追っかけてるんや。カラスの件と竹田教授がどう関係しているんか」中野部長が聞いた。

「お話しできません」

「なんでや。部長が聞いてるんやぞ。業務命令や、話せ」

「いいえ、お話しできません」怜一は目を伏せる。

「お前、全部自分の手柄にしたいのか」

「その通りです」

「かぁー、功名心が強すぎるというか、個人プレーが過ぎるというか、自分勝手というか。今時の若いもんの考えることは、もう理解できへん」中野部長は、同情を求めるように飯島を見た。

「それで構いません」怜一は言い張る。

「そのネタ、他社に抜かれたらどうする。お前、一人でスクープ取れるのか」

「はい、取れます」

「待ってくださいよ！」と法務部の杉田が、不愉快そうに言った。「途中から社会部さんの取材打ち合わせのようになりましたが、今この場は、あくまで法務部の事情聴取ですから。法務部の正式な事情聴取ですよ！　法務部次長の私、杉田が、話を聴きます」

「でも、杉田君。権執印記者はストーカーじゃない可能性がある」と中野部長。

「しかし、本人が特ダネ取材のために竹田教授の身辺を洗っているとは言っていませんよ。それに不正侵入は、首都テレビさんが弊社に正式に抗議している案件です。本人も不正侵入を認めたわけですから、正式な懲戒処分となります。処分は人事部と協議して決めますが、刑法を犯しているわけですから、出勤停止二週間程度にはなるでしょうね」

「そうか、わかった。処分はいつ出る？」

「今週中には結論を出して、来週月曜日に社内に処分を告知して、その日から処分開始になるというスケジュールを考えています」

「わかった。じゃあ、杉田君、ご苦労様」中野部長は杉田に微笑みかけた。もう帰れと無言で言っている。杉田は憮然《ぶぜん》とした顔でファイルをしまい、レコーダーを拾い上げて、会議室を去っていった。中野部長は、改めて怜一を見た。

「さてと、そういうことや、権執印。出勤停止中は取材もなにもできへん。もし、こ記者職の間に取材活動をやっていたことがばれたら、今度はもっと重い処分になる。記者職から事務職への転換もあるやろ」中野部長は嚙んで含めるように怜一に言う。「つまりや、お前が二週間、何もできず自宅でゴロゴロしている間に、週刊誌にはお前がストーカーだという記事が載り、お前は自分の潔白を証明することもできない。その間に、お前が追いかけていたネタを他紙が書く可能性もあるし、当局が発表する可能性もある。つまりスクープも取れない。もう何が言いたいのかわかるやろ。何を取材しているのか、それを全部しゃべれ。あとは、社会部として引き継ぐ。カラス事件のことなら、吉田デスクをキャップにして特別チームを作ってある。刑事案件やったら警視庁クラブも動く」

「吉田デスクのチームに引き継ぐのは勘弁してください」

「と言って、どないするんや。お前は出勤停止になる。全部、お前の短慮と短気が招いたことや。自分一人でスクープを取りたかったなら、もっと慎重に動くべきだったな」

怜一は何も言えなかった。自分が悪いのだと、苦く了解した。

「わかりました。ただ、今週中はまだ処分が出ません。その間だけ取材をさせてください」

「俺は昨日、お前に出勤停止を命じたはずだ」

「それは、部長の命令で、正式な社内処分ではないですよね」と言ったのは飯島だった。

「お前、ナメとんのか」部長が飯島に目をむいた。

「そんなことはありません。でも、最後のお目こぼしを」飯島の目は真剣だった。

中野部長はその真剣さに驚いた様子だった。「しかたがないのぉ。わかった。今週末までは、権執印、お前が好きに取材すればええ。だが、遅くとも、明々後日の金曜の正午には、これまでの取材を全部引き継いで、お前は手を引け。約束できるか」

「はい」怜一は覚悟を決めた。少なくともあと七二時間はある。それまでに、自分ですべてを明らかにすればよい。やるしかない。

「飯島は、権執印をよく監視しとけよ」

中野部長はそれだけ言って、会議室を出た。

「いろいろ、すみませんでした」怜一は飯島に頭を下げた。

「さて、昨日できなかったパワーランチをしよう。私には全部、話してちょうだい」

「わかりました」怜一は、今回は素直に言った。

二人が長い昼食を終え、本社七階の環境班に戻ったのは午後一時を回っていた。

「あと正味三日でスクープとれるかなあ」

飯島が疲れた様子で、椅子に崩れるように座った。ランチの間中、怜一の話を、メモを取りながら聞いていたので、さすがに疲れたのだろう。

「やるしかないです」と答えた怜一は、自分の机の上に、宅配便の包みが置いてあるのに気づいた。本のようだが、頼んだ覚えはない。宛先は「権執印怜一様」になっている。「ご依頼主」の欄を見て、怜一は「えっ」と声をあげた。

「どうしたの」

怜一は宅配便のパッケージに貼られた送り状を飯島に示した。そこには「但馬紘一」とあった。

「但馬って、つまり、自殺した神経生物学者の?」

「ええ。死んだはずの人間から宅配便が届くって、どういうことなんでしょう」

「とにかく、開けようよ」

怜一は宅配便のパッケージを破く。中には、本が一冊入っている。『鳥類の脳』とタイトルがある但馬の著書だ。取材に来た怜一に、参考のために送っておいたのだろうか。それが、何かの手違いで遅れて届いたのかもしれない。

本をパラパラとめくってみると、一枚のカードが床に落ちた。拾い上げてみると、カードには、「A」という文字と、URLと思しき短い英数文字列と、「パスワードは『コート』」という文字が、タイプされていた。飯島にも見せると目をパチパチさせた。

「ＵＲＬを入れて、サイトを開いてごらんなさいよ」

怜一はパソコンでブラウザを開いてＵＲＬを打ち込んだ。それは短縮ＵＲＬらしくて、別のＵＲＬにリダイレクトされた。大容量のデータをやりとりするファイル便のサービスサイトのページだった。パスワードを打ち込む欄がある。

「パスワードは『コート』って、どういう意味なんだろう」後ろから覗き込む飯島が首をかしげる。

怜一も考え込んだ。コート、コート、コート。「わかった」怜一は、タブレットを開いて、但馬に取材した時のメモを探す。「あった。そう、パリウムだ」

――きょうは、パリウムという言葉を覚えて帰りなさい――。但馬が鳥の脳の構造を説明した時にそう言った。「覚えて帰りなさい」という、ちょっと変な言い方をしたので、よく覚えている。あの時、すでにパスワードのことまで考えていたのだろうか。

怜一は「パリウム」とパスワードの欄に入れてエンターを押した。が、エラーだった。

今度はグーグル検索でパリウムの英語綴りをさがし、palliumと入力する。画面が切り替わり「ダウンロード」のボタンが現れた。

「ビンゴ！」

とつぶやきながら、ダウンロードする。ＰＤＦの文書だった。かなりの長文だ。二部印刷して、一部を飯島に渡して、自分も食い入るように読み始める。

権執印怜一様

貴殿が取材に来た時、私はすべてを諦めた。苦しくて悔しい時間を終わらせることにした。私は、これから自殺する。その前に真実を書き残そうと思う。

貴殿は、最近のカラスが狂暴化していて人を襲うようになった、と言った。それは正確ではない。カラス全般が狂暴化しているのではない。狂暴なカラスが一部に生まれ、そして繁殖している。これが事実である。その狂暴なカラスを作り出したのは、この私である。ゲノム編集によって生み出した。悪意を持って作り出したのではない。その点、理解を賜りたい。

順を追って説明する。私は高知能の科学者の親睦団体ＷＨＩＳの会員だ。日本には、この組織が認定した高知能科学者たる資格を持つ会員が三十人程度いる。私、竹田緑・三田大教授、箕輪耕・経世大学教授もそのメンバーだ。そこで、三人でカラスの脳を遺伝子的に調べるプロジェクトを立ち上げることとしたのである。

ＷＨＩＳは、その中にオープンな研究プロジェクトを多数持っている。世界各国の研究者が意気投合して、あるテーマについて共同で研究をすることが多々あった。Ｗ

ＨＩＳは親睦団体で予算は持っていないため、研究は手弁当で、あるいは寄付を募って行う。われわれ三人の中で最も資金的に余裕があったのは私であるから、研究に必要なものはすべて私がそろえた。

私が自由が丘の駅近くに所有する雑居ビルの三階がたまたま空いていたので、そこを研究の場として、機材もそろえた。私たちはカラスの脳に関する研究を始めた。それは五年前のことだ。ヒトの場合、攻撃性や怒りに関してＭＡＯＡやＣＤＨ13等の遺伝子の不活性化が大きく介在していることが知られている。カラスの場合はどうか。我々はそういう研究をしたのである。

私はこのプロジェクトを、「レイブンクロウ」プロジェクトと密かに名付けた。カラスの脳、つまりクロウ・ブレインの字の並びを替えたアナグラムである。

私はもちろん、竹田先生、箕輪先生にとってもこの研究は興味深いものだったと思う。お二人とも、分子生物学に関しては私よりも詳しかったが、クリスパー／キャス9を用いたゲノム編集の技術はお持ちではなかった。鳥類のゲノム編集は特に難しい。その技術を確立した私から、共同研究という形で技術を学べることは、二人にとってはとてもよい勉強の機会になったと思う。お二人は本業の合間を縫って、積極的に参加してくれた。

この研究を通じて四年前の春に、我々は攻撃性が異常に高いハシボソガラスを造り出した。我が家で飼っていたハシボソガラスの初期胚を利用し、ある三つの遺伝子をノックアウト（破壊）して生まれたのだ。キメラと普通のカラスを掛け合わせて生まれた真正のノックアウト・カラスは、拙宅にあるケージの中で、狂暴なカラスに成長した。他のカラスを攻撃して殺し食い散らかすほどであった。

竹田先生、箕輪先生のお二人を我が家に招いて、そのカラスをお見せしたことがある。竹田先生は、顔をほころばせて、こんなふうに言った。「これで、地球の食物連鎖が六千六百万年前に戻るかもしれませんね。地球は救われるかもしれない」と。

今にして思うと、あれが予兆だった。忌まわしき予兆――。

あの言葉の意味が、今ではよくわかる。六千六百万年前とは、巨大隕石が地球に落下して、それまで繁栄していた恐竜が絶滅した時をさす。恐竜が出現し、繁栄し、一億八千五百万年も続いた「中生代」がここで終わり、「新生代」が始まった。食物連鎖で恐竜の下位に甘んじていた哺乳類が上位に繰り上がり、地球上で繁栄し始めた。そして、長い時間が経過して哺乳類の中の人類が、食物連鎖の頂点に立った。

そしてここ二百年間で、地球上にヒトが異常繁殖を始めた。ただの繁殖ではない。地球を掘り返して化石燃料を燃やす一方、空気中の窒素を固定して土壌に混ぜ込んで穀物の生産を異常に上昇させ、それによってヒトの増殖速度をさらに上昇させ、挙句の果てには地球を破壊し始めた。竹田先生には、そのことが許せないようだった。人類によるこの地球への冒瀆《ぼうとく》に思えていたと思うのだ。

竹田先生の思想は実にカルトと呼べるほど先鋭的であるが、じつは、ＷＨＩＳという高知能科学者の親睦会には、竹田先生の思想的なルーツがある。

イタリアの実業家アウレリオ・ペッチェイが設立した「ローマクラブ」という団体をご存じだと思う。ペッチェイは、一九六三年四月に、ローマに約三十人の科学者や経済学者などを招いて、人類の未来に関する会議を開いた。ただ、この会議は決裂した。会議に参加していた三人の学者（先鋭的な環境主義者で高知能の持ち主）は、穏健派のペッチェイと袂《たもと》を分かち、ローマでＷＨＩＳを設立した。だからＷＨＩＳには、今でも先鋭的な環境主義者が多い。人類など滅んでしまえ、と本気で思っている学者が少なくない。竹田先生にもその傾向が顕著にある。

さらに言えば、竹田先生の専門は古遺伝学だ。絶滅した動物の骨からＤＮＡを採取して、現存する動物との関連を見る学問だ。ヒトが絶滅させた動物のことばかり考えている。その思考が、人類を憎悪する色合いを帯びるのは致し方ないことだ。

竹田先生は三年前の秋、狂暴化したノックアウト・カラスを二つがい欲しい、と言い出した。もちろん私は即座にお断りした。二つがい、というのが恐怖をあおった。それは野に放って繁殖させる意思がある、と表明したのと同じだからだ。ゲノム編集で狂暴化させたカラスを自然環境に放てば、人を襲う可能性があった。生態系も壊れる。

だが、竹田先生はあきらめず強硬手段に出た。一か月くらい後に、「自由が丘の研究室でお会いしたい」とメールが来た。そして、研究室で私は竹田先生に脅迫されたのだ。

私は過去に大きな過ちを犯している。人を殺しているのだ。いまから九年前、私が四十七歳の時、あるブローカーに殺人を依頼した。多くは語りたくないが、ある最低な人間に消えてもらいたかったのだ。

ブローカーとの交渉は、自宅の離れの研究小屋で行った。九月の残暑の厳しい日の午後四時だったのを覚えている。私は依頼の交渉の現場をビデオカメラで隠し撮りした。後日に万一、ブローカーから追加の金品を強請《ゆす》られた場合に備え、「依頼者は私であるが実行犯はお前だ」と明確に言える証拠を残しておく必要があったのだ。自宅の小屋だったので、自分でビデオカメラを壁に取り付けて、交渉に臨み、金額で折り合い、そして殺人とバレない方法で殺してもらうことにしたのである。

その交渉の後、私は外出する用事があった。深夜に帰宅後、カメラを取り外そうと研究小屋に入ったら、カメラを固定しておいたガムテープが切られ、カメラは取り外されていた。その時の私の慌てぶりは尋常ではなかったと思う。

私は、息子の俊を疑った。当時十九歳で、大学一年生だった俊の私に対する態度が一変したからだ。口を利かなかったり、こちらを無視したりするのはそれ以前からあったが、息子と私と二人になった時、大きな金額の小遣いを要求するようになった。「親父、十万くれよ」「三十万出せ」とか、親を親とも思わない態度で要求され続けた。断ると、「お前、断れるのかぁ、断れねえだろ」と凄まれた。

私は、それで安心していた部分もあった。息子に知られてしまったが、息子がよもや他人に事実を漏らすまい、と。一人息子の俊は、どうせ全財産を相続するのだ。金品の要求が激しくても、相続を前払いしているのと同じだと、無理にでも考えていた。

ところが、三年前、竹田先生に呼び出されて、自由が丘の研究室で会った時、私は竹田先生から、例のカメラを見せられた。見間違えるはずのない、あの当時のビデオカメラ。シルバーメタルの筐体《きょうたい》にはガムテープが一部くっついたままだった。

「これで撮影した映像をネットにばらまかれたくないなら、ゲノム編集したカラスを二つがい持ってきてくださいね」と竹田先生は笑みを浮かべて要求した。私は自分の人生が終わったことを悟らされた。罪を認めて警察に出頭し犯罪者として刑務所で過ごすか、あるいは人の言いなりに服従して塀の外で生きるか。私は後者を選んだ。当たり前だ。たかがカラスを差し出すだけのことだからだ。

だが、竹田先生の要求はそれでは終わらなかった。その後すぐに、巨額の金品を要求しはじめたのだ。「一億円お貸しくださいませんでしょうか」「あと三億円ほど工面していただけませんでしょうか」などという要求が届いた。返済の意思は毛頭なく、振込期限と振込先口座を指定する、露骨で不当極まる要求だった。私は家族に内緒で資産を売り、あるいは資産を担保にして金を作って、指定口座に振り込んだ。総額は二〇億を超えた。妻に知られたらどうしようと恐怖した。私は婿養子なのだ。但馬家の資産はすべて妻が相続した。私は管理していただけだ。苦しくて、悔しくて眠れない日々が続いた。私の生活はどうしようもなく荒れた。

そして、昨年の秋、恐れていた別の事件も起きた。経世大学の烏丸先生とシンポジウムでお会いした時、「最近、狂暴なカラスがいる」と彼が言ったのだ。わたしは直ちに了解した。竹田先生は狂暴化したカラスを野に放った。それが自然の中で繁殖しているのだ。狂暴なカラスはこれからも増える。この事実が世に知られたら、学者としての私は終わる。

竹田先生はいったい何を考えているのか。心配で眠れなくなった。飲めないたちなのに、無理して酒を飲んだ。酔っていないと、生きていられなかった。

そして、最悪の日が来た。貴殿、日本新聞の権執印記者が、カラスの狂暴化について取材しに来た。新聞社がこの事実を察知したのであれば、自分がこのカラスを作ったと知られるのは時間の問題だ。竹田先生に脅迫された事実も発覚するかもしれない。そして、私が脅迫された理由、つまり殺人が暴かれる日もやってくるだろう。万事休す。生きている希望は消えてなくなった。

以上で、この手紙は終わる。ただし、私は事実の半分しか告白していない。あとの半分も述べるべきだと思う。が、今はまだ、その決心がつかない。とりあえず、ここまでを貴殿に送る。そして、もう半分の真実について告白する決心がつけば、この手紙と同様な手続きによって、別便で貴殿に届ける。


怜一は飯島を見た。「読みました？」

「うん。読んだ。怖いわね、竹田緑。人を骨の髄までしゃぶって、金を強奪したんだね。多分、バイオテロのために。本当に怖いね」

「僕は、このネタで、警察庁警備部の喜嶋と交渉します。高校の同級生です」

「どういうこと」

「さっき言ったように、公安もこの件は捜査しています。これは但馬教授の告白ですよね。竹田教授が犯人だという有力な証言です。これを渡すから、警察発表の前に全部教えろ、と。そうでなければ、この内容を新聞に書くぞと言って取引します」

「うん、うん、わかった……。けど、もうこうなったら、部長、デスク、警視庁担当にも説明しておこうよ。ちょっとあなた一人がやるには大きすぎるネタだよね」

「そんなことないです」怜一は反論した。「少なくとも、カラス事件の裏になにかあると思って地道な取材を続けたのは僕ですよ」

「わかってる。でも、この段階でネタを抱え込むのはやめて。部全体で検討しよう。まだ、いろいろと詰めないといけない点があるでしょう。例えば、これは本当に但馬教授からの手紙なの？　誰かが但馬教授に罪を着せるために捏造したものじゃないの？」

「それは絶対に違います。だって僕と但馬先生しかわからないパスワードが設定されていたし」

そう言いながら怜一には、変な違和感があった。何かを見落としている。イライラするような違和感。だが、その正体がわからない。

「それに、この手紙はウイルスのことが何にも書いてないわね。カラスを狂暴化させたことはわかったけど、カラスが鳥インフルに感染したことの説明はない」

そうだった！　興奮で頭に血が上って、見過ごしていたが、言われてみればそうだ。ただ、それだけではなかった。何かの違和感が頭から離れない。

「今から部長とか、幹部に説明しようよ」

「わかりました」怜一は苦い顔で言った。

先ほどと同じC会議室。部長の中野、筆頭次長の佐野《さの》、警視庁サブの小平《こだいら》、カラス班担当デスクの吉田の四人に対して、飯島と怜一が状況を説明し、但馬の手紙のコピーを配った。

「ムチャクチャおもろい話やん」

中野部長が興奮気味に言った。「遺伝子を操作したカラスを野に放って、人間を襲わせた。その犯人が、美人すぎる生物学者の竹田やった。さらに但馬教授から二〇億円もの金をむしり取っていた。ムチャクチャおもろいやん。権執印、お前が自由が丘に行ったんは、この件か」

「はい。但馬教授のプライベートな研究室を見に行ったのです」

「だったら、そう説明してくれればよかったんや。一人で抱え込まずに」

「はあ」と生返事する怜一はまだ、一人でスクープを取ることをあきらめきれない。

「ここからは、社会部を挙げた総がかりの取材や」部長は張り切って言った。「まず、警視庁はこの件を相当深く捜査している。警視庁クラブは今日から全力で公安部を取材してくれ」

「はい」と目つきの鋭い筋肉質の男が答えた。警視庁クラブのサブキャップの小平だ。

「それとや、このカラス事件が、権執印が言ったようにこれがバイオテロならば、当然警視庁から厚労省には連絡が行っているはずや」

「厚労省担当の大迫に私から指示しておきます」筆頭次長の佐野が言った。佐野はつるりとした公家顔の能吏タイプの記者だ。

「頼む。しかし、バイオテロだとして、この手紙からは、わからんことが多すぎる」

「そうですね」と佐野が引き取る。「テロだとして、竹田教授が事件の主犯格としても、実働部隊は誰か。狂暴化したカラスをもらい受けても、どこかで繁殖させる必要がある。誰がどこでそれをやったのか。なぜ二〇億円以上の資金を竹田教授は必要としたのか。それと、ウイルスのこと。カラスは鳥インフルに感染している。誰かが感染させたとして、それは誰がやったのか。竹田教授の下に、なんらかの組織が存在するとしか思えない」

「但馬教授が第二の手紙を書いたとしたら、そこらへんのことが書いてあるんや。多分な」

中野部長はせかせかと言い、スマホを取り出して電話を始めた。「あぁ、小畑《おばた》君、ちょっと郵便室に行って、権執印あての郵便物がないか、探してきてくれないか。あったら、C会議室に持ってきてくれ。うん、悪いね」

中野部長はスマホを机に置くと全員を見渡して言う。「ただ、第二の手紙をあてにはできん。竹田の周辺を徹底的に洗う必要がある」

「但馬教授の研究に参加していた箕輪教授ですが、ウイルス学の専門家なんです」飯島が言った。

「そうやな。権執印は、箕輪や竹田の周辺にいる重要人物のリストを作ってくれ。それをもとにカラス取材班に、直当たりさせる。それと、ＷＨＩＳやな。竹田、但馬、箕輪の共通点がＷＨＩＳの会員やった。先鋭的な環境主義の団体ならば、この三人以外の人間もテロにかかわっている可能性があるやろ。遊軍を使ってＷＨＩＳを調べさせよう。佐野君、指示をたのむわ」

「わかりました」佐野がメモを取りながら頷く。

「あの……」怜一は思い切って声をあげた。「総がかりの取材はちょっと待ってもらえませんか？　僕はこれをネタに、警察と取引しようと考えています。だから、その間、取材を待ってください」

　全員が怜一を見る。入社二年目の新米記者が何を馬鹿なことを言っているのか、という目で見ている。

「まあ、権執印はよくここまで取材したと思うよ。カラスが異常な行動をしていることに真っ先に気づいたことといい、それがバイオテロだと推測して取材を続けたことといい、二年生記者としては本当によくやった。立派だ。すごいと思う」筆頭次長の佐野は、おだてるように、なだめるように言った。「だけど、一人の記者がやるには、事件としてデカすぎる。ここからは部を挙げて、というよりも編集局を挙げて取材しないとね」

「でも、その前にチャンスをください」怜一はそう言って佐野に頭を下げた。佐野は困ったように眉間にしわを寄せて、何も答えない。

「さっき言ってた、察庁《さっちょう》警備局の友人に当てて、握るつもりか」警視庁クラブの小平がドスの聞いた声で聞いた。

「そうです」

「国テロの人間だろ。なんで国テロなんだ」

国テロは、国際テロリズム対策課の略だ。

「多分、テロにＷＨＩＳという組織が絡んでいるからだと思います」

「その友人って、察庁でお前と同じ年だったら、まだ新米のぺーぺーだぞ。新聞社とそんな取引なんかできるわけがない。渡り合う権限もない」小平は首を横に振りながら言う。

「組織の上にあげてもらいます。この手紙をそのまま新聞に載せるといえば、向こうは組織として、『待ってくれ』と言うと思います。捜査の情報はすべて渡すから、報道は待ってくれと」

「お前、甘すぎる。そんなに簡単に事が運ぶわけがない」小平は断定的に言った。

「いいえ、うまくいくと思います。この手紙は重要な証拠ですから」

「俺たちの仕事は取材だ。警察との取引ではない」

「そうですが、ネタを持ってきたのは僕です。僕にやらせてください」

「だったら、全部一人でやれよ。俺を会議に呼び出すんじゃねえ！」

小平は怒鳴り声をあげた。迫力がすごい。が、怜一も負けてはいない。

「私は小平さんを呼び出したりしてません。いいですよ。おっしゃったように、僕が全部やります。最初からそのつもりでした」

「まあ、まあ、いまは喧嘩すな。権執印も興奮すな。小平も、お前を呼んだのは俺や」と部長の中野が引き取った。「まあ、権執印も新米ながら、警察につかまったり、不法侵入で処分受けたりしながら、取材したんや。彼に一度、チャンスをやろうやないか」

えっ――。会議室にいた中野部長と怜一以外の四人の顔が上がった。不穏な沈黙のなかで、佐野と吉田は探るように中野部長を見ている。小平は中野部長をにらみつけている。飯島は一度中野を見て、それから首をかしげて机に目を落とした。

「権執印は、今週中しか取材できひんのや。来週からは出勤停止処分を受けるからな。ほな、まずは権執印にまかせて、様子を見ようや。結果を見て、判断しよう」

「絶対に反対です」小平が重々しく言った。

「なんでや、明後日まで待てばいいだけやないか」

「その間に他社にスクープを抜かれたら、どうします。部長、責任とれます？」ギョロリとした目で中野部長を見る。

「俺にはちゃんと考えがある。まあ任しとき」中野部長はそれだけ言うと、スマホを片手に立ち上がる。会議室を出ようとしたが、立ち止まり、振り返った。

「お、そうや。飯島」

「はい」

「例の竹田教授に対する『異論・反論インタビュー』ね、あれは延期や。竹田が逮捕された後にやろうや。そうすると、やはり竹田の思想そのものが危険なものだった、というトーンで行けるやないか。スクープの関連材にもなる。逮捕を予想して、万全の取材をしてた、みたいに見えるやんかぁ」中野部長は、自分の思い付きがグッドアイデアだと思ったらしくニコニコして言った。

「えっ、じゃあ、今週の環境面は何で埋めましょうか」飯島は眉を寄せる。

「それを考えるのが、飯島の仕事や」中野部長は言いながら、スマホを取り上げた。

「そうか、権執印記者あての郵便はなかったか。わかった」と言いながら、会議室を出ていった。

　飯島が茫然として見送っている。

　全員が去ったあと、怜一は一人、C会議室に残った。

必死に考える。どちらと取引すべきか。

喜嶋か、あるいはもう一つのカードと考えている人、自分が最も信頼し尊敬した警察官であり、自分を手ひどく裏切った人。現在、警視庁公安部外事三課長の吉留遼造《よしどめりょうぞう》か。これは多分国際テロだから、外事三課が中心で捜査しているだろう。当てるには、ドンピシャの人物だろう。ただ、会議では吉留の名前は出さなかった。「日本新聞始まって以来の大特オチ」は自分が吉留に裏切られたことで、起こった。日本新聞社をだました吉留の名前を今の社会部の幹部全員が知っている。もう一度吉留に当てると言い出せば、「バカか」と呆れられるだけだ。

ただ、高校時代の同級生、喜嶋と取引できるだろうか。あの虚勢ばかり張る高慢な男は、小平が言ったように、警察庁ではまだぺーぺーだろう。それに、直接捜査しない警察庁がそもそも、取引の相手になるかどうか、わからない。

迷った挙句、怜一は、トートバッグから私有スマホを取り出す。普段仕事で使っているのは会社貸与スマホだ。私有スマホのほうでは、アケミと連絡をとったり、個人的なチャットをしたりする。電話帳を開けて、思い切って名前をタップし、電話マークをタップする。発信音を四回鳴らして、切る。昨年、吉留と決めたルールだ。

ジリジリした思いで待つこと五分。スマホが震えた。スマホを取り上げた怜一の手も少し震えている。

「もしもし、ゴンさんか」しゃがれた力強い声。

「はい」

「半年ぶりだな。どうした」

「お会いしたいです。すぐにでも」

「あまり時間がない。では、三時に店で会おう。一〇分程度しかいられないが」

「ありがとうございます」

電話が切れた。会議室の時計を見た。二時半。今すぐ出てちょうどいいくらいだ。

トートバッグを提げて会議室を飛び出した。

銀座七丁目の銀中《ぎんなか》通りにある「よしどめ」に来るのは半年ぶりだった。

引き戸を開けて入り、薄暗い玄関で靴を脱いで上がる。中年の頭の大きな太った仲居さんが出てきて、案内してくれた。正面の廊下を進み、左側にある階段をミシミシ踏んで二階に上がる。吉留に裏切られた昨年十二月下旬のあの日も、階段は寒気のなかでミシミシと音を立てたことを不意に思い出した。二階に上がった正面に、木を格子に組んだ引き戸がある。引き戸を引いて、和室に入る。畳の上にテーブルとイスが並んでいる。椅子に座って待つ。

しばらく待つと、下からミシミシと階段を踏む音が聞こえてきた。引き戸が開いて、男が入ってきた。吉留遼造だった。そぎ落としたように切り立った頬、大きく窪《くぼ》んだ眼窩《がんか》に厳《いかめ》しい目。異相と呼んでもよい顔だ。

「お久しぶりです」

　怜一は立ち上がって頭を下げた。

「久しぶりだな」と言って吉留が席に着いた。怜一も座り、テーブル越しに対峙する。

「君とはいきさつがいろいろとあった。けれども、今はその話をしている時間がない。要件をまず、伺おうか」吉留はきびきびと言った。

「はい、これをまず、お読みください」

　但馬の遺書といえる手紙をトートバッグから取り出して、テーブルに広げた。

「どうぞ。自殺した但馬教授から私への手紙です」そう言って吉留のほうに押す。当然、あなた方は、この件について捜査しているはずだ、という前提である。

　吉留はテーブルに置いたセカンドバッグから老眼鏡を取り出して、それを鼻先にかけてから読んだ。

　途中まではスラスラと読んでいったが、内容的にひっかかったのか、ある部分を何度か前に戻って読んでいた。読み終わると老眼鏡を外して、目を上げた。それで？と目が言っている。

「一連のバイオテロの犯人は竹田緑・三田大学教授です。この但馬先生の遺書というべき手紙が、その証拠です。警視庁では捜査中でしょうが、我々はこの手紙を公開するとともに、竹田教授のコメントも取ったうえで、記事にする考えです」

バイオテロという言葉をことさら使った。この件はバイオテロだと知り抜いているというニュアンスを出したかった。

吉留は頷いた。「君は我々と取引をしたい、というわけか。優先的に情報を渡せというわけか」

「そうです」

吉留は腕を組んで、天井を見た。天井に向かって言った。「それは、できない」

「それでは仕方がありません。手紙を公開します」

「いや」と吉留は首を振った。「これは、書いてはいけない。書いたら誤報になる。これは君のために言う。竹田教授はバイオテロの犯人ではない。犯人は別にいる。竹田教授はテロとは無関係だ」

怜一は穴のあくほど吉留を見つめた。この人を自分は信頼していた。裏切られてなお、信頼していた。あれは何か深い理由があって自分を裏切らざるを得なかったのだと考えていた。けれども、今また同じ嘘をつくのか。この人はサイコパスなのかもしれない。平気で嘘をついて、恬《てん》として恥じない異常者なのかもしれない。

「これほどの証拠を目の前にして……、また、そんなことを言うのですか。昨年暮れ、あなたは、私に全く同じことを言って、私を裏切った。私は警視庁担当から外された。

私だけじゃない。警視庁キャップもサブも飛ばされた。私は今でも、あの裏切りで苦しんでいる。本当のことを言えなかったのなら『言えない』と言えばよかったのに。あそこまで嘘を並べる必要がどこにあったのですか。そして、また、同じことを繰り返すのですか」最後は声が震えた。

吉留は椅子から立った。静かに畳に正座して頭を下げた。

「あの件は、申し訳なかった。釈明や言い訳は一切しない。ただ、人間として、申し訳なかったと思っている」

吉留は頭を下げ続けた。だが、怜一は何も言えなかった。土下座を続ける吉留をただ見ていた。

吉留はしばらくすると頭を上げた。何事もなかったように、すっと立ち上がった。

「もう行かなくては。この手紙は公表してはいけない。死んだ但馬教授のためにも、竹田教授の名誉のためにも。ゴンさん、君のためにもだ」

「理由を教えてください。この手紙は本物です。但馬教授が嘘を書き残したとでも言うのですか」

「本物だと思うし、嘘ではないと思う。失礼する」

言い捨てるように吉留は身をひるがえし、引き戸を引いて外に出た。ミシミシミシと足早に階段を踏む音が遠ざかっていった。

但馬の手紙はテーブルに残されたままだった。こんな手紙、価値がないというように放置されていた。

日本橋室町の会社に帰り着くまでには、心の整理ができていた。吉留はもう二度と相手にしない。自分の人生に無関係な人。そう思うしかないと心に決めた。

会社に戻り、五階のC会議室に再び一人でこもった。スマホを取り出す。登録しておいた喜嶋の携帯番号にかけた。いけ好かない喜嶋と勝負するしかない。発信音が七回鳴って、喜嶋が出た。

「ゴン、お前だな」

「ああ、話がある」

「カラスの件か」

「そうだ。死んだ但馬から手紙が来た。死ぬ前に書いたものだ。知る限りのことを告白してある」

「見せろ」

「今、本社にいる。こちらに来たら見せる」

「冗談言うなよ。俺を新聞社に呼びつけるのか。お前何様だ」

「ここだと、お前も勝手なことはできないだろうからな」

「ダメだ。察庁の官僚が、新聞社に入っていったところを誰かに見られたらヤバい」

「タクシーで地下の駐車場に入れ。入れるように手配しておく」

「ダメだ」

「じゃあ、電話、切るぞ」

「この野郎……、わかったよ。行くよ。待ってろ」

喜嶋の舌打ちが明瞭に聞こえた。


「で、どんな手紙だ」

C会議室に入ると、喜嶋はパイプ椅子に大股を開いてドカンと座って言った。六月に入って蒸すのに、グレーのスリーピースで決め、オールバックの髪もグリースで固めている。真っ黒なメタルバンドの黒い大きな腕時計が袖口に見える。年齢とアンバランスなオールドスタイルだ。警察庁はクールビズをやらないのか。その前に暑くないのだろうか。

「見せるだけだ」怜一はコピーを渡す。駆け引きの始まりだ。一筋縄ではいかない喜嶋とは、どうせブラフの応酬になる。負けてはならないと、怜一は気を引き締めた。

喜嶋は、手紙を奪うように取って読み始めた。表情が真剣なものに変わっていく。最後まで読むと、目を上げた。

「本物か」

「当たり前だ」

「なぜわかる」

玲一は、自分と但馬の二人だけで交わした会話の内容からパスワードが作られていたことを説明した。

「怪しいぞ。それだけで本物と言えるか。そのくらいの小細工は誰でもできる」喜嶋がニヤッと笑った。「仮に、この手紙が本物だとしよう。だが、これでは事実の半分しか説明していない。カラス事件には、もう半分の側面がある」

「わかっている。それに、お前がこの手紙が嘘だと疑ってもいい。それは関係ない」

「なんでだよ」

「重要なのは、日本新聞社の編集幹部が本物だと納得していること、そして一面トップを飾るスクープになると判断していることだ。あすの朝刊に載せることもできる」

「どういう意味だ」

「もちろん、掲載を待つこともできる。警察の捜査に支障が出るなら待ってもいい。この件、テロ等準備罪の初適用案件になるんだろうな。警察庁としても成功させたいよな」

「まさかお前、察庁を相手に、脅迫してんのか」喜嶋は目を丸くした。

「取引をしたいと考えているんだ。お互いのために」

「俺には判断する権限がないぞ」喜嶋は腰が引けたようだった。

「上司に電話して相談してくれないか」

「何様だ、偉そうに」喜嶋は舌打ちして、背広のポケットから黒くて大きなスマホを取り出した。「電話する。一人にしてくれ」追い払うように手を振った。

　怜一は部屋を出て、ドアの外の廊下で待った。長かった。ヤキモキしながら一五分も待っただろうか。ようやく、ドアが開いて、喜嶋が手招きした。

　入っていくと、喜嶋は無表情で言った。「取引成立だ。犯人逮捕後、警察発表の前に、御社には全容を教える」

「新聞だからな、朝刊か夕刊のタイミングに十分間に合う時間に教えてもらわないと。ネット先行でもいいが、やっぱり新聞で特ダネを出したい」怜一は溢《あふ》れそうになる喜色を押し殺して高飛車に言った。

「さあな、俺は知らん」喜嶋の声は冷ややかだった。「この件は、今後は俺とお前ではなく、警視庁公安部のしかるべき人間が、おたくの警視庁担当キャップに連絡する。今後の連絡交渉のルートはそこだ」

「ダメだ、俺が窓口だ」怜一は語気を強めた。

「無理だろう、それは。俺とお前の話じゃない。組織対組織の話だ。お前は警視庁担当でも警察庁担当でもないよな」

今度は怜一が舌打ちする番だった。これでは警視庁からの情報はすべて警視庁担当記者に行く。ここまで頑張った自分が、自力で一面トップを書くことができない。悔しい。だが、警察庁としても、新米官僚の喜嶋に新聞社との交渉を担当させるわけにはいかないだろう。

しかたがない——。怜一はあきらめた。但馬の手紙も手元にあるから、解説記事は自分で書ける。これまでの経緯を体験風に書くこともできるだろう。それで満足するしかない。

「わかったよ」怜一は渋い顔で喜嶋を見て、頷いた。

「取引成立だな。このコピーはもらって帰るぞ」喜嶋も不機嫌に言った。

怜一はタクシーを呼んで、喜嶋を地下駐車場まで見送った。

「俺は、本当はお前を殴り倒してやりたい」喜嶋は言い捨ててタクシーに乗った。怜一の手玉に取られたことに腹を立てている様子だった。

タクシーが走り去ると、怜一は地下駐車場で小さくガッツポーズをした。

警察庁と取引が成立した。これをさっきの吉留が聞いたらどう思うだろうか。喜嶋は警視庁公安部とわが社の警視庁担当キャップが話をすると言っていた。公安部にいる吉留の耳にこの話は当然入るだろう。自分の頭越しに警視庁と日本新聞が手を握ったと知った時、吉留はどんな顔をするだろう。「ザマア見ろ」と言いたい。最終的に俺は勝った。

エレベーターで七階に上がり、飯島に経緯を報告する。

「あら、よかったわねえ。中野部長と佐野さん、吉田さん、警視庁の小平さんにメールで、喜嶋とのやり取りも含めて、報告しておいて」と言う飯島は、元気がない。

「了解です。ご心配は、環境面ですか」

「どうする？　今から二日で一面埋めないといけないのに。ゴンちゃん、なんかネタない？」

「えっと」怜一はタブレットを取り出して、メモを開いてスワイプする。「そうだ、スターリングエンジンなんてどうですか。一九世紀初頭に発明された時代遅れの外燃機関なんですけど、神奈川県のごみ焼却場で今、スターリングエンジンを使って発電するプロジェクトが進行中なんです。再生可能エネルギー企画で使わなかったネタです」

「えっ、面白いじゃない。取材してあるの」

「半分だけ。明後日に取材を入れますよ。明日はほら、例の竹田への『異論・反論インタビュー』で、民自党の環境議員の尾崎義男に会わないといけないので」

「よかった。トップ記事が決まった。あとは私が何とかする。ありがとう」

飯島の顔がほころんだ。怜一もウキウキした気分で、今の喜嶋とのやり取りをメモにして、メールで中野部長、佐野筆頭次長、警視庁担当の小平サブに送った。

その後、自席でサンドウィッチをつまみながら、昨日今日で取材した二人分のインタビュー原稿をほぼ書きあげた。午後一〇時過ぎに会社を出る。会社のすぐそばに福徳神社がある。その横を通る時、怜一を待っていたかのように神社の木の上でカラスが鳴いた。それはもう、怜一に何の感情も引き起こさなかった。

——お前の秘密は見られてしまった。お前の秘密は暴かれた。明らかになったものは怖くない。

そんなことを考えながら、夜道を駅に向かった。

翌日午前一〇時、怜一はカメラマンとともに、永田町の参議院議員会館三階の尾崎義男の部屋にいた。五七歳。脂ぎった浅黒い顔をした男で、小柄な体からエネルギーを発散しているような印象の人だ。声も太い。

「竹田教授のインタビューを読ませていただいた。竹田教授の講演録も読ませてもらったけれど、基本的にあの先生は、最近の社会科学の成果をご存じない人だ、という印象なんだね。だからこそ、必要以上に悲観的になっているんだね。人類は滅んでしまえ、みたいな思考になっているよね。これはダメだよね。環境問題と維持可能な発展の問題を解決するのに必要なのは、社会科学の成果を取り入れた『政治』なんだね。政治というのは資源分配の実際なんだね。資源の枯渇、環境破壊というのは、突き詰めれば資源分配の問題なんだね。これは、最新の政治学を応用して、我々のような先進的な政治家が主導していけば、かならず解決できるんだね。君は、リバタリアン・パターナリズムを知っているかな。オバタリアンじゃないよ、リバタリアンなんだね。ハーバード大ロースクールのキャス・サンスティーン教授が、行動経済学を政治学に導入して考えた概念なんだね」

言葉の語尾の「なんだね」の繰り返しがやたらに耳について、学問の話をしていても少しも知的な感じがしない。結局は、人が知らない難しい言葉を使って学のあるところをひけらかしたいだけの人かもしれない。

怜一は、あらかじめ尾崎の講演とかブログをチェックしてきたので、この議員の頭の中では今、「リバタリアン・パターナリズム」と「ナッジ理論」がマイブームになっていることを知っていた。何をしゃべるにも書くにも、この二つの言葉を説明し、「オバタリアンじゃありません」とおやじギャグを挟むのが定番なのだ。

怜一は、なるべくニコやかに、機械的にインタビューを進める。途中、ジャケットのスマホが震えたので、胸が高鳴った。昨日、飯島に、「但馬から宅配便が届いたら連絡してください」と頼んでおいたのだ。

一時間でインタビューを終えて、嘱託社員の品川カメラマンとともに議員会館を出る。

スマホを取り出すと、案の定飯島からの電話だった。すぐに折り返す。

「ゴンちゃん、警視庁記者クラブのサブキャップの小平さんが、昨日のメモのことで電話くれって」

「はぁ、それだけですか」

「とりあえずは……」

宅配便が届いたわけではないようで、がっかりしながら小平に電話する。

「もしもし、権執印か」

「はい」

「メールで昨日、お前のメモを読ませてもらった。その喜嶋というヤツについて、昨夜からずっと警視庁クラブで取材している。さっき、判明したよ。察庁の警備局に喜嶋毅《たけし》という人物はいない」

「えっ」何を言われているか理解できなかった。

「察庁の幹部に当てたんだ。四人の幹部がそろって証言した。そんなヤツいない。警備局だけじゃなくて、警察庁に喜嶋毅なる人物は存在しない」

「あの……」

提げていたトートバッグが左手から離れ歩道に落ちた。怜一は手の平で額をたたいて俯く。

「お前、但馬の手紙、どこの誰に渡したんだ。誰と交渉したんだ」

「いないって、いないわけないです。高校の同級生なんです。昔から知ってます」

「電話してみろ。連絡がついたら、お前はどこの誰だと聞いてみろ。結果を報告しろ！」

電話が切れた。

クラクラと眩暈《めまい》がして、その場にしゃがみ込む。品川カメラマンが、「大丈夫か」とかけてくれた声が遠くに聞こえる。

「はい、ちょっと気分が悪くなっただけです。僕、別の取材に回りますから、先に社に帰ってください」歯を食いしばるようにそれだけ言った。

しばらく歩道にしゃがみ込んで息を整える。

大丈夫だ。大丈夫だ。大丈夫だ。

ゆっくりと立ち上がる。街路樹の幹に手を置いて、体を支える。しばらくすると眩暈が治まった。スマホのリストから喜嶋毅を選んでタップする。呼び出し音が五回鳴って、録音の音声に切り替わった。

「おかけになった電話は、電波の届かない場所にあるか、電源が入っていないため、かかりません」

　息が苦しくなってきた。どうやって息を吸えばいいのか、わからない。やたらにハアハア言っている自分に気がついた。焦るな、焦るな、焦るな。

　もう一度、番号をタップする。すぐに相手は出るさ、出るに決まっている。

「おかけになった電話は、電波の届かない場所にあるか、電源が入っていないため、かかりません」

　あれっ、喜嶋のヤツ、いったいどうしちゃったのかな。会議か何かで電話を切っているんだろうな。きっと、そうだ。

　その時、スマホが震え、着信音が流れた。

　やった！　ほらね。

「喜嶋、お前、いまどこに……」

「あの、もしもし、もしもし、日本新聞の権執印さんですか。私、週刊真相の佐竹といいますが。三田大の竹田教授のストーカー行為について、お話をお聞きしたいんですがね」

「あ、あ、そう。今忙しいから、日本新聞の広報にかけてよ」

　通話をぶち切る。

　二〇秒後にまたかかってくる。

「あの、もしもし、御社の広報には話を聞いたんですがね。直接、本人さんから話を聞きたいなと。あなただって、容疑を晴らしたいでしょう」

「容疑？」耳を疑った。

「竹田先生は、碑文谷警察に相談していると言ってましたが。つきまとい、待ち伏せ、無言電話、あなた、いろなことで竹田先生を困らせてるようだけど……」

怒鳴りたいのをこらえて、ただ通話を切る。

竹田は自分のことを週刊誌に売るだけでなく、刑事事件にしようとしている。焦っているのだ。ゲノム編集したカラスでバイオテロをやっていることを隠すために、それを取材している自分をストーカーに仕立て上げたいのだ。

それに対抗するには、バイオテロを暴くしかない。だが、昨日の喜嶋との取引成功が、まったくの虚構でしかなかったとしたら……。

早足で永田町の駅に向かう。今は何も考えたくない。とにかく、ここを離れたい。議員会館から国会図書館にかけての道は殺伐として、道もビルも何か忌まわしいものに思えてくる。逃げるように永田町の駅に向かい、有楽町線に乗った。有楽町で降りて、地上に出て、適当な喫茶店に入る。

アイスコーヒーを頼んで、机に突っ伏して考えた。

何が起こっているのだろう。喜嶋は、どこに行ってしまったのか。警察庁の人間でないとして、いったい誰なのか。高校の同級生であることは確かだ。偽名でもない。あいつはなぜ、カラス事件に関係しているのか。

たまらず、もう一度、電話してみる。むなしいアナウンスが繰り返されるだけだった。

アイスコーヒーが来た。ガムシロップを入れ、赤いストローを挿して飲む。僕にもいいことがありますように、と祈る。

もう一度、喜嶋のことを振り返ってみる。話をしたのは最近三回。最初は同窓会で話をした。自ら、警察庁警備局の国際テロリズム対策課にいるエリート官僚だと名乗った。

二回目は喜嶋が自分から電話をかけてきた。但馬教授の家に行った日のことだ。あの時は、「手を引け、危険だ」と取材から手を引くように言われた。あいつは、このバイオテロ事件を知っているのは確かだ。そして三回目が昨日だった。

何の糸口も見つからず、イライラした。

昨日、吉留は本当のことを言ったのかもしれない、と今になって思う。竹田がテロの犯人ではない。犯人は他にいる、と言った。喜嶋は犯人グループの一人なのかもしれない。とすると、自分は犯人に但馬の手紙を見せてしまったことになる。重苦しさが胸に広がる。なんだか鉛の塊でも飲み込んだような苦しさ。

恥を忍んで、もう一度、吉留に連絡をとるしかない。トートバッグから私有スマホを取り出して、吉留の番号を表示させる。四回コールして切る。

アイスコーヒーを飲みつつ待ったが、飲み終わっても、吉留から電話はなかった。溜息をついて立ち上がる。濡れた伝票を拾い上げた時、電話が鳴った。慌てて取る。

「おい、報告はまだか。喜嶋とかいう男に電話したか」

警視庁担当サブの「鬼の小平」だった。ドスの聞いた声が聞こえた瞬間、自分でも驚いたことに怜一は、バカ陽気な声をあげていた。

「ああ、小平さん。夕方には報告します。大丈夫、吉報を待っててください。ハハハッ」

「えっ、なんだ」

通話を切った。ああ自分は狂ってきたと思った。

もう一度席に座り、そして目をつむる。周囲の会話のさざめきと、コーヒーカップとソーサーが触れ合う音、空調のボーという重低音が混ざって聞こえる。

その時、怜一の頭には、ある違和感が走った。何か自分は重要なことを見落としているような感じがする。何かが頭に引っかかっているのだが、それが明確にならない。

卓上のベルを鳴らして、店員を呼んで、コーヒーとホットケーキとツナサンドを頼んだ。最初にコーヒーが来て、次にツナサンドが来て、次にホットケーキが来た。ツナサンドとホットケーキをヤケ食いした後、喜嶋にもう一度かけてみる。だが、「かかりません」のアナウンスが流れるだけだった。

吉留からの電話も来ない。

「万事休す」

と、一人呟いてみる。但馬の手紙の中にあった言葉だ。「万事休す」と言い残して、但馬は自殺した。自分もいま、窮地にいる。

「万事休す」と、もう一度呟いてみる。その声に反応したように、テーブルの上のスマホが震えた。メッセージが来たのだ。期待に震えながら開けてみると、アケミからだった。

「私は誘拐されてます」

えっ？　怜一はスマホを取り上げる。と、もう一度ブルっと震えた。

「助けに来てください。東京都目黒区自由が丘二丁目〇〇番〇号。四〇一号室。二時間以内に来ないと、私は殺されます」

この住所って……。トートバッグからタブレットを取り出して、メモのページを大急ぎでスワイプする。あった、これだ！　但馬開発の共同担保目録にあった物件の住所だ。アケミは、但馬の所有するビルに拉致されている。ということは、拉致したのは息子の俊か。鳩尾に氷柱《つらら》をぶち込まれたような恐怖を感じた。

第四章　オオガラス

もう何が何だか、状況がまったくわからない。冷えた指が震えてうまくスマホをフリックできない。

「待ってろ、一時間で行く」

やっとそれだけ書いて、送った。「一時間」にしたのは余裕を持たせたかったからだ。犯人を待たせてイライラさせては状況が悪くなる。そう考えられる自分は今、冷静な判断ができている、と余計なことまで考える。

スマホが震えた。ドキリとする。アケミからのメッセージだった。

「警察に知らせたら、殺すって！」

店を出る。緊張で心臓がバクバクしている。歩道を歩く周囲の人を見る。つまらなそうな無表情の人の波があるばかりだった。地下鉄の日比谷駅から日比谷線に乗る。比較的すいている。シートに座って、スマホで調べてみると、中目黒で乗り換えて自由が丘駅には三〇分程度で到着できる。住所のビルまでは徒歩五分といったところだ。

ふーっと大きなため息が出た。

目を閉じて、考えた。

——われわれに　かまうな　かまうと　アケミ　しぬ

あの一文が、ことの発端だった。あの時、アケミを絶対に守ってやろうと思った。強く思ったのに、功名心に駆られて、スクープを目指して犬のように走り回った。その挙句、アケミを拉致されてしまった。喜嶋が犯人であれ何者であれ、「アケミが危険だ」と電話で警告していた。それなのに、全く気にもしなかった。

情けなくて涙が出た。日比谷線の座席で、うつむき、涙をぬぐった。後悔してもしかたがない。アケミを助け出すことに全力を注《そそ》ごう。それ以外の贖罪《しょくざい》はないと強く思う。

中目黒の駅で東横線に乗り換え、自由が丘駅に着いたころには、緊張がピークに達していた。死んでしまうのではないかと心配なほど、心臓が強く速く鼓動を打つ。

スマホの地図を見ながら、目的の住所に向かう。同じ自由が丘駅周辺だが、前回訪ねた但馬のプライベートな研究施設があったビルとは、駅の反対側に当たる。周囲に住宅とオフィスビルが混在しているのは、これまで見た但馬開発の物件と同じだった。徒歩五分で、目指すビルが見えてきた。歩道に立ち止まって見上げる。角地に立つ五階建てで灰色をしたオフィスビルだった。あそこにアケミが監禁されているのだと思うと胸が苦しくなる。

ビルの正面中央に出入り口があった。一階はその左右が店舗になっていて左にブテイックが、右に美容院が入っている。怜一はビルの手前で左に曲がり、隣の住宅との隙間から、ビルを見上げた。脱出可能な外付けの階段があるか事前に知りたかった。

「あの、ここで何をしていますか」

声に驚いて振り向くと制服の警官だった。見覚えがあった。先週土曜日に、自由が丘駅前で自分を拘束した警官だった。向こうも思い出したのか、「あっ」という顔をした。

「また、君か。ここで何をしている」警官の態度が途端に不遜なものに変わった。

「取材です」

「取材？」

「僕は新聞記者なんです。で、取材中です。先週の土曜日もそうでした」

「身分証を見せて」

怜一は社員証を見せた。

「なんの取材」

長い問答になりそうで怜一はうんざりした。強硬な手段に出る。

「警察官職務執行法第二条には、職務質問に関する規定があるんです。『答弁を強要されることはない』って。警官なら知っているはずですよ」

「偉そうなこと言うと、署に連行するよ」

「今の、全部、録音してます」

怜一はスマホをジャケットの内ポケットからチラリと見せた。嘘だった。録音なんかしていない。

「今言ったことは明確に二条違反です。これ以上つきまとうと、本当に訴えます」

言い捨てて、ビルの表に回る。警官は追ってこなかった。

意を決して入り口に入り、エレベーターのボタンを押す。間口の大きなエレベーターだ。乗り込むと中も広い。四階のボタンを押すとゴンドラが上昇する。心臓がありえないほど早鐘を打った。

四階でエレベーターが開く。降りるとすぐに廊下で、左側と右側にのっぺらぼうの白いドアがあり、どちらが四〇一号室なのかわからない。緊張でブルブル震える手で、とりあえず左側のドアをノックしてみる。

サムターン錠を回す音がして、ドアがすぐに開いた。ドアから顔を出したのは、死んだ但馬紘一の息子、俊だった。顎をしゃくって「入れ」と合図してきた。

怜一はノブを引いて入った。ドアを閉めると、俊が怜一の鳩尾にいきなりパンチを浴びせてきた。またこれだ——。ウッとうなって、崩れるようにうずくまる。

俊はそのスキに怜一のトートバッグを取り上げ、乱暴に怜一のジャケットをあさり、スマホを二つとも取り上げた。それらを手にして俊は、まっすぐに伸びる廊下を一人で歩いていく。

怜一が入口付近でうずくまっていると、俊が振り返って、ついてこいと、顎をしゃくった。痛む鳩尾を押さえながら立ち上がり、懸命に廊下を進む。俊は一番奥の右側のドアで止まり、怜一を待っている。追いつくと、また、入れ、と顎をしゃくる。

ノブを回して、ドアを引くと明るい会議室だった。

溢れるような光の窓を背にして座っている男がいた。逆光に目が慣れると、それが死んだ但馬の助手だった江水だとわかった。前回のようなジャージ姿ではなかった。白いワイシャツと黒のスラックス姿だった。

江水を見た瞬間、怜一の頭にかかっていた薄靄《うすもや》が消えた。ずっと頭にあった違和感の正体がわかった。自分は、バイオテロの犯人が江水だと薄々わかっていた。死んだ但馬の手紙の内容が、江水の証言と大きく違っていたからだ。

――息子の俊が何らかの散財をして、その処置のために、手持ちの不動産をいくつか売ったようですよ――。江水はそう言ったが、実際は竹田が但馬から巨額のカネを脅し取っていた。

――先生が俊に言っていたんです。『土地建物を売らなきゃならなくなった。資産を食いつぶす気か』って――。江水の証言では、土地の売却を巡って親子で言い争ったことになっていたが、あれも江水のでっち上げだったのだ。

あの手紙を読んだ時に、江水はウソをついていたと気づくべきだった。江水がバイオテロに深くかかわっているという真相に辿りついてしかるべきだった。

但馬自身は、たぶん江水が事件にかかわっていたと知らなかったから、手紙には書かれていなかった。けれども自分は江水に取材していたのだ。但馬の手紙と江水の証言との食い違いから、江水の正体を見抜けたはずだった。

怜一は自分の愚鈍さを呪いたい気分だった。だが、江水と竹田はどう関係しているのだろう。なぜ俊が江水の下についているのか。疑問が次々とわくが、今はアケミの救出に全力を挙げよう、と決意した。今この瞬間から、自分は目の前のすべてのことに集中して、何一つ見逃さない、何一つ見落とさないようにしよう。そうすればチャンスが来るはずだ。

「アケミはどこだ」

声が震えていないようにと祈りながら聞いた。

「まあ、そう言わず、お座りください。アケミさんに会う前に、いろいろと話をしましょう。実は私からお話ししたいことがたくさんある。時間もたっぷりある」

江水は絵に描いたような慇懃《いんぎん》無礼さだ。

「無事なのか」

「無事です。後でお連れします。それよりも私はあなたと話がしたいのです。どうです、世界的バイオテロの首謀者とはいいませんが、まあ日本のリーダーと独占インタビューができるんですよ。あなたとしても絶好の機会じゃないですか」

　バカ丁寧なしゃべり方がいら立たしい。

「アケミを連れてこい！」怜一は吠えた。

　江水の目が冷えた。「権執印記者。君に命令される覚えはないな。懇願すべきだろう。女の生死はこちらが握っているんだ」怜一をにらむ。そして、また慇懃無礼で丁寧な口調に切り替えて言った。「私はもう数人の人間を殺しましたよ。まだ、ほんの数人というべきなんですが。だからナメないことです」

　怜一は江水をただにらむことしかできない。

「どうしました。返事は？　はい、と返事しましょうよ」

　怜一は唇を噛んだ。この程度の屈辱に耐えなければ、この男と戦えない。

「はい」

　かすれた声が喉から出た。

「土下座して、『アケミを連れてきてください』と言いなさい」

　怜一は、タイルカーペットが敷き詰めてある床に座った。自分は恐怖にとらわれて土下座するのではない、アケミを助けるためにやるのだと心の中で自分に言い聞かせた。

「アケミを連れてきてください」

両手を床について頭を下げた。

「もっと下げろよ」

俊の声がした。後頭部を重い靴で踏まれた。屈辱で腹の中が真っ赤に燃えた。だが、耐えるしかない。耐えればチャンスは必ず来る、と信じるしかない。

「もう一度言えよ」俊が頭を踏みながら言う。

「アケミを連れてきてください」

「今はダメですよ。とても残念ですが、私の話を聞いてからじゃないとね」

江水の、気味が悪いほど優しげな声が聞こえてくる。

「いいえ、アケミを連れてきてください。そうでなければ、話を落ち着いて聞くこともできません」

頭を床につけて怜一は言った。

「お前、生意気なんだよ」俊が靴に体重を乗せた。怜一の額はタイルカーペットに擦りつけられヒリヒリ痛む。屈辱の痛みだった。

「あ、俊くん、もう頭を踏まなくていい。君も、もっと紳士的にふるまわなければねえ。気が変わった。権執印記者がそこまで懇願するならアケミさんを連れてきてあげようよ」

俊が部屋から出ていく気配がした。しばらく待った。ドアが開く音がして、怜一が顔を上げると、大きな箱を抱えるようにアケミを抱えた俊がいた。アケミは椅子に両手両足をガムテープで固定されていて、俊はアケミを椅子ごと後ろから抱えていた。

「僕の横に置いてくれ」江水が言うと、俊は椅子ごと抱えたアケミを、江水の横に置いた。

「アケミ！」怜一は叫んだ。アケミは、机の影で正座している怜一を見た。その目は泣き出しそうに潤んでいた。

「そうですねえ、権執印記者には、せっかくだから、正座したまま、僕の話を聞いていただきますよ」江水は怜一とアケミを見比べるように見て言った。「ちょっと長くなって、足がしびれるかもしれないけど、でも縛られているアケミさんよりはいいかもしれません」

「何のためにアケミを拉致した。犯罪だぞ！」

怜一は吠《ほ》えるように言った。

俊が舌打ちして、テーブルを回ってズンズン歩いてきて、底の厚い靴で怜一の後頭部を蹴った。怜一は正座したまま、前につんのめる。鼻の奥が温かくなった。鼻血が垂れてきた。ジャケットからハンカチを取り出して押さえる。視線を上げるとアケミの悲しそうな目と一瞬目が合った。

「俊くん、やめなさい。こいつは、これから手駒として使うのだから、壊してはいけない。状況をよく考えてくれないと」江水は少しいらついた様子で俊をたしなめた。

江水と俊は関係も良くないし、協力し始めてから日も浅そうだ――。怜一は今の江水の言葉で直観した。意思の疎通がまったく取れていない。この犯罪の目的すらも共有していないようだ。

「それと権執印さん、今後、我々はありとあらゆる罪を犯すことになります。ただし、犯罪とは人間社会の規定ですね。我々はすでに、人間社会の規定には、まったく興味がないんです。我々の最終目標は人類の絶滅だからです」

江水はにこやかに笑って、正座する怜一を見下ろした。コイツ狂っている、と怜一は呆れて江水を見る。

「もちろん、狂ったと思われるような、気宇壮大な計画であることは百も承知です。全人類を殺すのはとても困難なことです。例えば、米国、ロシア、中国、インドなどの国家は核兵器を保有します。もし、我々がそれらすべて、つまり地球上に存在する約一万五〇〇〇発の核爆弾を全部、自由に使えたと仮定しても、我々のシミュレーションでは、人類を死滅させることはできなかった。人類の皆殺しとは、それほど困難な課題なんです」

江水は、怜一を見ながら滑らかにしゃべる。

「ましてや、我々バイオハッカーは大量破壊兵器に頼らず、ウイルス兵器だけで、人類を皆殺しにしようとしている。難しいことはわかっている。でも、確率はゼロではないんです。我々のシミュレーションでは、やり方次第で、人類滅亡は三％前後の確率で一〇年以内に達成可能です。一方、二〇％の確率で人類を四分の一にまで減らせる。六〇％の確率で人類の人口を半分以下に減らせる。それだけでも随分と偉大な成果だと思いますね」

「バイオハッカー？」怜一は聞いた。耳慣れない言葉だった。

「権執印さん、興味がわいてきたみたいで、うれしい限りです。そう、バイオハッカーです。悪事を働くハッカーがウェブ上にコンピューターウイルスを撒くように、我々バイオハッカーは、リアルな世界にリアルなウイルスを撒く。ただし、ハッカーが一般名詞であるのに対して、バイオハッカーは固有名詞なのです。我々はバイオハッカーと自称し、バイオハッカーとして世界で連携する。我々がバイオハッカーなのです」

いまや江水は恍惚《こうこつ》としているように見えた。バイオハッカーであることに矜持《きょうじ》を感じている。

「そして、重要な点は、バイオハッカーは人間社会のウイルスとして機能するということです。我々はウイルスのように人間社会に寄生し、人間社会を食い破る。ただし、ウイルスとバイオハッカーとの根本的な違いは、バイオハッカーの最終目標が、宿主たる人類の滅亡だということです。ウイルスは、宿主を完全に殺してしまっては自分たちが生存できなくなりますから、宿主全部を殺すことはしない。まあ、非科学的な目的論的な言い方をすると、ですけどね。我々バイオハッカーは人間社会を宿主としながら、人間社会を完全に崩壊しようとする。それもウイルスを使って……なんと矛盾に満ちた逆説的で素敵な構想だろうか……私は自分がバイオハッカーであることに誇りを感じる」

江水は自分の話に酔っているようだった。怜一は一瞬、俊を見る。壁に背を持たせかけて、スマホを見ていた。江水の話にはまったく興味がないようだ。やはり、江水と俊は同志ではないと感じる。

俊の無関心をよそに江水の演説は続いた。

「人間社会という宿主を殺す具体的な方法論は後で話すとして、そうですね、我々バイオハッカーが世界で共通に持つビジョンというか、我々の世界認識のしかたをお話ししましょう。そうすれば、権執印さんも我々の計画に賛同してくれるかもしれない。実は私はそれを期待しています」

カチャリと音がした。江水がコーヒーを飲み、カップをソーサーに置いた音だった。それが怜一にはなぜか大音量に聞こえた。

「現在が地球上の六回目の大量絶滅の時代だと、権執印記者はご存じですよね。西暦一六〇〇年以降、脊椎動物全体で三百種以上が絶滅しています。大したことないと思うかもしれませんが、自然状態の進化によってこれだけの多様性を回復するには、数百万年の時間が必要です。人類はたった四〇〇年足らずの間に、地球が数百万年かからなければ修復できない傷を与えてしまった。これだけで人類は万死に値する。国連はこのままだと今後一〇〇万種の動植物が地球上から絶滅するだろうと警告しています。この損失を地球が修復するのに、いったいどれだけの時間がかかるのでしょうか。このまま人類を生かし続けていいのでしょうか。バイオハッカーとして世界で連携する我々の答えはNOです」

怜一は江水が言ったことを考えてみる。人類が地球を壊そうとしている。その認識は正しいだろう。けれども、それで人類を滅亡させる理由になるのか。

「さて、権執印記者に問題です。様々な動植物が絶滅の危機に瀕《ひん》している時に、個体数を指数関数的に増やしている生き物が二種類いる。人間がその一つ、もう一つは何かわかりますか」

江水は楽しそうに怜一を見る。が、怜一にはわからない。

「わからないんだったら、わかりません、と答えなさい」

「……わかりません」

「嘆かわしいこと。次のヒントで答えられなければアケミさんが罰を受けますよ。ヒントは鳥です。地球の長い歴史上、最もその数を増やした鳥。学名はガルス・ガルス・ドメスティクス」

江水は楽しげだった。

「ニワトリだ」と怜一。

「はい、正解。でも、ノーヒントで答えなくっちゃ。人類は年間に六六〇億羽のニワトリを食べるんです。そのためには、当然年間六六〇億羽のニワトリを育てなければならない。餌をやってね。ニワトリの餌の大半はトウモロコシなどの穀物だ。だから、まず穀物を育てなければならない。それには大量の水と、大量の化学肥料が必要です。水は大量に地下から汲み上げる。だからアメリカの穀倉地帯を支えるオガララ帯水層はもうそろそろ枯渇する。枯渇したら穀物を生産することはできません。世界の食糧生産の四割は地下水に頼っているんですね。現在の食糧システムは水だけを取っても維持不可能なんです」

地下水の枯渇問題――。怜一も環境班で取材したことがあるから知っている。アメリカだけではなく、世界各地で地下水の枯渇が問題になっている。

江水は歌うようにしゃべり続ける。

「一方で穀物を育てるには化学肥料が必要だ。これを作るには、空気中にある窒素を固定しなければならない。空気中の窒素分子は三重結合していて超安定だから、水素と反応させてアンモニアを合成するには高温・高圧が必要です。そのためにエネルギー、つまり化石燃料を大量に使う。おまけに窒素と化合させる水素も、化石燃料からつくるんです。その過程で大量の二酸化炭素を排出する。狂っているでしょう?」

江水は怜一を見つめて、耳障りな声をあげて笑った。顔が引き攣《つ》っていて、笑いというよりは痙攣《けいれん》に近かった。怒りと憤りと絶望を含んだ笑い。江水は本心から人類に絶望しているようだった。

「さて、地下水源を枯渇させながら、化石燃料を枯渇させながら、しかも二酸化炭素を排出しながらトウモロコシやその他の穀物を育てて、ようやくニワトリの飼料ができる。飼料を与えられた現在のブロイラーのニワトリは、一九五〇年代のニワトリの五倍の速度で体重を増やすんです。異常な成長速度ですよ。ニワトリは生後わずか五〇日程度で成長し、食肉用に処理されます。もしも処理されずに生き延びたとしても、ほとんどのニワトリはそれから一か月以内に、心不全と呼吸不全で死んでしまうことがわかっています。だって、現在のブロイラーのニワトリは、短期間に成長させるためだけに人間が作り出した特殊な生物だから。遺伝的にも古代や中世のニワトリとは大違いなのですね」

江水はまた怜一を見た。なぜか懇願するような色がその目にあった。

「我々がカラスに人を襲わせ、インフルエンザに感染させたのは、一つのメッセージを届けたかったからでした。強力なウイルスを選定する実験の意味もあったけれど、それだけの目的ならわざわざカラスを使う必要などない。本来的にはメッセージです。人間の狂気に対する、鳥による自爆テロです。タンパク源を鳥に大きく依存している現状への抗議ですよ。これは亡くなった但馬教授の意思でもあったわけです」

但馬の意思だって、馬鹿な——。怜一は気づいた。江水は俊の前で演技をしている。俊を取り込もうとしているのではないか。

「さて、権執印記者はどう思いますか。人類が安価な動物性タンパク質を摂取するためだけに、裏で地球環境を崩壊させるシステムが動いている。そのシステムに携わる人々に悪意はない。けれどもその人々が、地球を崩壊させるために日夜働いているのです。今はニワトリの話だけをしましたが、身の回りの何を取り上げて調べていっても、こうした狂気にぶち当たる。例えば海洋投棄プラスチックの話をしても、狂気の実態がわかりますよ。なにせ、毎年毎年八〇〇万トン、ジャンボジェット機で五万機分の重さのプラスチックごみが海に捨てられ続けているんです。確実に言えることは、人類には未来なんてない、ということです。人類は狂気の負の連鎖しか作り出せない。人類が、生き延びよう生き延びようと工夫を凝らすたびに、負の連鎖は拡大していく。最後はこの惑星を崩壊させるだけです。だから我々バイオハッカーは、地球が崩壊する前に、人類を終わらせたいのです。それが唯一、地球を正常化する道なのですから」

江水が怜一の目を覗き込む。なにか親しげに期待を込めた目で見る。

「権執印記者、わかりますよね。環境記者のあなたにはわかりますよね。いま、ここで、はっきり答えてください。狂っているのはどちらですか。人類を皆殺しにしようと計画している私たちバイオハッカーですか。人類ですか」

怜一は口をつぐんだ。だが、江水の目線は執拗に怜一の目をとらえて離さない。

「狂っているのはどちらですか。はっきりと答えて下さい」

本気で聞いているのだと怜一は感じた。ならば率直に答えるしかない。

「両方だ。両方とも狂っている。人類も、お前たちも」

「はっ。これはまた、穏当で、凡庸なお答えですこと。がっかりしました……」江水は顔をしかめて肩を落とした。

怜一は驚いた。この男は人類の滅亡を計画しながら、人から認められたいと思っている。自分の主張の正しさを認めてもらいたいと願ってこんなに長々と演説をしていたのだ。

「お前もWHISのメンバーか」と聞いてみる。

「WHIS？　ああ、竹田先生が入ってらっしゃる、高慢で無思想な科学者の団体ですね。違います。全然違う。竹田先生も、バイオハッカーではない。そんなことは、どうでもいい。ただ、権執印記者、あなたには落胆しました。残念です。我々の正しさせていただくようにしておきますが、その時には利用させていただく以外にはなくなった。残念ですが、そういうことになります。さて、ここにちょっとしたウイルス兵器があります」

江水は、弁当箱くらいの白いプラスチックケースを机に置いた。「我々が作ったウイルス兵器です。でも、大丈夫。密閉容器だから、開けない限り感染しません」と言うと、ケースの上に両手を置き、ピアノを弾くように指でケースを軽くたたいてみせた。

「世界保健機構WHOや、アメリカ国立衛生研究所NIHがバイオテロに使われる可能性の高い病原体をリストアップして公表しています。エボラウイルスとか、炭疽菌《たんそ》とか、天然痘《てんねんとう》ウイルスとか、ブルセラ菌とか。いかにも『バイオテロやってます』みたいな昔の病原体がリストに並んでいる。くだらない。我々にそんなものは必要ない」

再び江水の顔に笑みが戻る。少しうつろな笑みだった。

「リバース・ジェネティクスを使えば、ウイルスに自由に異変を加えることができる。ウイルス版のゲノム編集ですね。これ、日本で発明された技術ですよ。中国のある国営研究所がこれを使って、H1H1のインフルエンザ・ウイルスの遺伝子を持つハイブリッド型H5N1を作った。H5N1本来の強毒性を保ちつつH1N1と同じくヒトに対する感染力も強いというスグレものです。H5N1に感染した人の致死率は五〇％もあるんですね。それに、強い感染力を持たせることができた。あとでわかったことですが、感染力を高めるには、スパイクタンパク質へマグルチニンの二二五番目のアミノ酸がカギだった。グルタミン酸かグリシンかで感染力が全然違ってくる。これらは全部、公開情報ですよ。今は、誰でもウイルス兵器が作れる時代なんです。WHOやNIHのリストなんて、バイオテロ防止に、何の役にも立たない。だって、我々バイオハッカーがつくったハイブリッド型のH5N1ウイルスの威力は、カラスの実験でも効果を検証できた。殺傷力の点でも、感染力の点でもAランクなのに、リストにはないでしょう」

怜一はちらりと俊を見る。先ほどと同じ姿勢で、スマホをいじっている。

「面白いことを教えてあげましょう。我々の開発したハイブリッド型のH5N1ウイルスは、人には高い強毒性を示すのに、鳥には弱毒性で、ほとんど影響を与えない。だから、カラスに搭載して人を襲わせるには最高のウイルスだったんです。ちなみに我々バイオハッカーは、すでにワクチンを自前で製造して、接種済みです。我々は感染しにくいし、感染しても大事に至ることはない。残念ですね、権執印さん。あなたが我々の思想に共鳴してくださっていたら、あなたにもアケミさんにもこの場でワクチンを打って差し上げていたのに」

怜一は、江水たちの周到さに今更ながら舌を巻く思いだった。

「権執印さん、ここからがあなたの役割です。このケースの中に、いま説明した強毒性のウイルスを含んだ脱脂綿がぎっしりと入っています。それを、我々が指定したところに塗布してほしいのです。首相官邸でよく官房長官が記者会見をやりますね。私も一度は入ってみたいけど入れない。あと、国会議事堂、議員会館、内閣府、財務省、経産省、警視庁……。新聞記者なら入れるけれど、我々は簡単に入れない。しかし、我々のシミュレーションでは最初に攻撃すべき場所なのですね。我々のシミュレーションには政治要因、経済要因も変数として入れています。感染症への政府の対策のスピードも想定しているんです。着実に感染を急速拡大するには、まず政治・政策の中心部をたたいて、対応スピードを落としておく必要があるのですね。まあ、何もしなくても日本の官邸なんて、全然機能してないのかもしれないけれど、念のためです」

江水はいかにも面白いだろう、というふうに笑った。

「冗談はさておき、ここに、塗布してほしい場所のリストがあります。リスト通りやってもらうだけです。大丈夫ですよ。あなたの持っている国会記者章と国会記者章帯用証と官邸取材用IDカードがあれば入れるところだけです。首都テレビに入ったように、人のIDを盗んで、ハラハラドキドキで違法潜入する必要なんてありません」

そう言って江水はまた笑った。こいつは、竹田と連絡を取っているのだと、怜一は思った。そうでなければ首都テレビの一件など知りようがない。だが江水はさきほど、竹田はバイオハッカーとは関係ない、と言い切った。いったいどうなっているのか。

「あなたの活躍が、我々のバイオテロの実戦のスタートになるわけです。これに成功したら、あとは七つのウイルスを使って波状攻撃をかけるのです。例えばイヌとかネコを飼っている人々が謎の肺炎にかかって死ぬとか、新たな鳥インフルンザが日本中の養鶏場に広がって日本人へのタンパク源の供給が急速に減少するとか、いろんなパターンを用意しています。うまくいけば四か月で二〇〇〇万人が死亡します。一〇月上旬までですね。そこから気温と湿度が次第に下がり始めます。インフルエンザの季節が到来しますから、もう我々が何もしなくてもウイルスは自然状態で拡散を始めるのです。来年の三月末までに日本国内で六〇〇〇万人をとりあえずの目標にします。そして、これから日本で起こることは、世界各国で起こることのモデルケースとなるわけです。その先兵があなたです」

　怜一は胸が苦しくなる。アケミを救うために世界中の人々を犠牲にはできない。けれどアケミを見殺しにもできない。

「やっていただけますね」

「……断る」

「断ることができないように、アケミさんを人質に取ったのですよ。あなたが先ほど、我々の計画に賛同していたら、私はアケミさんを解放したはずですが、残念です。でも、心配することはありません。アケミさんも、たった二日、三日の辛抱です。その間、私と俊くんがアケミさんを、責任を持って管理します」

江水は左を向き、両手両足を椅子に固定されているアケミを見る。

「アケミさん、コーヒーでも飲まれますか」

カチャリと音がした。江水は目の前のコーヒーカップをひょいと左手で持ち上げ、アケミの口元に押し付けた。アケミは身をよじって抵抗するが、江水はそのままコーヒーカップを傾けた。アケミの口から顎へコーヒーが流れ、白いシャツがじっとりとコーヒーに染まる。アケミの口元がゆがみ、目がすがるように怜一を見た。怜一は怒りで、眩暈がした。江水の挙動を見ただけで、この男の変態性がわかる。

「まあ、こんな感じで、餌をやっておきます。安心して、外に出て、ウイルスを塗布してきてください。外に出て、警察に駆け込んでもダメですよ。その対策はすでに打ってあります。我々もここはすぐに撤退します。それと、これを見てくださいよ」

江水はノートパソコンをぐるりと回して画面を怜一に向けた。暗がりの中で、何かがモソモソ動いている。しばらく見ていると画面が大きく揺れて、ゴホン、ゴホン、ゴホンと咳をする音が、パソコンのスピーカーから聞こえた。

「よくわからない映像ですみませんが、いまは胸部かなんかがアップになっているんだろうな。これ、たぶん警察のパシリですよ。我々を尾行していたから、昨夜、監禁してウイルスをつけちゃいました。鼻の孔《あな》に綿棒を入れて、ちょっと塗っただけですけどね。ちなみに、ゴホゴホ咳をしているのは、我々のウイルスのせいではないんです。だって、ウイルスはまだ潜伏期間中だから。別の場所にいます。これ、ウェブカメラのライブ映像です。アケミさんもこれから、別の場所に移っていただいて、密閉した場所でウイルスをつけさせていただきます。権執印記者にもあとで、ウェブカメラのURLを送りますから、アケミさんの様子がわかります。どんなふうに飼われているのか、餌を与えられるのか、逐一チェックできますよ。それを見ながら、ウイルスの塗布と散布に励んでもらえたらありがたいです。仕事がはやく終了しないと、あなた自身も発症するし、アケミさんは肺炎で死んでしまいます。もちろんあなたにもGPSとウェブカメラを取り付ける。どこで何しているかを観察するためにね。GPSを外したり、僕らの指示に背《そむ》いたり、警察に連絡したりしたら、アケミさんに、重大な変化が起こるでしょう」

江水は天真爛漫《らんまん》を装ったような笑みを浮かべ、コーヒーカップに手を伸ばした。

「あ、アケミさん、コーヒー飲みますか」

「やめろっ！」

怜一は立ち上がって、テーブル越しにカップを右手の平で払いのけた。カップがコーヒーをぶちまけながら机の上を左に転がる。すかさず俊が、怜一を後ろから羽交い絞めにしようとした。その瞬間、怜一は右ひじを力いっぱい引いた。俊は「うっ」と声をあげて、鳩尾を押さえてしゃがみ込む。これまで鳩尾に二回拳を入れられたお返しだった。怜一はテーブルを乗り越えて、アケミがいる方に回った。腕とひじ掛けに巻き付くガムテープをむしり取る。左手だけ取れた時、俊が怒りの形相で立ち上がった。怜一とアケミは、ドアと反対側、部屋の奥の隅に追い詰められた。

「俊くん、手を出さなくていい」江水は俊を止めた。「権執印さん、あなたの怒りもよくわかります。けれど、勝手なことをやると、人質にどういう『変化』が起こるのか。今後の予習の意味で見せてあげますよ。落ち着いてよく見ててください」

江水はパソコンに向かって「ツメ」とささやいた。一〇秒くらいすると、パソコンから突然牛が鳴くようなくぐもった叫び声があがった。耳をふさぎたくなるような声だった。

「小指の爪の隙間に、カッターナイフを入れただけなんですよ。とても痛いけれど、あまり血も流れない。血液検査すらできない量しか流れない。ちなみに、人質のお世話をしている我々の仲間はワクチンを打っているし、防護服も着ているから感染の心配はありません」と、江水は冷たい笑顔で言った。「いま、ここであなたが勝手な行動をとると、こいつが傷つく。そして、これから外に出てウイルスを撒く時、勝手なことをすると、アケミさんにも、同じことが起こる。まあ、権執印記者、立ってないで椅子にお座りください。どうぞ。座りましょう」

ねっとりとした慇懃無礼が気色悪いが、怜一は諦めて椅子に座る。

「さて、ウイルスを撒く前に、一つ、あなたにやってほしいことがあるんです」

江水は一枚のカードを取り出し、テーブルの上を滑らせるように怜一の前に置いた。

それは、昨日見たものと似ていた。カードには、「B」という文字と、URLと、「パスワードは『クロウ・ブレイン』」という文字が、タイプされていた。

「権執印記者あてに会社に届くはずの宅配便が、なぜか僕たちのところに来ましてね。開けてみたら、但馬先生の本でしたが、このカードが挟まっていました。URLを開けるとファイル便のサービスサイトでした。多分、あなたなら、パスワードが理解できるのですね。開けてもらいましょう」

怜一はそっと江水を見た。この話し方は、第一の宅配便があったことを知らない。怜一は懸命に考えた。このチャンスを逃したら、自分は江水の奴隷となり犯罪者となる。ここで勝負をかけるしかない。

「なるほど、江水さんは、それを探していたんだな」と怜一。「僕のマンションを物色したのは、君だな。君は、但馬先生が僕に手紙を書いたことを知っていた。だから、手紙をさがしていた。ご丁寧にもカラスが荒らしたような演出をした」

「我々にも洒落《しゃれ》っ気があるんですよ」と江水は認めた。

部屋を荒らしたのは江水たちバイオハッカーだったのだ。手紙そのものが送られてきたのではないから、当然だが江水たちは手紙を発見できなかった。だが今、江水は自分に届くはずだった第二のカードを持っている。それはなぜか――。怜一は江水の顔を探るように見た。

「なぜ、あなたに届くはずの宅配便が私に届いたのか、それが疑問のようですね」江水は、得意げに笑った。「簡単なことです。と言っても、私もずいぶん後で知ったことですが、但馬先生は亡くなる当日に、大学の事務部に本の入った封書を預けたのです。『二〇日後に日本新聞社に届くように、期日指定の宅配便で送ってくれ』と事務部の職員に頼んだ。大学の事務部には郵便や宅配便の担当者がいるんです。普通の宅配便は二〇日後の期日指定なんてできない。せいぜい一週間先までの範囲でしかできないんですね。事務部の職員はそのことを知っていたから、その場で宅配便の送り状を書いて、その控えを但馬先生に渡したけど、荷物は二週間程度手元に置いておいて、五月二八日になって期日指定で送ったんです」

怜一は首をかしげ、黙って江水の次の言葉を待った。

「まだ、分からないですか。宅配便の送り状の番号さえあれば、宅配会社に連絡して、送り先を変更できるんですよ。私は、但馬先生の部屋を整理している途中に、しわくちゃの送り状の控えを発見したのです。権執印さん、あなたが大学に私を訪ねてきた、ちょうどあの時に。そして、あなたが帰った後で、送り先を私の自宅に変更しましたよ。期日指定も解除して、すぐに届くようにしました」

あっ、と怜一は息をのんだ。死んだ但馬の荷物を整理していた江水を大学に訪ねたのは五月二九日だ。その時、江水は汗みずくで、宅配便の送り状で汗をぬぐっていた。なんで、そんな変なことをするのだろう、と引っかかっていた。あれは、但馬が怜一に送った第二の宅配便の送り状の控えだったのだ。

「送り状を見つけた瞬間に、権執印記者がやって来たので本当に驚きました。とっさに、それで汗を拭く演技をしたのです」江水は得意気に言った。

怜一は頭を忙しく働かせた。第一の宅配便は無事に自分に届いた。つまり、江水は第一の宅配便の送り状は持ってないし、その存在さえ知らない。その弱点を突いていけば、江水より有利に立てる。

「なるほど、経緯はよく分かったよ」怜一は言った。「じゃあ、ファイルを開けようか。江水さん、僕はそのヒントを見て、パスワードがすぐに分かった。でも、ファイルを開けてしまっていいのか」と挑発した。

「どういうことですか」

「開けたら、江水さん、あなたにとって不利なことが起こるよ。特に、ここにいる俊さんに手紙を見られたらね」

江水の顔から、笑顔が一瞬で消えた。

「権執印さん、見え透いた芝居はやめよう。私と俊くんを仲たがいさせて、この場を脱しようとする凡庸な計画ですね」

「江水さん、あんたは、宅配便が二つに分けて届けられたことを知らない。但馬教授からの手紙は二つあるんだ。その一つはもう読んだ」

「嘘だね」

「ほらこのカードに『B』と書いてある。もう一つ『A』と書いたカードがあった。そっちの手紙はちゃんと僕に届いた。僕はそれを読んだから、二番目の手紙、つまりこのパスワードが一発でわかった。手紙に何が書いてあるかも知っている」

怜一は、立っている俊を見上げた。一か八か、自分の推測をぶつけるしかない。

「俊さん、あなたのお父さんから僕には手紙が届いたんだ。その最初の手紙を読むだけで、あなたがこの江水に騙されていることが明確にわかるよ。あなたはお父さんの死後、但馬開発の資産が激減していることや、家まで担保に入っていることを知って愕然としただろう。そして、江水にその理由を聞いてみた。江水は、但馬教授がバイオハッカーとして人類の滅亡計画を進めていたことや、そのために不動産を売り払って資金を作ったことを話したはずだ。そして、お父さんの意思を継いでこの計画に参加すべきだと、説得されただろう。でも、それは、全部、嘘なんだ。お父さんは、脅迫されてゲノム編集したカラスと資金を提供しただけなんだ。江水が、君をこの計画に誘ったのは但馬開発のビルを利用したいからだ。そしてあわよくばもっと資金を引き出したいためさ」

「嘘だ、こいつの言っていることこそ嘘だ」江水が吠えた。

「嘘じゃない。俊さん、なぜ江水があなたをきょう、この場に呼んだか、わかるか。あなたに最初の殺人を犯させるためだ。たぶん、江水は僕にウイルスを拡散させたあとに、アケミを殺す計画だ。それを、俊さん、あなたにやらせたいんだよ。一度、人を殺したら、もう後戻りができなくなる。殺人の事実が俊さんを縛り付けて、永遠に江水の奴隷になるんだよ。あなたのお父さんも人を殺してる。その証拠を握られて脅迫されて、二〇億円を超える金を、この江水に搾り取られたんだ。半分以上は俊さん、あなたの責任だよ。親の殺人を江水にばらしたからね」

「やめろっ」俊が遮るように怒鳴った。怜一をにらみつけるが目に力はない。悲しみと混乱が見て取れた。この息子はやはり父親の犯罪を知って、江水に話したのだと確信した。

「そうだ、俊くん、このエセ新聞記者が言っているのは全部ウソだ。信じちゃいけない」江水が猫なで声で言った。

「お前も、黙れ！　黙れ、黙れ、黙れ！」俊は江水を怒鳴りつけ、拳でテーブルをたたいて喚いた。「あーっ」と叫び声をあげて、パイプ椅子を振り上げると、テーブル越しに壁にたたきつけた。鈍い音がして、壁に大きな穴が開いた。パイプ椅子をもう一つ振り上げると、今度は、それでテーブルをたたく。狂気じみた権幕に、怜一も身がすくんだ。

「俊さん、落ち着いて」と突然、アケミが口を開いた。

「俊さん、あなたは、大丈夫よ。あなた、さっき私をかばってくれたじゃない。この変態サイコパス野郎が、私にひどいことをしようとした時、止めてくれたでしょう。あなたは、ちゃんと人間の感情があるよ。大丈夫、あなたはまだ、何も悪いことしてないわ」

俊はアケミを見た。アケミは俊に微笑みかけている。

「大丈夫よ。あなたは何も悪いことをしていない。まだ、間に合うわ」

俊は、振り上げていたパイプ椅子をゆるゆると下ろし、そして声をあげて泣いた。

アケミは、今度は、嫌悪に満ちた顔で江水をにらみつけた。

「この変態！　なにが地球が崩壊する、よ！　人口が増えすぎて、地球が滅びそうだから大量虐殺って、どんな理屈？　理屈をいくつ並べても、あなたの変態は隠せないからね！　ただ、ウイルスをばらまいて、人を殺す口実が欲しいだけじゃない。地球だって、あんたみたいな変態に救われたくないよ。私だって嫌。たぶんニワトリだって、カラスだって、あんたに救われたくないよ」

「黙れ！」江水は怒鳴りつけ、そしてパソコンに向かって呼びかけた。「こっちに来い。緊急事態だ」

「江水さん、アケミに追い詰められて、援軍を頼んだのか」怜一は笑って言ったが、気が気ではなかった。早く俊を江水にけしかけたい。「俊さん。お父さんの最後の手紙が、そのファイルにある。パスワードを言うから、そこの、江水のパソコンで開けてください」

俊は泣きはらした顔で、江水に向かってゆく。江水は蒼白になった。

「俊、お前は低能か。こいつらは、この場から脱出するために、御託を並べているだけだって、なぜそれがわからない。いつも言うだろう。世の中は人をだますヤツと、だまされるヤツの二種類……」

俊は力士のような大きな手で、いきなり江水を突き飛ばした。江水は椅子ごと床に横転した。怜一はダッシュして、江水が持つウイルスのケースに手をかけ、奪い取ろうとした。が、江水はラグビーボールのように、胸に抱えこんだまま立ち上がり、怜一に頭突きを食らわせた。怜一がひるんだすきに、ドアに駆け寄る。

「動くなよ。動いたら中身を、いま、ここでぶちまける……」

言い終わらないうちに、鈍い音がして、江水の頭がのけ反るように傾いだ。江水はその場に崩れ落ちた。俊がパイプ椅子を水平に投げつけ、それが江水の頭を直撃したのだった。

怜一はアケミに駆け寄って、右手のガムテープをほどく。

「足も！」

アケミが言う。

「わかってる！」

アケミの足をぐるぐる巻きにしているガムテープを乱暴にはがす。はがし終わるまでの時間が、もどかしい。全部外すと、アケミを抱え上げるように、力いっぱい抱きしめた。

「悪かった、巻き込んで。悪かった」

「うわあ、くっ苦しいよ！　放してよ！　トイレに行きたいし、シャツはコーヒーでベチャベチャだし、ガムテープは残っているし、もお最低！」

「とにかく、出るぞ！」

怜一はアケミの手を引く。

「待てよ、おやじの手紙が……」と俊が振り返って言った時、半開きのドアがゆっくり開いて、ニキビ面の警官が顔を出した。職務質問しようとした自由が丘交番の警官だ。なるほど、自分をつけてここまで来て、異常事態に気づいたのだ、と怜一は思った。続いてスーツ姿の男が二人入ってきた。見覚えがあった。二人とも、怜一が目黒にある但馬の自宅近くの公園で見た男たちだった。やっぱり警視庁公安部の刑事だったのだと、思った。

「こいつ、なぜ倒れてるんだ」

のびている江水を、顔の長い男が抱え上げて、椅子に座らせた。江水はまだ朦朧《もうろう》としている。

もう一人の丸顔のやや太り気味の男は、俊に歩み寄った。

「但馬俊だな」

俊は血の引いた顔で頷いた。

「略取・誘拐罪および逮捕監禁罪で逮捕する」と言うと、ニキビ面の巡査が、俊に手錠をかけた。

俊は振り返って怜一とアケミを見た。

「大丈夫よ、あなたは私を救ってくれた、って証言するから。大丈夫よ。行ってらっしゃい」

アケミはにこやかに言った。

「お父さんの手紙は、あとで届けるよ」怜一が言った。

「いやだ。誰にも見られたくない。パスワードだけ教えてくれ……」俊が言いかけたら、巡査が割って入った。「しゃべるなよ。来るんだ」

俊は巡査に肩を押され、おとなしく出ていった。

続いて顔の長い男が、気絶している江水を抱え上げて、ゆっくりと、引きずるように出ていく。

「中島アケミさんと、権執印怜一だね。ちょっと聞きたいことがある」もう一人の丸顔のほうが近寄ってきて言った。

怜一は自分が呼び捨てにされたことにムッとしたが、うなずいて言った。「江水はさっき援軍を呼んでました。ここに、仲間が来ると思います。そいつらも逮捕してください」

丸顔の男は笑った。「その仲間って、実は俺たちなんぜ」刑事だと思っていた男が、立ったままポケットからゆっくりと拳銃を取り出して、至近距離から怜一に銃口を向けた。

新たな恐怖が怜一の背中に走った。銃口を向けられた経験などかつてない。

男は、「二人とも座れ」と言って、銃の先で椅子を示した。

アケミが「ハーッ」とため息をついて怜一を見た。怜一はゆっくりと首を横に振る。

「お前が八雲の公園で俺のポケットをあさってＩＤカードを調べていた意味が、今になってわかったよ」怜一はため息交じりに言った。

江水たちは、怜一が政府や国会の主要な建物に出入りできるかどうか、あらかじめ調査した。調査したうえで、アケミを人質として拉致した。さっき江水が国会記者章の話をした時に、気づくべきだった。

「いいから、座れ」

怜一とアケミはあきらめて、椅子に座った。すべてが振り出しに戻った。

「派出所の巡査は、あれは本物だな。本物の警察官まで協力していたのか」怜一は独り言のように言った。

丸顔の男はまた笑った。「俺たちをナメてたな。バイオハッカーの仲間は生物学者だけじゃない。武器はウイルスだけじゃない」

男の拳銃の銃口が怜一を正面からとらえた。怜一は銃をじっと見つめる。

「そのようだ」

「お前は、やるしか、ないんだ」

男は、床に転がっているウイルスのプラスチックケースを拾い上げ、片手で怜一に放った。怜一は、両手で受け止める。

「ウイルスを撒く場所のリストだ」

男はジャケットから出した折りたたんだ紙を手にやってきて、怜一の顔に押し付けた。怜一は顔に押し付けられた紙をわしづかみにした。

「これはGPS付の監視カメラだ」男はスラックスのポケットから小型の機器を取り出しながら言った。「胸ポケットにつけろ。外すな。ジャケットを脱ぐ時は、シャツのポケットにつけろ。外したら、女を殺す」ちらりとアケミを見て、監視カメラを怜一に放った。両手で受け止めた監視カメラは、USBメモリーほどの大きさで、ペンのようにクリップがついている。

「つけたら、さっさと行け！」丸顔の男はそう言うと椅子に座り、足を机にあげた。拳銃をアケミに向けている。

怜一は男のそばに転がっていた自分のトートバッグを拾い、俊が放置して行った自分のスマホを二つとも回収した。それらをバッグに入れた。そして、トートバッグを一度床に置くと、パイプ椅子を両手でそっと握りしめて言った。「そのBB弾、五〇〇〇発入り三三〇〇円のお徳用なんだろう？」

男が怪訝《けげん》そうに顔を向けた時には、怜一はパイプ椅子を振り上げていた。力まかせに振り下ろす。男は咄嗟に銃を発射した。パンと乾いた音が同時にした。パイプ椅子を脳天に食らった男が椅子から転がり落ちた。発射された弾は怜一の顔をかすめて天井をえぐった。石膏《せっこう》の破片がバラバラッと天井から降ってきた。

怜一は天井を見上げて驚愕の表情を浮かべた。あの銃が本物だとは思っていなかった。モデルガンだと確信していた。

「アケミ、逃げるぞ！」怜一は叫び、倒れた男の手から拳銃をもぎ取ってから、トートバッグを肩に担いだ。

怜一は右手に拳銃を持ち、左手でアケミの肩を抱いて会議室を出た。

「急ごう」アケミを抱えるようにして、早足で進む。先ほどのドアを出て、エレベーターのボタンを押す。大きなエレベーターは案外すぐに来た。

急いで乗り込み、一階のボタンと、閉まるボタンを連打する。エレベーターは緩々と閉まり、怜一とアケミを一階まで運ぶ。

「よくまあ、銃を持った男を殴れたね」アケミが怜一を見上げていった。

「あいつの持っている拳銃が偽物だと思ってたんだ」

「えっ」

「でも、本物だった。自衛隊が使っている九ミリ拳銃だ」

「危なかったんだ。なんでそんなの間違えるのよ」アケミは咎めるように言った。

「俺、学生時代にエアガンの射撃場に通ってたんだ。九ミリ拳銃そっくりに造ったガスガンも持っていた。あの男が持っていた九ミリ拳銃を見てガスガンだって確信したんだ。俺のものに、そっくりだったからさ」

「だから、パイプ椅子で殴りつけたんだ」

「ＢＢ弾なら、目以外だったら、当たっても『痛い』で済むから」

一階に着いた。エレベーターのドアが開く。

三つの銃口が真ん前にあった。

「動くな！」

白い防護服を着た三人の機動隊員が怜一に銃を向けていた。一人はなんとサブマシンガンを持っている。銃器対策部隊だった。

「いや、違います。僕とアケミは拉致された被害者」

「銃を捨てろ」

「はい、はい」怜一は慌てて、拳銃を床に置いた。

「権執印記者と、中島アケミさんですか」機動隊の一人が構えを解き、ヘルメットの防弾バイザーを上げて、聞いた。

「はい」

「銃は、それは犯人の銃ですか」機動隊が聞く。

「ええ」

「どうやって犯人から銃を奪ったのです」

「パイプ椅子で殴りつけて……。男が一人、四階でのびています」

機動隊の二人が、エレベーターに乗り込んで四階に上がっていった。

もう一人は、拳銃を拾い上げ、怜一とアケミをビルの外に誘導した。

ビルを出ると怜一もアケミも周囲の物々しさに驚いた。目の前の駐車場の右側には、青い車体のＮＢＣテロ対策車が停まっていて、宇宙服のように全身をくまなく覆う防護服を着た七、八人の捜査員たちがその前で待機していた。左側には、大型の装甲車が停まっていて、前に並ぶ五人の機動隊員も簡易な白い防護服を着ていた。隣には覆面らしい車が一台停まっていた。その脇に見覚えのある二人の男が立っていた。警視庁公安部外事三課長の吉留遼造。横にいるのは、革ジャンの男。自由が丘で怜一が捕まえた男だ。なるほど、そういうことか、と怜一は思う。

機動隊員が、こちらをチラチラ見ながら、吉留に何かを説明していた。

その時、トートバッグの中で怜一のスマホが震えた。電話に出ると事務的な声がした。

「社会部の権執印記者ですね。法務部次長の杉田です。あなたの処分が正式に決まったのでお知らせします。月曜日から二週間の出勤停止処分です。月曜日に社内に処分を告知します。出勤停止期間中は、仕事は一切できません。旅行に行ったりしてもいけません。自宅で謹慎していてください。なお、出勤停止期間中の給与は支給しません。それと念のためですが、退職金の算定根拠となる勤続年数にこの期間は参入されません。同じ連絡を中野社会部長にもしてあります。以上ですが、質問は？」

「ありません」と、言って電話を切った。吉留を見る。吉留が怜一の視線を拾って、ヨッというように手を挙げた。

「さっきの電話には応答できず、すまなかった。中島アケミさんが拉致された件で掛かり切りだった」

「じゃあ、拉致されたこと、知ってたのですね」

「うむ」吉留は口を濁した。拉致を承知で江水らを泳がせていたのであるならば、市民を危険にさらしたことになる。今はそれを非難しようとは思わないが、ただ、公安警察らしいやり口だとは思う。

「江水や但馬俊や、あの巡査も逮捕したのですね」

「ああ、全員出てきたところを押さえた」

「上で江水のパソコンを見ました。ウェブカメラに喜嶋毅が映っていました。多分、このビルのどこか別の場所で、ウイルスをつけられて拘束されてますよ」

「えっ」

アケミと革ジャン男が同時に声をあげた。

「あれ、喜嶋君なの。高校の同級生の？」とアケミ。

「間違いなく喜嶋だ。黒いメタルバンドのデカい腕時計が見えた。咳の声も喜嶋だった」

怜一が自信たっぷりに答える。

「防護服を着て、見に行きなさい」吉留が革ジャン男に言うと、男はＮＢＣテロ対策車の方へ駆け出した。

「ゴンさん、拳銃男をパイプ椅子で取り押さえたか。すごいな、普通の男にできることではない」吉留が感服したように言った。

「いえ」と怜一は小さな声で答える。アケミが隣でニヤッと笑った。

「ゴンさん、そして中島さん、お疲れのところ悪いが、これからお二人には、警視庁でうちの課の人間から、事情を聞かせてもらいたい。その後、もしよければだが、夜、うちの店に来てくれないか。二人にご馳走《ちそう》させてほしい。あそこで料理を食うのは、君だって初めてだろう」

「了解しました」

「では、午後七時に」

「ええ。でも、なぜ」

「私だって誤解は解きたい。説明しようじゃないか、君の気が済むまで」

　吉留は、そう言って、ビルに入っていった。

　事情聴取は一時間で終わった。アケミと、タクシーでいったん北千住のマンションに戻り、順番にシャワーを浴びて着替えをした。アケミが化粧を直している間、怜一は環境班キャップの飯島に電話して、経緯を報告した。飯島は「エーッ」とか「キャーッ」とか奇声を発しながら聞いていた。「部長に報告しとくね」と電話が切れた。

怜一はグレーのスーツ、アケミはシックなベージュのワンピースで、銀座七丁目の「よしどめ」を訪ねた。昨日と全く同じ部屋に通された。

「ねえ、畳の上にテーブルと椅子って違和感あるよね」アケミが不思議そうに言う。

「うん、でも昔から、このスタイルなんだ。明治時代を真似《まね》たのかもしれない」

「ここって、何?」

「この割烹は、吉留さんの実家なんだ。今は弟さんが経営している。去年警視庁を担当していた時、吉留さんと親しくなった。でも、公安の人は記者と大っぴらに会ったらマズい。だからここで会っていた。会ってるところを人に見られたり、会話を聞かれたりすることもない」

「ふーん、『秘密の部屋』みたい」

「うん、『必要の部屋』というか……」

「あ、そっちのほうがいい例え」

一〇分ほど待つと、階段を上がってくる足音がミシミシと聞こえ、戸が開くと、吉留が仲居とともに入ってきた。吉留が席に着く。

仲居が「ビールでよろしいですか」と聞いたので、怜一はアケミのためにウーロン茶を一つ注文した。

「喜嶋は、《カラス》だったのですね」

開口一番、怜一は吉留に聞いた。

「そうだ」吉留はおしぼりを使いながら、ぼそりと答えた。

公安警察は、刑事警察と違い情報提供者を駆使する。公安が監視対象とする組織、例えば過激派やカルト集団の内部の人間が情報提供者である場合、それを単純に「協力者」と呼ぶ。対象組織以外の情報提供者を様々な隠語で呼ぶが、吉留は《カラス》と呼んでいた。協力者と《カラス》を総称して「情報線」と呼んでいた。

「あいつ、高校の同級生なんだけど、警察庁のエリートだと嘘ついてました。完全に騙されました。救出しましたか」

「ああ。あの後すぐに、入院させた。まだ発症前だったから、抗ウイルス薬での治療が可能だと医師も言っていた。命に別状はない」

「ああ、よかった」とアケミが言った。

「なぜ喜嶋君が《カラス》だと、わかった？」と吉留。

「江水が人質のことを警察のパシリと言ってました。それと、さっき、あのビルの下で吉留さんは、あの革ジャンの男と一緒にいた。あいつは自由が丘で僕を尾行していたやつだ。警察でもない、いったい何者かと思っていた。あの人は《カラス》、そして喜嶋もそう」

吉留は微笑んで頷いた。「あの男は江上君といって、喜嶋君の部下だ。喜嶋君は、まあ、一種の探偵事務所を経営している。我々は一部の仕事を、なんというか……アウトソースしている」

「探偵？　東大を出た喜嶋がですか」

「実は、喜嶋君の仕事は、かなり儲かる仕事だ。世間には知られていないけれど」

「しかし、あいつ、私には警察庁警備局国際テロリズム対策課のエリート官僚だと吹聴してたんです。見事に騙された。昨日、警察庁と取引ができたと喜んだ自分がバカでした。おかげで私は、社内の笑いものです。喜嶋のヤツ、拉致されていい気味とは言いませんが、天罰ですよ」

怜一は喜嶋に容赦する気はなかった。

「あの取引は生きているぞ」吉留が言った。

「えっ、どういう意味です」

「君が喜嶋君と取引しようとした時、彼も困ったのだ。喜嶋君はああ見えて、義理堅い男だからな。きちんと取引を成立させないといけないと考えた。だから、私に電話をかけてきた。私の判断だ。喜嶋君も言っていただろう、今後の連絡は警視庁公安部のしかるべき人間と、御社の警視庁担当キャップがやる、となあれは、私が言わせたのさ。公安部長の了承も取ってある。私は君の社の警視庁キャップの岡田《おかだ》さんとさきほど話をしたよ」

吉留はにこやかに怜一を見た。

「え、よかった。安心しました」怜一は喜びながら、同時にひどく困惑していた。「ただ、喜嶋と会う一時間前に、私は吉留さんにお会いしましたよね、ここで。吉留さんは、取引には応じられないと、確かにそう言いました」

「言ったよ」

「矛盾してますよね」

「僕が昨日、『書いてはいけない』と言った時、君は僕を信頼していなかった。それは、当然だ。僕はかつて君に大きな嘘をついたから。だが、信頼してもらえないとなると、あの但馬教授の手紙が報道されてしまう。それはまずい。なぜなら、あの手紙で、竹田教授が犯人にでっち上げられるから。誤報になるので御社にも被害が及ぶ。それは阻止しないといけない。けれども、君はもう僕を信頼してくれていない。そうだとすると、手紙を公開しないために、君との取引に応じるしか、手がなかった」

怜一はまじまじと吉留を見て言った。「なんと言っていいか……。僕は今とても安堵《あんど》しているし、とても感謝してます。でも、怒っています。取引を受けていただいて、ありがとうございます。けれど、その理由が情けない。新聞社の取材はそんなに雑じゃないです。但馬教授の手紙を記事にする際は、ちゃんと竹田教授のほうにも取材します。ウラ取りは完璧にやります。そんなご心配は、まったくの無用でした」

「まあ、それはそうだ。その通りだ」

「でも、ありがとうございます」

「いや、まあ、なんというか。すみません、とこちらが言うのも変だな」

吉留は苦笑した。怜一も苦笑した。わだかまりが溶けて流れていく。

「但馬教授の手紙は事実ではないのですか」

怜一が聞いた時、引き戸が開いた。仲居が二人、ビンビールとウーロン茶と先付を運んできた。

「乾杯しようか」と吉留は、怜一のグラスにビールを注ぐ。怜一も吉留のグラスにビールをついだ。

三人は「乾杯」と言いながら、ビールとウーロン茶のグラスを軽く合わせた。

「あ、海老しんじょうがプリプリしてるっ」

先付を食べたアケミが声をあげると、吉留は嬉しそうに目じりを下げた。

「お、ありがとう。ウチの海老しんじょうは、天下一品でね。お吸い物に入れてもうまい」

「竹田はバイオハッカーではない、と江水は言ってました。竹田はバイオテロにはまったく無関係だったのですか」怜一は吉留に言った。

「そう、無関係だ」

「でも、但馬教授の手紙には、脅迫されてカラスを奪われ、二〇億円を超える金を奪われた、とあります」

「あの手紙は、但馬教授の体験を、但馬教授の頭で解釈した『現実』が書いてある。必ずしも事実ではないのさ。もちろん、貴重な証拠にはなる。実は、私も昨日、あの手紙を読んで、様々な疑問が一気に解けた。だからゴンさんには感謝している」

「おっしゃってる意味が、全然わかりません」

「竹田教授は、ゲノム編集して狂暴化したカラスがほしいと思った。それは、彼女なりの人類に対する警告のつもりだったらしい。動物たちを絶滅させ続けている人間への小さな報復だ。但馬教授にほしい、と申し出たが、断られた」

「手紙にもそう書いてありましたね」と怜一。

「そうだ。あきらめきれない竹田教授は、もう一度、但馬教授の研究室を訪ねた。但馬教授は不在で、助手の江水に会う。江水にカラスが欲しいと相談した。すると江水は、竹田教授に知恵をつけた。古いビデオカメラをどこからか持ってきて、『これを見せれば、先生は一発でいうことを聞くようになりますよ』と言ったのだ。ビデオの中身は、但馬先生の浮気の現場を押さえた映像、と説明した。殺人の件は伏せたし、

SDカードにある映像も見せなかった。竹田教授に渡したのはあくまで、ビデオカメラ本体だけだ。竹田教授は、但馬教授を少し驚かせて狂暴なカラスを二つがいせしめた、と今でも思っている。そのカラスを明治神宮の森に放った」

「カルタヘナ法違反ですよね」

カルタヘナ法とは、「遺伝子組換え生物等の使用等の規制による生物の多様性の確保に関する法律」のことだ。遺伝子組み換えを行った動植物が自然界に放たれ自然界に影響を与えないように厳格な管理を定めている。違反者への罰則も定めている。

「いや、違反ではない可能性がある」

怜一は驚いた。「あんな危険なカラスを野に放っても違反ではないのですか」

吉留は苦い顔で説明する。「ゲノム編集で遺伝子を破壊しただけのカラスなら、カルタヘナ法の定める『遺伝子組換え生物等』に該当しない可能性が強いのだ。別の生物の遺伝子をカラスに注入していないからね。君が見せてくれた但馬教授の手紙には、はっきりと三つの遺伝子を破壊したカラスだと書いてあった。あれを見た時、僕もショックだったよ。竹田教授をカルタヘナ法で挙げられる可能性がほぼなくなったからね」

怜一は昨日、吉留が手紙を読んだ時、あるところで目が止まって読み直していたことを思い出した。

「でも、狂暴なカラスを野に放つことを防止できないなら、何のためのカルタヘナ法でしょう。生物の多様性が奪われているのに」怜一は憤然と言った。

「まあ、そう怒るな。カルタヘナ法違反で挙げられる可能性もまだ残されている。だめだったら傷害罪で逮捕できる可能性もある。人を襲うとわかっているカラスを野に放ったのだから」

「カラスを但馬先生からまきあげた手法は恐喝です」

吉留は苦笑した。「ゴンさんは、どうしても竹田を逮捕させたいらしいな」

「そうでもないですけど。それと、江水が但馬教授のビデオカメラを持っていたのは、教授の息子の俊から手に入れたのでしょうね」と怜一は話題を変えた。

「そうだ。息子の俊が渡したのだ。江水はあれで抜け目のない男さ。但馬の奥さんや子供にまで取り入っていた。江水はよく但馬教授の自宅まで車で送り迎えをしていたらしいが、奥さんのお気に入りで、贈答品の酒とかビールとかを、頻繁にもらっていたらしい。そして、俊は友達付き合いも苦手な奴だったが、江水には懐いていたらしい。俊の相談相手だった。父親の殺人を知ってしまった件も、江水に相談した。ビデオカメラも江水に預けた」

「残念ですね、江水のようなサイコパスに騙されて」

「その通りだ。そして、竹田教授もカラスを得るのに江水の力を借りたばかりに、サイコパスの被害者になるのだ。江水は粘着質だ。ある人物を標的に決めて、徹底的に利用する。竹田教授は利用された人だ。本人はまったく気づかずに、だよ」

「まったく気づかずに」怜一は唇を噛む。

「江水にとって竹田教授は好都合な隠れ蓑だった。第一に、竹田教授はゲノム編集したカラスを野に放った。そして狂暴なカラスは繁殖した。江水は何のために、その狂暴なカラスにウイルスをつけて、人を襲わせたかわかるか、ゴンさん？」

「江水はメッセージだと言っていました。鳥にタンパク源を求める人類への鳥からの報復だと」

「いや、そんな高尚な目的じゃないさ」吉留は笑った。「バイオテロはいずれ表面化する。でも、最初に狂暴なカラスがウイルスをばらまいたという事実があれば、人々の目はカラスに向かう。警察や報道機関がいろいろ調べると、狂暴なカラスは竹田教授が野に放ったとわかる。彼女がテロの犯人だと思うだろう。ゴンさん、君がそう思ったように。カラスにウイルスをつけたのは、江水の陽動作戦なんだ。竹田教授に濡れ衣を着せるために」

　怜一は愕然とした。「江水って狡猾な奴なんですね」

「そして、江水は竹田教授を、もう一つ別の意味でも隠れ蓑にした。竹田教授は、但馬教授を脅した実績がある。但馬教授は、自分の殺人を竹田教授が知っていると思い込んでいるから、竹田教授になりすまして脅せば、いくらでも金を引き出せると踏んだ。そのために江水たちがまずやったのは、竹田教授のパソコンの乗っ取りだよ」

「ボットウイルスに感染させて、乗っ取ったのですか」

ボットウイルスは、コンピューターを外部から遠隔操作できるようにするウイルスだ。

「いや、違う。もっと単純で、露骨で、効果的なやり方をした。なんだと思う?」

「ウイルス以外で、さあどうでしょう」怜一は首をひねる。

「我々は竹田教授のパソコンを借りて調べた。入っていたのは、テレワークのソフトだった。会社のパソコン、自宅のパソコンの双方にソフトウエアを入れれば、家のパソコンから会社のパソコンをリアルタイムで自分のパソコンのように操作できる。あの遠隔操作ソフトだ」

「江水がやったのですか」

「忍び込んでソフトを入れたのは、竹田教授と同じ三田大の生物学の助手だ」

「吉池ですね」

「知っているのか」吉留は驚いたふうだった。

「ええ、明治神宮の御苑で、カラスを観察していた怪しげな男です。烏丸先生の後輩です」

「烏丸先生とは、経世大学のカラスの専門家の？」

「はい」

「吉池は、江水の仲間のバイオハッカーだ。竹田教授とは同じ大学の同じ建物で働いている。自分の研究室と、自宅のパソコンにもソフトを入れて、竹田教授のパソコンを遠隔操作していた。だから、竹田教授のメールは全部見られるし、竹田教授を騙《かた》ってメールを出せる。巨額の金を要求した手口は、とても簡単な遠隔操作だった」

「だけど、出したメールは竹田緑にも見られてしまいます」

「出してすぐに削除すればいいさ。但馬教授から返信されてきたメールはそのままごみ箱に直行するようにフォルダーを設定してあった。竹田教授はメールのやり取りに全く気づかない。うまいやり方だ」

「でも、遠隔操作した時に、たまたま竹田教授がパソコンの前に座っていたらまずいでしょう。いきなりパソコンが勝手にメールを書き出したら驚いてしまう」

「そのために、部屋にはウェブカメラが取り付けてあった。部屋の様子もリアルタイムで把握してたのさ」

「あっ、だからあの時も……」怜一がうめいた。

「なにが？」吉留が怪訝そうな顔をする。

怜一は、竹田の研究室でカラスがパソコンに文字を書いて怜一を脅したことを説明した。

「なるほど。吉池は、知能実験のために手元にハシブトガラスを四羽飼っていた。訓練されたカラスだ。それを使ってお芝居をしたわけだ。カラスにキーボードをたたかせ、パソコンには、遠隔操作で吉池がリアルタイムで文字を書いた。吉池は君のパニくった姿をウェブカメラで見て、笑ってただろうな」

「死刑だな、こんなヤツは」怜一は不愉快な気持ちになって言った。

「人間観察モニタリングだね。私も見たかった。怜ちゃんのパニック、すごいだろうなあ」とアケミが茶茶を入れた。

「うるさいなあ。でも、なんで吉池は僕が竹田教授の部屋に、あの時間に来ることを知ってたんだろう」

「取材に行くことをメールで伝えなかったか」と吉留。

「そうか。竹田教授にメールしました。それを読んだのか。でも、なぜあいつは僕がカラスについて取材していると知ってたのかな。アケミの名前はどこで知ったのかな」

「神宮の御苑で、その吉池を追いかけたからじゃない。話を聞こうとした時、怜ちゃんは、はっきり自分の名前を名乗ってたよ。日本新聞の記者の権執印ですって」とアケミ。

「そうだった?」

「それに、怜ちゃんは大声で私の名前を呼んでたし」

「聞こえてたの？」

「うん」

「じゃあ、返事してよ」

「ちょっとした焦らし作戦」

「なんだそれ。そういえば、喜嶋もアケミが危険だと言っていた。なんであいつは、僕に『お前やアケミが危険だから取材をやめろ』と言ったのかな」

怜一が言うと、吉留は不思議そうな表情で怜一を見た。「まだ、それが、わかっていないのか」

「え？　どういうことですか」

「アケミさんはわかるかな」吉留はアケミのほうを向いた。

「なんとなく、ええ、わかります」とアケミは頷いてちょっとはにかんだ。

「え、なんでアケミがわかるの」

「喜嶋くんは、私のことが好きなんだよ」

「えっ、嘘だろう」怜一は驚いた。「そうなのか？　そんな素振り、見せたこともないよ」

「高校時代、ラブレターもらったもん。大学の時も、もう一度もらったし。この前の同窓会でも、話したたし」

「つまり、僕は喜嶋の恋敵で、だからあいつは僕の邪魔をした？」

吉留は苦笑した。「違う。こういうことだ、ゴンさん。君は但馬の家を訪ねたあと、例のバイオハッカーの手先の二人に公園で囲まれた。その時、奴らは君の国会記者章帯用証とか官邸取材用IDカードを調べて、その写真も撮った」

「なぜ知ってるのですか」

「例の革ジャンの江上君がひそかにその現場を見ていたんだ、君を尾行していたからね」

「えっ、僕はあの時点で、あいつに尾行されてたのか」怜一は唇を噛む。

「そうだ。江上君は、奴らが君のID類を調べていたことを喜嶋君に電話で報告した。喜嶋君は頭が切れる男だ。ピンときた。バイオハッカーは、権執印記者を使って政府や国会関連施設にウイルスを撒く計画だ、とわかった。IDをチェックして、君が政府主要施設に出入りできる人間かどうかを、事前確認したわけだからな。敵は権執印記者を操ろうとするだろう。操るには、人質が必要だ。人質になりうるのはアケミさんしかいない。アケミさんが拉致される可能性がある――。喜嶋はそう読んだのだ。君は、同窓会で酔っ払って、アケミさんと同棲していることを何度も何度も自慢していたそうじゃないか」

「そうだよ、私、もう恥ずかしくって、だから怜ちゃんに『帰ろう、帰ろう』って言って、ひっぱって帰ったのよ」

「そうだったの。元気がなかったのはそのせい？」

「そうだよ」

「喜嶋君は、アケミさんが人質に取られるだろうと予測して、それを恐れた。だから、すぐに君に電話をかけて、忠告したんだ。君も危ない、アケミさんも危ないって。そう言っただろう」と吉留が言う。

「はい……。だけど、もっと具体的に教えてくれればよかったんだ」とつぶやきながら、怜一は情けない気分だった。自分が見ていた世界を、自分は理解していなかった。

喜嶋のほうが、現実をずっと鋭く見ていた。何も理解していない甘い自分、それなのにアケミと暮らす自分に、喜嶋は腹を立てていたのだろう。「俺は、本当はお前なんか殴り倒してやりたい」と、地下駐車場で言い捨てた喜嶋の本意が、ようやくわかった。

「吉留さんも、私が誘拐されることは想定していたのですね」アケミは、吉留に聞いた。

「そう。喜嶋君は誘拐計画の予測を報告書として我々に上げていた。だから、実はアケミさんには監視をつけていた。きょう、アケミさんが幼稚園の前でいきなり車に押し込められた現場も現認して、車を追跡した。すぐに逮捕せずに、泳がせておいたのは、アジトを知りたかったからだ。喜嶋君が昨夜から連絡が取れなくなっていた。奴らに拉致された可能性が高かったのだ」

吉留は、椅子から立ち、床に正座した。

「お二人を、危険にさらしたこと、お詫びいたします」そう言って土下座した。

「あっ、やめてください」アケミは驚いて立ち上がった。

怜一は、またかよと思いながら、抱え上げるように吉留を立たせた。

「吉留さん、私、全然大丈夫です。それに吉留さんたちが私を監視してなかったら、怜ちゃんはテロリストになっていて私は死んでいたかもしれないです。とにかく、お座りください」とアケミは必死で言った。

「かたじけない」と吉留は時代劇のような言い方をして、椅子に座った。怜一とアケミがホッとして席に着いた時、仲居が入ってきて二品目を出す。小さな鯖《さば》寿司だった。

「あ、これ不思議ですね。鯖がご飯をサンドウィッチしている」アケミが声をあげる。

「そう、そうなんです。よく気付いてくれました」吉留は何事もなかったかのように上機嫌で言った。「お凌《しの》ぎといっても、結局は酒の肴《さかな》なわけだから、普通の握りにするより、このほうが飯の量が少なくていい。アケミさんは酒を飲まれないようだけど、お口に合うかかな」

「あ、おいしいです」

アケミは口を手で隠して微笑んだ。

「鯖をしめる時、酢に砂糖とか入れますか」アケミが聞いた。

「入れない。米酢につけるだけ」と吉留。

「どのくらいの時間」

「それは、鯖の大きさと鮮度によるよ」

「この前、一時間つけたら身が真っ白になっちゃった」

「いくらなんでも、それは漬け過ぎ」と吉留が笑う。

料理について話す二人を見ながら、怜一はささやかな幸福感に包まれていた。

アケミが笑っている。そして、吉留も笑っている。吉留は仕事一途の厳しい人だとしか思っていなかった。料理の話などしたこともなかった。相手が変わると、人はこんなにも変わって、別の面を見せる。

だが、このままカラス事件の話を打ち切るわけにはいかない。怜一には、分からないことがまだ山積している。「江水たちはなぜ二〇億円もの金が必要だったんでしょうか」箸も握らずに、吉留に聞く。

「一般的なことを言えば、強毒性の危険なウイルスを扱うにはBSL4つまり、バイオ・セイフティー・レベル4の特殊な施設が必要だ」吉留は真剣な顔つきに戻って怜一に言った。「実験室の入り口にシャワー室があり、気密性の高い二重扉の中は、気圧を外部より低い陰圧に保ち、実験者は宇宙服のような陽圧気密防護服を装着してウイルスを扱う。部屋の換気は特殊な浄化フィルターを通して行う。日本でもBSL4施設は、国立感染症研究所くらいしか持っていない。整備しようと思えば、軽く一〇億円以上はかかる」吉留は淡々と説明した。

「つまり江水は、そんな施設がほしかった」

「そうだ。危険なウイルスを開発し、培養するには絶対に必要だからな」吉留はそう言ってグラスのビールを一気にあおった。「アケミさんが拉致されたビルの五階を、我々警視庁公安部のNBCテロ対応専門部隊がきょう捜索した。それこそ陽圧気密防護服に身を包んでね。五階のフロア全部が、BSL4と呼んでもおかしくないバイオ施設に改造されていたよ」

「自由が丘のような人の多い場所で、危険なウイルスを造っていたのですね」怜一は信じられない思いだった。「カラスにも、そこでウイルスを付着させていたんですか」

「いや、そこではない。これはまだ公安部でも現場を押さえていないのだが、明治神宮の森の奥深くに、彼らはカラスが出入りできるオープンなケージを置いていたようだ。ハイテクなケージで、遠隔操作で餌をやる装置とウイルスを噴霧する装置がついている。ウェブカメラで観察していて、ハシボソガラスがやってきたら餌を与え、必要があればウイルスを噴霧する。明治神宮あたりにいるハシボソガラスはほぼ全部、ゲノム編集された狂暴なヤツだからな。奴らに餌をやって育てていたわけだ。普通のハシブトガラスやその他の鳥が来たら、餌もやらないしウイルスも噴霧しない。ケージの様子を観察したり、装置を遠隔操作したり、ケージに餌とウイルス溶液を補充したりする役は、三田大の助手の吉池を中心に三、四人でやっていたようだ。吉池自身がさっき、しゃべったよ。あす、専門部隊が防護服で現場を捜索することになっている」

全身黒ずくめの吉池が明治神宮の御苑でハシボソガラスを観察していた姿を、怜一は思い出す。声を掛けたら驚いて逃げたのは、そういう後ろ暗い役割を担っていたからなのだろう。

「ようやく、カラス事件の全貌が明らかになりますね」と怜一は言い、鯖寿司に箸をつけた。「江水のあの狂信的な環境思想に同調する連中は、どのくらいの規模いるのですか」

「まだ我々も正確な数はわかっていない。日本で数十人といったところか。国際的にネットワークを持つ国際テロ組織といえる。世界の大学や研究所にいる医学生物学関係の研究員が多い。ああいう環境絶対主義は、欧米の先進国に多いから、バイオハッカーたちも、日米欧に主に点在する。ウイルスを闇のネットワークで取引したり、資金を暗号資産化して国際的に動かしたりしている。一方、東南アジア、南米、アフリカなどにはほとんどいない。それが、彼らバイオハッカーの弱点でもある。人類滅亡を標榜《ひょうぼう》しているのに、人口が爆発している国に賛同者がほとんどいないのだからな」

「ただ、世界に散らばっていたら、捕まえるのも大変ですね」

「そうなのだ。地理的に点在していて、中心点がどこにもない。ここを抑えれば一挙に逮捕というわけにもいかない。今回のカラス事件で、日本である程度まとまった人数を逮捕できたのは、実はとても成果として大きいんだ。江水たちの取り調べから、徐々に全体を解明して、各国の警察と情報交換して、といった感じで進めるしかないだろう」

　吉留は苦い顔をした。問題は山積しているわけだ。

「僕はあの江水の話を聞いて妙に説得力があると思いました。人類は間違った道に入り込んだという証拠を、幾つも幾つも具体的に挙げることができる。それは、地球の現状が本当に崩壊寸前で、人類が実際に無理で無茶なことをしているからだ、と思いました」

「君たちより、ずっと先輩の僕から言わせてもらえれば、ある時代に説得力を持つ思想は必ずあるさ。戦前のマルクス主義が典型だろうね。社会的格差がとても大きな社会では、階級闘争の理論は強烈な説得力がある。環境保護といったら今の時代、だれも逆らえない。地球が崩壊の危機に瀕しているのは事実だからな」

「誰もが誘い込まれやすい思想ですね」と怜一。

「そうなんだな。今回のテロ計画には警察官も一人入っていた。これは警察にとっては痛い。ことほど左様に『地球を守れ』の思想は強くて、説得力があって、カルトにも転換しやすい。真面目な人ほど、説得されやすい」

「そう。怜ちゃんも真面目だから、ひょっとしたらバイオハッカーに丸め込まれてたかも」

「そんなわけないだろう」

「どうかなあ。怜ちゃん、思い込めば一途だから」

吉留は二人を楽しげに眺めていたが、やがて柔らかい口調で怜一に言った。「私は公安警察官だから、治安を乱す者を監視し、捕まえるのが仕事だ。それ以外は考えないことにしている。一人の人間ができることには所詮限りがある。権執印記者が、もしも地球のことを考えたいのならば、それを自分の仕事の中に畳み込むことだ。そうでなければ振り回されて終わる」

吉留はそう言ってグラスを口まで運びかけたが、飲むのをやめて、また怜一を見た。

「それと、ゴンさんは、アケミさんを大切にしたほうがいい。絶対にいい」

グラスを怜一に向けて、乾杯のしぐさをして、笑った。

週が明け、怜一は月曜日から出勤停止となった。その翌々日、六月一〇日（水）の日本新聞朝刊の一面には、巨大な横見出しが躍った。スクープだった。

カラスでウイルス拡散　章夏大学助手ら七人を逮捕　警視庁　初のテロ等準備罪

警視庁は九日夜、章夏大学助手・江水佐祐《さすけ》容疑者（三四）、三田大助手・吉池亮《りょう》容疑者（二九）ら六人を、テロ等準備罪と殺人の疑いで逮捕した。調べによると江水容疑者らは、今年五月以降、特殊なインフルエンザ・ウイルスなどに感染させたカラスを使って六回にわたって人を襲わせ、六人をウイルス感染させ、うち四人を死亡させた疑い。テロ等準備罪の適用は今回が初となる。江水容疑者らはこれに関連して二人の男女を拉致監禁しており、略取・誘拐と逮捕・監禁の疑いで逮捕済み。容疑者の自宅などからは、培養したウイルスが付着した大量の脱脂綿などが見つかっており、大規模なバイオテロを準備していたとみられる。警視庁は、容疑者らが海外からウイルスを取り寄せたり、海外へ資金を送ったりしている事実をつかんでおり、国際的なテロ組織との関連についても調べる。（関連記事二、三、社会面）

怜一は自宅のリビングのソファでコーヒーを飲みながら、記事を読む。午前九時で、アケミはもう幼稚園に出勤していて、いない。

初夏の、のどかな朝。

いまごろ、社会部だけでなく、政治部、科学部、地方部もこの事件の取材で走り回っているはずだ。編集局が活気に満ちた大騒ぎになっているだろう。自分はその中心で活躍したいと以前は願っていた。けれども、今はどうでもいい。自分が取ったネタなのに、ほかの記者に書かれて悔しい、という気持ちも起こらない。それが逆に不思議だった。

逮捕者の中に吉池の名前があったから、烏丸はショックを受けているに違いない。電話してみようかと思ったが、やめておいた。いまは、そっとしておいてほしいに違いない。ひと月くらい経ったら烏丸に会いに行こう。江水の言った「狂った人類」について、烏丸と話してみたい。

酒乱のウイルス学者の箕輪は、但馬らとカラスのゲノム編集に参加しただけで、テロには無関係だと判明した。

その三日後、六月一三日（土）の日本新聞朝刊にも、再びスクープが載った。

三田大・竹田教授を逮捕　ゲノム編集したカラスを野に放つ

警視庁は一二日、ゲノム編集で狂暴性を増したカラスを故意に野に放ったとして、三田大学教授・竹田緑容疑者（三五）を、傷害の容疑で逮捕した。調べによると、竹田容疑者はゲノム編集した、人を襲うカラス四羽を東京都渋谷区代々木の明治神宮内に放った疑い。竹田容疑者はカラスを、前・章夏大学の但馬紘一教授（故人）を脅して入手しており、警視庁は恐喝容疑でも調べている。一方、一連のバイオテロは、竹田教授の放ったカラスなどを使って行われた疑いがあり、バイオテロとの関連についても調べる。（関連記事三面、社会面）

新聞から目を上げた怜一は、テーブル越しにアケミを見る。

アケミは土曜日恒例の遅い朝食中で、食パンにマーマレードを分厚く塗っていた。

「ついに、にっくき竹田教授も、逮捕されたね。よかったじゃない。怜ちゃん、テレビつけようか、逮捕の瞬間やってないかなあ」

「いいよ、もう」

「記事書けなくて、残念だったけど、怜ちゃんが取材してなければ特ダネもなかったんでしょう。特ダネ取ったのは怜ちゃんだよ」

「いや、もう、それはいいんだ。アケミが無事だったから、どうでもいい」

アケミは一瞬キョトンとして、次にニヤッと笑った。

「リディクラス！」マーマレードを塗っていたバターナイフを杖のように振る。

「いや、本当さ」

リディクラスの呪文で、「まね妖怪」は本来の姿を現す。けれど、怜一は本当のことを言っているだけだ。

「リディクラス！」

「本当だってば」

「あははっ。でも、竹田が逮捕されたら、怜ちゃんがストーカーで週刊誌にかかれる心配もなくなったね」

「多分ね」

「私は、期待してたんだけどなぁ、ストーカーの記事」

「よせよ、親が見たら卒倒するよ」

カラスの鳴き声が窓の外で先ほどからうるさい。普通の鳴き声ではない。三羽くらいが、相互に呼び合っているようだ。先ほどから、ずっと鳴きかわしていて、いつまでも終わらない。ご近所のカラスの世界に何かの異変があったのかもしれない。

外は雨。生ぬるい風が、強く吹いている。

「カラスの攻撃も、もう終わりそうだね」とアケミが食パンをほおばりながら言った。

「明治神宮あたりで、ハシボソガラスを一斉に捕まえるんだってね」

「ああ、環境省、厚生労働省、農水省の三省合同で、ハシボソガラスの一斉捕獲が始まるようだね。ゲノム編集されたカラスは、今後は繁殖できないさ」

「それはそうとさ、この前の但馬教授の第二の手紙って開けてみた？」

「いや、開ける気はない。あの第二の手紙に書いてある『もう半分の真実』って、但馬教授が人を殺してしまった理由とか、その後の後悔とか、延々と書き連ねてあるだけだろうと思う。この世を救うことは何も書いてない」

怜一は財布から、カードを取り出した。但馬教授の第二の手紙を開けるためのパスワードのヒントとURLが書いてある。怜一は、それを半分にちぎり、また半分にちぎって、ごみ箱に捨てた。

「本当に捨てちゃうんだ。殺人の全容を告白してるのなら、特ダネになるじゃない」

「そうだね。俺って記者失格だよね」

「リディクラス！　変だよ、怜ちゃん。別人になったみたい。ポリジュース薬を飲んだ誰かが怜ちゃんになり替わっているのかなあ。マッドーアイ・ムーディ状態？」

怜一はちょっとだけ微笑《ほほえ》んで、コーヒーカップを持って書斎に行った。机の前に座り、パソコンの電源を入れる。

変わってしまったと、自分でも思う。

カラス事件は終わった。アケミが拉致された自由が丘のあのビルは封鎖され、防護服を着た作業員が消毒を行う映像がテレビで流れていた。狂暴なカラスにウイルスを噴霧していたケージが明治神宮の森から撤去される様子もニュースで見た。怜一とアケミには保健所から、念のためPCR検査を受けるようにと連絡が入り、二人とも検査で陰性が確認された。

怜一とアケミに、日常が戻った。カラスは相変わらず家の周りで鳴いてはいるけれど、怜一はもうカラスには興味がない。カラス事件は終わったのだから。

けれども怜一の心には、バイオハッカーの江水が言った言葉が突き刺さったままだ。——我々バイオハッカーと人類と、狂っているのはどちらですか？

出勤停止中にずっと考え続けた。人類は、大海で自分の乗った舟を壊し始めた狂人と同じだ、と思わざるを得ない。地球という惑星を破壊する行為を何とか止めなければ、という思いで今はいっぱいだ。但馬の第二の手紙を記事にする気はもうない。記者として伝えなければならない大切なことが、ほかにたくさんある。

怜一はパソコンに向かって、メールを書いた。

飯島様

この度は、私の身勝手な行動で出勤停止になってしまい、環境面を二週間にわたって飯島キャップ一人にお任せすること、大変申し訳なく、お詫びいたします。

今回のカラス事件は、地球環境を救うことを大量虐殺の理由にする国際的なグループの犯行でした。環境保護がカルト思想に転換したのは、それだけ強い説得力を持つ、深刻な問題だったからでしょう。

逮捕された竹田教授は、人類が環境問題に対応できないのは人間の脳の限界だから、と言っていました。そんな宿命論は、「人類は滅んでしまえ」というカルト思想を助長するだけだと今は考えます。現代に生きる私たちは、自分たちが地球をよりよくできるのだ、という希望からスタートするのが義務だし、そうしなければ結局は何もできないのだと思います。

私も地球を壊さないために、私にできる小さなことをやろうと決意しました。環境問題を本気で取材して、少しでも多くの人に地球が壊れかけていることを知らせたいと思います。

正直に言うと（お気づきだったかもしれませんが）、これまではただ与えられた仕事だから、義務だから環境問題を取材して記事にしていただけでした。誠にすみませんでした。

「怜ちゃん、来て！　でっかいカラスだよ。鷲のようなカラス。ベランダにいるよ！」アケミの声が寝室のほうから聞こえ、怜一は書きかけのメールから顔を上げた。

行ってみると、アケミが遮光カーテンをめくってガラス越しにベランダを覗いている。並んで覗き込むと、巨大なカラスがいた。鋭い目を持つ、鷹のように威厳のあるカラス。鳩用とげマットなどモノともせずに、大きなかぎ爪がベランダの手すりを把握してこちらを向いている。クチバシの下の羽毛は、雨風の中で艶やかな光沢を発して揺れている。

「これ、レイブンだよ」怜一が即座に言った。

「レイブン？」

「ワタリガラスだ。オオガラスとも言う。日本では北海道の道東くらいにしか来ない。それも冬にしか来ない。この季節に関東周辺には来るはずのないカラスさ」

「動物園から逃げたのかなぁ」

「そうかも」

カラス事件が終わったせいか、怜一はこの大きなカラスに禍々しさを感じなかった。艶やかな黒い羽毛に、むしろ生命の躍動を感じた。

しばらく眺めているうちに、怜一は心の中でオオガラスに話しかけていた。

——鳥の祖先の恐竜は、六六〇〇万年前の隕石落下でほとんどが滅んだんだ。その惨事をかいくぐって、お前の祖先はよくまあ今まで遺伝子をつないで生き延びてきたね。でも、僕たち人類は、次の大量絶滅を引き起こそうとしている。命をつないで来たお前たちも、あるいは絶滅するかもしれない。だけど大量絶滅は止められるんだ。

今ならまだ、止められる。お前たちだって生き延びられるよ。もうあと一万年か、一〇〇万年か、一〇〇〇万年かどうかは、わからないけどさ。

大きなカラスは突然、クチバシを開けて鳴いた。震えるような低い音だった。怜一は太古の恐竜の声を聞いたような気がした。

刊行にあたり、第十九回『このミステリーがすごい！』大賞最終選考作品「クロウ・ブレイン」を加筆修正しました。

この物語はフィクションです。作中に同一の名称があった場合でも、実在する人物・団体等とは一切関係ありません。

《参考文献》

次の書籍、論文、ウェブサイト等を参考にさせて頂きました。

◆カラス関連
松原始『カラスの教科書』講談社文庫、二〇一六年
滋野修一・野村真・村上安則（編著）『遺伝子から解き明かす脳の不思議な世界』一色出版、二〇一八年
ジョン・マーズラフ／トニー・エンジェル『世界一賢い鳥、カラスの科学』東郷えりか訳、河出書房新社、二〇一三年
伊澤栄一「鳥類における大型脳について」認知神経科学Vol.10 No.3・4 2008
◆環境問題
トマス・ロバート・マルサス『人口論』永井義雄訳、中公文庫、二〇一九年
ドネラ・H・メドウズ他『成長の限界――ローマクラブ「人類の危機」レポート――』大来佐武郎監訳、ダイヤモンド社、一九七二年
ヴァイバー・クリガン=リード『サピエンス異変　新たな時代「人新世」の衝撃』水谷淳・鍛原多惠子訳、飛鳥新社、二〇一八年
パブロ・セルヴィーニュ／ラファエル・スティーヴンス『崩壊学　人類が直面して

いる脅威の実態』鳥取絹子訳、草思社、二〇一九年
アウレリオ・ペッチェイ『未来のための１００ページ―ローマ・クラブ会長の省察―』大来佐武郎訳、読売新聞社、一九八一年
エリザベス・コルバート『６度目の大絶滅』鍛原多恵子訳、ＮＨＫ出版、二〇一五年
"What is a mass extinction and are we in one now?"
https://theconversation.com/what-is-a-mass-extinction-and-are-we-in-one-now-122535
"5 periods of mass extinction on Earth. Are we entering the sixth?"
https://theconversation.com/5-periods-of-mass-extinction-on-earth-are-we-entering-the-sixth-57575
Bennett CE et al. 2018 The broiler chicken as a signal of a human reconfigured biosphere. R. Soc. open sci. 5:180325.
http://dx.doi.org/10.1098/rsos.180325
◆ウイルス関連
河岡義裕／堀本研子『インフルエンザパンデミック―新型ウイルスの謎に迫る―』講談社ブルーバックス、二〇〇九年
河岡義裕『新型インフルエンザ　本当の姿』集英社新書、二〇〇九年

高田礼人『ウイルスは悪者か　お侍先生のウイルス学講義』亜紀書房、二〇一八年
中屋敷均『ウイルスは生きている』講談社現代新書、二〇一六年
「鳥インフルエンザについて」（厚生労働省）
https://www.mhlw.go.jp/stf/seisakunitsuite/bunya/0000144461.html
「鳥インフルエンザＡ（Ｈ７Ｎ９）ウイルスによる感染事例に関するリスクアセスメントと対応」（国立感染症研究所）
https://www.niid.go.jp/niid/ja/diseases/a/flua-h7n9/2276-a-h7n9-niid/8106-riskassess-180614.html

◆ゲノム編集

ＮＨＫ「ゲノム編集」取材班『ゲノム編集の衝撃――「神の領域」に迫るテクノロジー』ＮＨＫ出版、二〇一六年
宮岡佑一郎『トコトンやさしいゲノム編集の本』日刊工業新聞社、二〇一九年
「ゲノム編集で誕生『金の卵』を産むニワトリ」ＪＳＴニュース　二〇一九年九月号
「ゲノム編集でニワトリを品種改良」（産業技術総合研究所）
https://www.aist.go.jp/aist_j/press_release/pr2016/pr20160407/pr20160407.html
「ゲノム編集により鶏卵を使って有用な組換えタンパク質を大量生産」（産業技術総合

研究所）
https://www.aist.go.jp/aist_j/press_release/pr2018/pr20180709/pr20180709.html
「ゲノム編集技術の利用により得られた生物であってカルタヘナ法に規定された「遺伝子組換え生物等」に該当しない生物の取扱いについて」（環境省）
https://www.env.go.jp/press/106439.html

◆その他

スヴァンテ・ペーボ『ネアンデルタール人は私たちと交配した』野中香方子訳、文藝春秋、二〇一五年
エドガー・アラン・ポー『ポー詩集』阿部保訳、新潮文庫、一九五六年
J・K・ローリング『ハリー・ポッター』（シリーズ全七巻）松岡佑子訳、静山社

〈解説〉

カラスは死を運び、不気味さを遺《のこ》す

村上貴史（書評家）

破天荒にして平明。
荒唐無稽《こうとうむけい》にして科学的。
熱血にして近視眼的。
カラスにしてブレイン。
そして抜群のリーダビリティと先の読めない展開。
本書は、そんなエンターテインメントである。

本書『クロウ・ブレイン』は、第十九回『このミステリーがすごい！』大賞の最終候補作である。大賞は新川帆立《しんかわほたて》『元彼の遺言状』に譲ったものの、選考委員から「リーダビリティ抜群」（大森望《おおもりのぞみ》）、「科学的な蘊蓄《うんちく》は読みやすくタメにもなる」（香山二三郎《かやまふみろう》）、「ミステリとして安定感がある」（瀧井朝世《たきいあさよ》）といった具合に一定の評価を得た作品だ。このたび、選考時に指摘された問題点をふまえて改稿を加え、隠し玉として刊行されることになった。
隠し玉とは、受賞には及ばないが将来性を感じた作品を、著者と協議のうえ全面的に改稿し、編集部推薦として刊行する制度である。読者の方々もご存じの通り、この制度は数々のヒット作を生んできた。七尾与史《ななおよし》『死亡フラグが立ちました！』、岡崎琢磨《おかざきたくま》『珈琲店タレーランの事件簿　また会えたなら、あなたの淹れた珈琲を』、志駕晃《しがあきら》『スマホを落としただけなのに』などである。本書もそうした具合に〝化ける〟可能性を秘めた一冊といえよう。

　というわけで、あらためて『クロウ・ブレイン』である。

　題名からしてカラスが大暴れする小説と思われるかもしれないが、そう単純に要約すべき小説ではない。もちろん――とお気楽に語っていいかどうかはさておき――本書でもカラスは暴れる。人を襲い、流血させ、死に至らしめる。しかも被害者は一人ではない。そんな事件が増えているのだ。いったいカラスになにが起きているのか。入社二年目の新聞記者である主人公・権執印怜一《ごんしゅういんりょういち》は、カラスの狂暴化について独自取材を始める……。

　カラスに発生していると思われる変異、若手新聞記者の熱情、さらにカラスを巡る意外な事実の数々。それらがテンポよく繰り出される序盤が、まずは秀逸だ。（カァではなく）ギーと不気味に鳴くカラスが人を襲う描写に、体重と脳の重量比ではカレドニアガラスは人間を超えるといったデータを絡め、さらに主人公自身をカラスに襲わせることによって、読者を作品世界へと実にスムーズに誘導するのである。また、カラスがくちばしでパソコンのキーボードを叩《たた》き、主人公への脅迫文を綴《つづ》る場面を挿入したりして、作中のカラスの不気味さを強調する（同時に、ミステリファンの心をハウダニット興味で支配する）。

　そのうえで著者の東一眞は、かなり早い段階で重要な手札を切る。ウイルスだ。作中の専門家が、あるウィルスが蛾《が》の幼虫の行動を操ることを例に、カラスにも同種のことが起こっているのではないかと疑うのである。この〝ウイルス説〟は、同じくウイルスに振り回されている二〇二一年の読者には深く刺さるであろう。そのうえで著者は、ウイルスという題材を意外なかたちで発展させる（こうやってネタを小出しにして読者の関心を維持し続ける手腕は新人離れして巧みだ）。ウイルスが原因となって、カラスの襲撃で〝人が死んでしまう〟のだ。そこに登場するのが、我々のよく知るウイルス、インフルエンザである。インフルエンザウイルスに感染したカラスに襲われると、被害者は爪やくちばしで傷を負うだけではなくインフルエンザにも罹患《りかん》し、そして命を落とすのである。カラスとインフルエンザというありふれた組み合わせであるだけに、なんとも生々しい恐怖を読者に与えてくれる。そしてまた巧みなのが、そこにも謎が宿っている点である。なぜカラスがインフルエンザに、それも複数種類のインフルエンザに罹《かか》っているのか、という謎だ。ここから先も、主人公による調査が進展し謎が解けると新たに別の謎が生まれ、さらに突発的な事件も起きたりして、とにかく読者を退屈させないつくりとなっている。〝よくできている〟のだ。

この上出来なプロットにおいて読者の牽引役《けんいんやく》となるのが、主人公の権執印怜一である。スクープを求めて焦る怜一は、事件の調査者であると同時に、事件を引っかき回す役割も果たしている。後者の役割においては、実際のところ相当に無茶で愚かな行為をしでかしたりもするのだが、著者は、怜一がそのように行動してしまう理由を、しっかりと彼の周りに配置している。例えば、新卒二年目でありながら既に仕事で大失敗を犯していること、その理由が人を信用しすぎた結果であること、異動させられた先で一緒に仕事をすることになった先輩が、要領よく手柄だけ横取りしていくような人物だったこと、などだ。そうした周辺状況を設定することで、怜一がスクープを目指して独走する気持ちを、自然に読者に伝えているのである。しかも、怜一が基本は素直な青年ということも様々な局面で読者は理解するので、近視眼的になっている若者を、その愚かさに苛《いら》つかされる場面はあるものの、全体としては大目に見てしまうし愛してしまうのだ。作者の手のひらで転がされているなぁ。

その後も、カラスによる死者は増え、怜一の取材相手に不自然な死者が出てくるなど、混迷は加速していく。さらにネットでの炎上や誘拐事件も発生し、読者は退屈をまったく感じないまま、終盤へと導かれる。そしてそこで明かされる真相――これが不気味である。いくつもの謎の解明そのものは、論理も明快であり伏線にも基づくものであって納得はできるのだが、それでも不気味さが残るのである。これはおそらく、犯人の言い分に、読み手の心が一部、絡めとられてしまうためだろう。犯人の主張は、全体としては誇大妄想的で荒唐無稽な暴論なのだが、その構成要素だけに着目すると、データに裏付けされたリアリティがあり、説得力もある。それも第三者的なものではなく、読者の一人ひとりが、自分も〝それ〟に加担してしまっているのではないかと不安になるほどの当事者的リアリティを感じさせるのだ。しかもそうしたデータやリアリティが、それまでに提示されてきたカラスやウイルスに関する科学的データの自然な延長として提示されるだけに、犯人の言葉とはいえ簡単には切り捨てられない。根拠のある不気味な余韻、これは本書の凄味《すごみ》であり、やみつきになる。

というわけで、本書はやはり『クロウ・ブレイン』なのだ。『クロウ』としてカラスが大暴れするだけの小説でもなければ『ブレイン』としてバイオ・サスペンスに特化した小説でもなく、その両者が密に融合した、新鮮なエンターテインメントなのである。

もう一つ述べておくことがある。著者の筆力だ。著者が紡ぐ文章は、必要な情報を、過不足なく、適切なタイミングで、明確に読者に伝えている。これを行うには、様々なデータを収集して咀嚼《そしゃく》する能力と、それを自分の言葉で平明に語る能力、さらには情報提示の順序を整理する能力などが必要とされるが、東一眞がそれを備えていることは、一読すれば明らかだろう。それもそのはず、一九六一年生まれの著者は、筑波大学第二学群人間学類を経て同大学院で経営政策を学び、その後読売新聞に入社、さらにハーバード大学の国際問題研究所での客員研究員や、北京特派員などを経験し、現在は読売新聞編集委員を務めている人物なのである。著書もある。『「シリコンバレー」の作り方』（〇一年）では、米国においてバイオやITといったテクノロジー企業が発展する地域について、その状況を紹介したうえで成長要因を分析し、さらに日本への提言まで行っている（ゲノム解析を特色とする企業も登場している）。『中国の不思議な資本主義』（〇七年）では中国経済の特質について、データや事例を揃えたうえで、表面的なメカニズムだけでなくその社会規範から説き起こしている。いずれも説得力のある語り口だ。本書で示された文章力にもデータの咀嚼力にも全体の構成力にも、納得できようというものだ。

東一眞は次にどんな矢を射るのか。一日も早く射貫《いぬ》かれたい思いでいっぱいである。

二〇二一年二月

宝島社
文庫

クロウ・ブレイン
（くろう・ぶれいん）

2021年3月18日　第1刷発行

著　者　東 一眞
発行人　蓮見清一
発行所　株式会社 宝島社
〒102-8388　東京都千代田区一番町25番地
電話：営業 03(3234)4621／編集 03(3239)0599
https://tkj.jp
印刷・製本　中央精版印刷株式会社

Printed in Japan
ISBN 978-4-299-01411-5